―――― 阅读之前 没有真相

午夜文库

杰夫里·迪弗
采景师约翰·佩勒姆系列

杰夫里·迪弗　Jeffery Deaver（1950— ）

杰夫里·迪弗一九五〇年出生于芝加哥，十一岁时写出了第一本小说，从此笔耕不辍。迪弗毕业于密苏里大学新闻系，后进入福德汉姆法学院研修法律。在法律界实践了一段时间后，他在华尔街一家大律师事务所开始了律师生涯。他兴趣广泛，曾自己写歌唱歌，进行巡演，也曾当过杂志社记者。与此同时，他开始发展自己真正的兴趣：写悬疑小说。一九九〇年起，迪弗成为一名全职作家。

迄今为止，迪弗共获得六次 MWA（美国推理小说作家协会）的爱伦·坡奖提名、一次尼禄·沃尔夫奖、一次安东尼奖、三次埃勒里·奎因最佳短篇小说读者奖。迪弗的小说被翻译成三十五种语言，多次登上世界各地的畅销书排行榜。包括名作《人骨拼图》在内，他有三部作品被搬上银幕，同时也为享誉世界的詹姆斯·邦德系列创作了最新官方小说《自由裁决》。

迪弗的作品素以悬念重重、不断反转的情节著称，常常在小说的结尾推翻，或者多次推翻之前的结论，犹如过山车般的阅读体验佐以极为丰富专业的刑侦学知识，令读者大呼过瘾。其最著名的林肯·莱姆系列便是个中翘楚。另外两个以非刑侦专业人员为主角的少女鲁伊系列和采景师约翰·佩勒姆系列也各有特色，同样继承了迪弗小说布局精细、节奏紧张的特点，惊悚悬疑的气氛保持到最后一页仍回味悠长。

除了犯罪侦探小说，作为美食家的他还有意大利美食方面的书行世。

杰夫里·迪弗 重要作品年表

少女鲁伊系列
　　Manhattan Is My Beat (1988)
　　Death of a Blue Movie Star (1990)
　　Hard News (1991)

电影外景采景师约翰·佩勒姆系列
　　Shallow Graves (1992)
　　Bloody River Blues (1993)
　　Hell's Kitchen (2001)

林肯·莱姆系列
　　The Bone Collector (1997)
　　The Coffin Dancer (1998)
　　The Empty Chair (2000)
　　The Stone Monkey (2002)
　　The Vanished Man (2003)
　　The Twelfth Card (2005)
　　The Cold Moon (2006)
　　The Broken Window (2008)
　　The Burning Wire (2010)
　　The Kill Room (2013)

凯瑟琳·丹斯系列
　　The Sleeping Doll (2007)
　　Roadside Crosses (2009)
　　XO (2012)

詹姆斯·邦德系列
　　Carte Blanche (2011)

非系列作品
　　Mistress of Justice (1992)
　　The Lesson of Her Death (1993)
　　Praying for Sleep (1994)
　　A Maiden's Grave (1995)
　　The Devil's Teardrop (1999)
　　Speaking In Tongues (2000)
　　The Blue Nowhere (2001)
　　Garden of Beasts (2004)
　　The Bodies Left Behind (2008)
　　Edge (2010)
　　The October List (2013)

地狱厨房
Hell's Kitchen

(美) 杰夫里·迪弗 著
金仑 译

新星出版社 NEW STAR PRESS

我是专业的,我撑过了这一行的大风大浪。

——亨弗莱·鲍嘉

1

他登上楼梯，靴子重重踩着地毯。酒红色的地毯已经被磨得见底，下面是擦痕累累的橡木地板。

这道楼梯暗淡无光。这个地段的房子，只要灯泡一装上天花板和紧急出口指示灯箱，立刻就会被窃贼偷走。

约翰·佩勒姆嗅到一股怪味，抬头寻找来源，却闻不出个所以然，只知道这股怪味让他心烦意乱、焦躁不安。

上到二楼，转过平台，然后再上一层。

这幢老旧的经济公寓他已经来过十多次，却仍能察觉出前几次漏看的细节。今晚他发现的是门口上方彩色玻璃制的窗幔，玻璃上画的是一只蜂鸟盘旋在黄花之上。

这幢旧公寓已经有上百年的历史，而且地处纽约市治安最乱的区域……怎么会以脱俗的彩色玻璃装饰窗户？为何以蜂鸟为主角？

上方传来一阵脚步声，他抬头看去。佩勒姆原以为这儿只有他一个人。有东西落在地上，发出轻轻的撞击声。有人叹了一口气。

和那股怪味一样，这些声响也让他忐忑不安。

佩勒姆在三楼平台处站定，望向3B号公寓门口上方的彩色玻璃。这块上面画的是一只蓝鸫或松鸦停在树枝上，手工与楼下的蜂鸟图同样细腻。几个月前，他初次造访这幢楼时，一看见寒酸的楼房正面便以为内部同样破败。他想错了，楼房里面展现了装潢工匠的功力：橡木地板契合得密如钢板，墙上的石灰扎实如大理石，角柱与栏杆都雕刻了花纹，还设计了拱形的壁龛（应该是用来摆天主教的塑像）。他——

又是那股怪味，比刚才更浓了。他张大鼻孔。头上又传来撞击声。有人倒抽了一口气。他焦急起来，一面抬头看，一面背着一袋沉重的摄影器材向上走。袋子里装的是Betacam摄像机、电池以及各种录像器材。他汗如雨下。虽说已经晚上十点，现在却正值八月，是纽约一年中最恶毒的时节。

到底是什么怪味道？

这股异味挑动了他的记忆，但炒洋葱、大蒜与回收油的香气旋即掩盖了怪味。他记得艾蒂在炉子上摆了一个福杰斯咖啡罐，里面装的就是用过的油。"可以省不少钱呢。"

走到三楼与四楼之间时，佩勒姆再次停下脚步，擦一擦被熏得刺痛的眼睛。往事浮现在脑海，就是了：

斯蒂庞克车。

映入脑海的是父母亲那辆二十世纪五十年代末的紫色车子，科幻的外形有如太空船，被小火慢慢烧到只剩下轮胎框。都怪他父亲抽烟时不小心，烟头掉在座椅上引燃了椅套。佩勒姆与双亲，以及整街区的邻居，眼睁睁看着车子被火烧掉，有人一脸惊惧，也有人偷偷幸灾乐祸。

此时他闻到的正是这种气息。闷烧味，烟味。紧接着，他身旁升起一团热气。他望向栏杆下的楼梯间，起初只见一片朦胧的漆黑，随后下面爆出一声巨响，地下室的门被猛吸入内，火焰如火箭升空时排放的废气一样，瞬间涨满了整个楼梯间与一楼的小接待室。

"着火了！"佩勒姆大喊。这时，先于火焰而来的黑烟向他席卷而来。他拼命敲打着离他最近的一扇门。无人回应。于是他想下楼，却被火苗逼退，火星与浓烟朝着他排山倒海而来。他被呛到了，一口接一口吸进的全是脏空气，身体也打了一阵哆嗦。他快窒息了。

可恶，烧得这么快！火焰、火星、纸团宛如飓风般席卷楼梯间，一路蹿升至最高的六楼。

他听见头上有人惨叫，于是抬头望向楼梯井。

"艾蒂！"

老妇人艾蒂的黑脸从五楼平台处的栏杆向下看，一脸惶恐地注视着大火。刚才上楼时，佩勒姆听见前方有人走动，这时他心想那人一定就是艾蒂。她提着一只杂货店的塑料袋，松手后，三个橙子滚下楼，经过佩勒姆身边，跳进了火堆，吱吱作响，迸出蓝色的火花。

"佩勒姆，"她呼叫着，"公寓……"她边说边咳嗽，"……怎么会？……"他一个字也听不清。

他开始向艾蒂走去，可是大火已经蔓延到四楼了，点燃了地毯和一堆垃圾，热气直扑他的脸，橙色的魔爪正伸向他，他只好踉跄着下了楼。一片壁纸着火后腾空而起，眼看就要落到他头上，幸好即时烧成了纸灰才不至于灼伤佩勒姆，他退至三楼的平台，再敲另一道门。

"艾蒂。"他抬头对着楼梯间高喊，"去找逃生梯！出去！"

走廊另一端有人谨慎地开门，探出头来的是个拉丁裔男孩。他一手拎着黄色的金刚战士玩偶，眼睛睁得滚圆。

"打电话叫消防队！"佩勒姆大吼，"去打电话！——"

房门砰的一声关上。佩勒姆用力敲门。他仿佛听见了惨叫声，但又不太确定，因为此刻火场发出犹如卡车呼啸而过的隆隆声响，掩盖了其他声音。火焰逐步吞噬了地毯，栏杆就像厚纸板一样不堪一击，变得支离破碎。

"艾蒂。"他大叫一声，立刻被烟呛得说不出话，跪倒在地。

"佩勒姆！救你自己要紧。出去。快跑！"

两人之间的火势在加剧，墙壁、地板、地毯无一幸免。以禽鸟为主题的彩色玻璃迸裂了，炽热的碎片如雨点般落在佩勒姆的肩膀和脸上。

佩勒姆纳闷，怎么烧得这么快？他感到越来越虚弱，火星不断从周遭冒出，噼里啪啦地响着，犹如流弹。没有空气了，他无法呼吸。

"佩勒姆，救我啊！"艾蒂哀号着，"逃生梯在那一边，我过不去……"大火已经将她重重包围，她根本无法靠近通往逃生梯的窗口。

大火把他困在二楼与四楼之间，一步步向他进逼，他抬头看见艾蒂在五楼，正被墙壁般的大火逼得连连后退。两人之间的楼梯被烧垮了，她被困在比佩勒姆高两层楼的地方。

一点一点的火星在他的工作服和牛仔裤上烧出洞来，他一面干咳一面拍打着身上。墙壁向外爆开，手指状的火焰喷涌而出，前端伸向佩勒姆的手臂，他的灰衬衫立刻被点着了。

尽管被大火烧灼得很痛，他却并没过多担心自己会命丧于此。他其实更担心大火烧坏他的视力，灼伤他的皮肤，侵蚀他的肺脏。

他在地上打滚以扑灭手臂上的火，然后站了起来。

"艾蒂！赶紧爬到屋顶上去！消防队会用云梯和救生钩……"他边喊边跑到了窗边，迟疑了一下，便拎起他的帆布摄影包砸碎了玻璃，将价值四万美元的摄像器材扔到了逃生梯上。六七个住户惊慌失措地从楼梯上跑下来，对他的帆布摄影包视而不见，径直冲向楼下的巷子。

佩勒姆爬上楼梯回头看去。

"快到屋顶去！"他对艾蒂大喊道。

但通道或许已经被封住了，现在到处都是火。

也许惊慌之下她并没有意识到这一点。

透过熊熊大火，佩勒姆和艾蒂的目光相遇了，她露出微笑。佩勒姆没有听到任何尖叫和呼喊声，艾塔[①]·威尔克斯·华盛顿撞破了一扇很早以前就被油漆封死的窗子，停顿了一下，然后向下看去。接着，她猛地跳向离地五十英尺高的空中，下方正是紧挨着公寓大楼的圆石小巷。佩勒姆知道，五十五年前，一位名叫克利夫兰的男孩在这条巷子里的圆石上刻下了他对少女艾蒂的爱情宣言，而此时，艾蒂瘦弱的身影正消失在浓烟之中。

伴随着木材和金属的呻吟声，紧接着是大铁锤敲打金属的声响，楼房的结构渐渐垮塌了。佩勒姆朝后方跳上了逃生梯的边缘，差点冲出了扶手。在橙色火光的包围中，他冲下了楼梯。

他和其他逃生的住户一样匆忙，然而他脑子里想的并不是如何逃出火场，而是要在墙壁垮塌前尽快找到艾蒂的尸体，并将其抬离巷子，以免她被烧得面目全非——为了艾蒂的女儿。

---

① 艾蒂（Ettie）是艾塔（Etta）的昵称。

2

他睁开眼睛,发现警卫正俯视着他。

"先生,你是这里的病人吗?"

他急忙坐起身,这才发现尽管逃生让自己肌肉酸痛并全身多处擦伤,但在急诊室里的橙色玻璃纤维椅子上沉睡的五个小时才是对他最大的伤害——脖子异常疼痛。

"我睡着了。"

"你不能在这里睡。"

"我是病人。昨晚他们给我治疗后,我就睡着了。"

"是的,先生。你已经治疗过了,必须离开。"

他的牛仔裤上烧了几个洞,他想自己现在一定很脏,警卫一定把他当成了无业游民。

"好吧,"他说,"给我一分钟时间。"

佩勒姆把头慢慢转着圈,脖子深处传来咔嚓一声。一阵仿佛喝了冰冻饮料般的疼痛①瞬间传遍了他的整个脑袋。他皱了皱眉，然后看看四周。他明白警卫为什么要赶他走了。屋里挤满了等待治疗的人。谈话声犹如潮水般此起彼伏，其中掺杂着英语、西班牙语和阿拉伯语。人们或惊恐、或听天由命，要么就是烦躁不安，而对佩勒姆来说，听天由命的才是最令他不安的。他身边的男子坐在椅子前缘，两只胳膊放在膝盖上，右手提着一只儿童的鞋子。

警卫虽然下了逐客令，却没有执行命令的兴趣，而是走向两个躲在角落抽大麻的年轻人。

佩勒姆站起来，舒展了一下身体。他摸了摸口袋，发现了一张昨晚别人塞给他的纸条，他眯起眼开始看上面写了什么。

佩勒姆拿起沉重的摄像机，走进一条长长的走廊，按照标识走向B区。

屏幕上细细的绿色线条几乎一动不动。

一个胖胖的印度医生站在床边，盯着屏幕，似乎在看这台惠普显示屏是不是坏了。他低头看了一下病床上盖着毛毯和被单的患者，然后把金属记录板挂在了床头的挂钩上。

约翰·佩勒姆站在门口，他疲惫的目光从医院外的景象转到了一动不动的艾蒂·华盛顿身上。

"她昏迷了吗？"佩勒姆问道。

"没有，"医生回答，"她睡着了，注射了镇静剂。"

"她不会有事吧？"

---

① 原文为 brain freeze，指一种通常因食用冰冷的食物（如冰激凌）造成的剧烈头痛。

7

"她摔断了一只胳膊，扭伤了脚踝。目前还没有检查出有什么内伤，稍后我们再给她做些扫描——脑部扫描。她跳下来的时候撞到了头。你知道吗，只有亲属才能进重症病房。"

"哦，"疲惫的佩勒姆回答，"我是她儿子。"

医生的眼睛迟疑了一会儿，然后转向艾蒂，她的皮肤黑得如同桃花心木栏杆。

"你……是她儿子？"医生迷茫的目光注视着他。

也许你会觉得在曼哈顿西区工作的医生会更具幽默感，但这位显然不是。

"好吧，"佩勒姆说，"让我在她身边多坐几分钟，我不会偷走便盆，不信的话，我走的时候你可以来数数。"

仍然看不到笑容，但是医生说："五分钟。"

佩勒姆重重地坐了下来，双手托着下巴，脖子上顿时传来阵阵疼痛。他直起身，让脖子歪向一边。

两个小时后，一位护士推门进来，叫醒了他。当护士看到佩勒姆时，目光更多地停留在他的绷带和破牛仔裤上，而不是他这个人。

"你们两个到底谁是病人？"她用地道的得州达拉斯口音问，"谁是探视的？"

佩勒姆揉了揉脖子，朝病床点了点头。"我们轮流，她的情况怎么样？"

"哦，她是个坚强的女人。"

"她为什么一直睡不醒？"

"打了镇静剂。"

"医生不是说还要做些扫描吗？"

"他们经常这么说，免得出事后被追究责任。我觉得她应该没事，我先前还和她聊过几句。"

"是吗？她都说了些什么？"

"她好像是说'有人放火烧我的房子，究竟是什么样的狗娘养的干的'，不过她说的不是狗娘养的。"

"的确像是艾蒂说的。"

"是同一场火灾吗？"护士问道，瞥了一眼他被烧破的牛仔裤和T恤。

佩勒姆点了点头。他解释了艾蒂是如何跳窗逃生的。幸亏艾蒂落下时掉在了积了两天的垃圾堆而不是圆石上，才使得下坠的身体受到了缓冲。佩勒姆将她背到紧急救护人员处，又返回火场营救其他住户。最后，他自己也被浓烟熏晕了，醒来后已经在这家医院里。

"知道吗，"护士说，"你……黑乎乎的，看上去就像施瓦辛格电影里的突击队员。"

佩勒姆擦了下脸，仔细检查了自己五根肮脏的手指。

"给你。"护士消失在走廊里，转身又带来了一条湿毛巾。她迟疑了一下，佩勒姆猜想，她应该是在犹豫是否要亲自来给佩勒姆擦脸，最后还是决定让佩勒姆自己擦。佩勒姆接过毛巾，一直擦到毛巾都黑了。

"你，想来杯咖啡吗？"她问。

佩勒姆的胃中翻腾了一下，他估计自己至少吸进了一磅重的灰尘。"不用了，谢谢。我的脸怎样了？"

"现在看上去还有点脏。也就是说，比之前干净多了。我要去换便盆了，再见！"她离开了病房。

佩勒姆把他的长腿伸到前方，检查牛仔裤上被烧出的洞，裤子应该是报废了。接着他花了几分钟时间检查了摄像机，幸亏当时有好心人捡到后交给了医护人员，摄像机也因此随着他被送进了急诊室。他走了一遍标准的检查程序——摇晃了一会儿，没有什么异响。磁带仓被撞凹了，但是能正常运转，里面的磁带也没有损坏，记录的最后一幕是在西区三十六街四五八号采访的内容。

好了，佩勒姆，今天你想问些什么？你想再听听关于比利·多伊尔的事吗？他是我第一任丈夫，狗娘养的，他就象征着地狱厨房。他是这里的大人物，但在其他地方只能算个屁。出了地狱厨房，他连屁都不是。我有个关于他的精彩故事，我想也许你会有兴趣……

他无法记起这次两天前的采访中，艾蒂还说了些什么。他把摄像机架在她的小房间里，房间里放满了她七十多年来收集的纪念品，包括一百多张照片、篮子、小玩意儿、玩具、为防蟑螂而用保鲜盒装的食物。他开启摄像机，对着她录像。

你看，住在地狱厨房的人都特别有想法，他们都有自己的计划。比利想买地，他看中了两块地，就在现在的贾维斯会展中心附近。告诉你吧，要是那时候他买了，现在就是个有钱的爱尔兰佬了，请别怪我用这个词，因为他也这么称呼自己。

接着，床上的动静打断了他思绪。老妇人依然紧闭双眼，双手抓挠着毛毯边缘，两个拇指和两个中指似乎在拨弄着一颗看不见的珍珠。

这让佩勒姆担心起来。他记得一个月前，住在西区养老院里一百零二岁的奥蒂斯·巴尔姆在临终前，曾将目光移向窗外的紫丁香，并开始乱抓他的床单。这位老人在艾蒂那幢楼里住了好多年，躺在病床上欣然接受佩勒姆采访，讲述他在地狱厨房的生活。突然，老人安静下来,开始抓他的床单,就像艾蒂现在那样,接着他停止了动作,佩勒姆大喊救命。医生赶来后证实他已经死亡,他们解释说人死前确实有抓床单的举动。

佩勒姆靠近艾蒂·华盛顿,突然,一阵呻吟声响起,随后变成了话语。"你是谁?"老妇人双手静止下来,睁开双眼,但还是不大看得清。"谁在那儿?我在哪儿?"

"艾蒂。"佩勒姆不紧不慢地说道,"是我,约翰·佩勒姆。"

艾蒂眯着眼睛盯着他。"我不大看得清,我在哪儿?"

"医院。"

她咳嗽了一会儿,要了杯水。"很高兴你来了,平安逃出来啦?"

"是的。"佩勒姆说着,又帮她倒了一杯水,艾蒂一口气喝了下去。

"我似乎记得一点跳楼的事情。哦,我吓坏了。医生说我的情况非常好,他真的是这么说的。'出奇的好。'一开始我还没听懂他在说什么。"她嘟囔着,"他是个印度人,是远在亚洲的那个印度,吃咖喱和骑大象的印度人,这里一个美国医生都没见到。"

"伤得严重吗?"

"还用说吗。"她仔细检查了胳膊,"我看上去很惨吧?"艾蒂咂了下舌头,看着那令人生畏的绷带。

"哪里啊,你看起来就像封面女郎!"

"你看起来也不怎么样,约翰。你能逃出来我太高兴了。我跳向巷子的时候,最后一个念头是:'哦不,约翰也会死的!'真是的,想到哪儿去了!"

"我逃生的方法很简单,走楼梯。"

"到底发生了什么?"她自言自语道。

"我也不知道。之前一切都好好的,转眼间整幢房子都烧光了,像个火柴盒一样。"

"我去买东西，回到公寓时才发现……"

"我听见你的声音，你肯定是在我回家前不久来的，因为我在街上没有看到你。"

"我从来没见过火势蔓延得这么快，就像光环舞厅那场火灾一样，那个舞厅我好像跟你说过？在四十九街上。我在那里登台演唱过一两次，是一九四七年三月三十日烧毁的，死了好多人。你还记得我跟你说过的那个故事吗？"她继续说道。

佩勒姆忘记了。他想如果回到他房间里，将一盘盘关于艾蒂的采访录像带找一遍应该可以找到。

她擦了把鼻涕，咳嗽了一阵。"那烟，是最可怕的。大家都安全逃出来了吗？"

"没人死亡，"佩勒姆回答，"朱安·托列斯伤势最重，他现在在儿童重症监护室里。"

艾蒂的脸僵住了。她脸上这种表情佩勒姆只见过一次，那次是她说起那个在时代广场遇害的小儿子。"朱安？"她喃喃道。沉默了一会儿后，她又说，"他不是去他外婆家住几天吗？在布朗克斯区，他怎么回来了？"

她看上去很难过，佩勒姆也不知道该怎么安慰她。艾蒂终于又将目光转向刚才被她抓乱的毛毯，脸上泛起死灰般的颜色。"我可以在那石膏上签个名吗？"

"什么意思？当然可以。"

佩勒姆取出签字笔。"随便哪里都可以吗？这儿行吗？"他写下了浑圆的草书体。

从嘈杂的走廊里传来四声电子铃声。

"我在想，"佩勒姆说，"你希望我给你女儿打个电话吗？"

"不用，"老妇人回答说。"我已经给她打过电话了。早上我一醒来就给她打了电话。她担心坏了，不过我告诉她我还没到说再见的时候，让她等到我的各种检查结果出来后再说。如果非要动手术，那时候她再来也不迟。也许还可以借机给她介绍个英俊的医生。我女儿喜欢有钱的医生，她就是这样，我告诉过你。"

半开的病房门上传来一阵敲门声。四个穿着正式的男人走了进来，个个身材高大、表情严肃。他们进来后，这个空着三张床的房间顿时显得局促起来。

佩勒姆瞥了一眼，知道他们都是警察。看来警察是怀疑有人纵火，否则火势不会蔓延得这么快。

艾蒂不太自在地点了点头。

"华盛顿夫人？"年龄最大的一位男士问道。他看上去大约四十五六岁的样子，长着瘦瘦的肩膀和一个有待减肥的大肚腩。他穿了牛仔裤和挡风夹克，佩勒姆注意到他的腰间别着一支很大的左轮手枪。

"我是消防官罗麦克斯，这是我的助手……"他朝一个肌肉发达的年轻人点了点头，"其他两位是纽约警察局的警官。"

其中一名警察转向佩勒姆，要求他离开。

"不，不，"艾蒂抗议道，"他是我朋友，没关系的。"

警察看了看佩勒姆，用眼神重申了逐客令。

"好吧，"佩勒姆对艾蒂说，"他们过会儿也会想和我谈谈的，等他们跟你谈完了，我再回来。"

"你是她的朋友？"罗麦克斯问。"是的，我们过会儿会找你谈，但你不许回这里，去跟那位警官留下你的姓名和地址，然后走人。"

"什么意思？"佩勒姆笑道，露出疑惑的神情。

"让他留下姓名和地址,"罗麦克斯朝助手点点头,接着他吼道,"然后给我滚蛋!"

"我可不想走。"

强壮的罗麦克斯双手叉到腰上。

我们可以这样玩,也可以那样玩。佩勒姆将双手交叉起来,同时微微迈开双脚。"我不想离开她。"

"约翰,没关系的。"

罗麦克斯说:"这间房间是不允许探视的,别问为什么,这不关你的事。"

"我可不认为我的事要你管。"佩勒姆回答。这句话是他几年前写的一部电影剧本的台词,但从来没有机会用过。

"妈的,"一个警察说,"没时间啰唆了,赶他出去。"

助手用他强壮的双手钳住佩勒姆的手臂,将他架到门口。一阵冰凉的疼痛感穿过佩勒姆僵硬的脖子。佩勒姆甩开他后,警察决定让佩勒姆靠在墙上休息一会儿,他将佩勒姆的双臂强按在墙壁上,直到他开始因血液循环不畅而导致麻痹,他的靴子也几乎离地了。

佩勒姆对着罗麦克斯大喊道:"让他快住手,你们在干什么!"

但是消防官正忙着。

他正关注他手里那张白色的小卡片,并朗读上面的犯人人权给艾蒂听,然后将以过失伤害、攻击和纵火罪嫌疑把她逮捕。

"喂,别忘记还有企图谋杀罪。"其中一名警察喊道。

"哦,是的。"罗麦克斯喃喃道。他瞥了一眼艾蒂,耸耸肩补充,"听到他说的了吧。"

3

艾蒂的家和纽约大多数建于十九世纪的经济型公寓相似，屋子长七十五英尺，宽三十五英尺，由石灰石建造。她这套房用了红色的石材，带有陶土的色调。

一九〇九年之前，政府并没有明文规定这些六层的楼房应该怎样建造，很多开发商就用一些破机床当梁柱，用混合了锯木屑的石膏和水泥砌墙。但是那些粗制滥造的建筑早就坍塌了。艾蒂曾对着神情专注的约翰·佩勒姆的摄像机解释说，这间房屋不同于其他地方，建造它的人很用心，不仅建造了圣母神龛，还在门口上方装饰了画着蜂鸟的玻璃。这样的楼房有理由屹立两百年。

除非遇到汽油和火柴……

这天早上，佩勒姆走向这幢楼房的废墟。

楼房被烧得只剩下黑色的石头框架，里面乱七八糟地堆满了烧焦的床垫、家具、废纸、家电。楼房的底层盖了一层厚厚的灰色烂泥。

佩勒姆愣住了，因为他看到一只手从一堆泥里露出来。他跑过去，跑到一半停住了，因为他看到那手腕处有道裂缝，原来是个假模特。

这是个地狱厨房式的恶作剧。

一个很大的瓷质浴缸正用它那爪状的四脚站在一个废物堆上，站得非常稳，里面满是污水。

佩勒姆继续绕着楼房走，慢慢靠近黄色警戒线外的围观人群——就像梅西百货甩卖日时排队在门外的人群一样。大多数人都急着想进去捡些破烂，但是能捡的东西少得可怜。有几十张又脏又焦的床垫，廉价家具和家电的空架子，以及被浇湿的书籍。这幢楼没有开通有线电视，一堆像兔耳朵似的天线矗立在一堆残骸上，一台烧毁的电视机上只能看到三星的标牌和电路板了。

臭气令人感到恐惧。

佩勒姆终于找到了他要找的人。他换了衣服，现在穿着牛仔裤、防风夹克和消防靴。

佩勒姆从警戒线下钻了进去，朝这位消防官走去，脸上保持着威严，以避免被到处走动的现场勘案人员和消防队员拦下来。

佩勒姆听见罗麦克斯在和他那个强壮的助手说话，就是那个在艾蒂病房里将他按在墙上的人。"那儿，墙面剥落。"罗麦克斯指着砖墙说，"那是个高温点，起火点就在墙后，让摄影师过来拍张照。"

消防官弯下腰去检查地面上的情况。佩勒姆在他身边几英尺外停了下来，罗麦克斯抬起头，佩勒姆洗过澡换了衣服，脸上没有了污迹，因此罗麦克斯一下子没认出他来。

"是你。"罗麦克斯说。

佩勒姆觉得应该表现得友好些，说道："嘿，你好。"

"滚吧。"消防官骂道。

"我只想跟你谈一会儿。"

罗麦克斯又把注意力转向了地面。

在医院里,他们已经登记了佩勒姆的姓名和住址,并跟纽约警察局核对过。罗麦克斯和他的助手觉得很可惜,因为实在找不到拘留佩勒姆的理由,甚至连搜身都得小心翼翼。他们只好对佩勒姆进行一些简短的笔录,然后把他推到走廊里,警告他如果不在五分钟之内离开医院,将要以阻碍执法罪逮捕他。

"就问几个问题。"佩勒姆说道。

罗麦克斯的衣服皱巴巴的,令佩勒姆想到一位技术很烂的高中篮球教练。罗麦克斯站起身来,上下打量佩勒姆,目光迅速扫过,不带警觉,也不带敌意,只是想弄清他究竟来干吗。

佩勒姆问:"我想知道你们为什么逮捕她。完全没道理,我当时就在现场,我确信她没有放火。"

"这里是犯罪现场。"罗麦克斯转向剥落的墙壁。他的话听上去不像警告,但佩勒姆心里认为这应该就是。

"我只想问你……"

"退回到线外面。"

"什么线?"

"警戒线。"

"好的,只要让我……"

"逮捕他。"罗麦克斯对他的助手吼道,助手正准备动手。

"没问题,我走开就是了。"佩勒姆举起手,退回到警戒线外。

佩勒姆取出袋子里的摄像机,对准了罗麦克斯的后脑勺,打开电源,透过清晰的屏幕,他看见一位身穿制服的警察在对罗麦克斯悄悄说些什么。罗麦克斯回头望了一眼,又转过头去。在两人的身后,大堆垃圾仍在冒着浓烟。佩勒姆突然意识到，尽管拍这段录像只是为罗麦克斯着想，但它有很大价值。

消防官忍住很久没有理睬佩勒姆，最后还是忍不住转身走过来，推开镜头。"好了，别再添乱了。"

佩勒姆关掉了摄像机。

"不是她放的火。"佩勒姆说。

"你是谁，记者吗？"

"差不多吧。"

"不是她放的火，是吗？那是谁放的？是你？"

"我已经跟你的助手做过笔录了。对了，他叫什么？"

罗麦克斯没理他。"回答我的问题。如果你那么确定不是她放的火，那看来就是你放的。"

"不，我没有放火。"佩勒姆发出一声丧气的叹息。

"你是怎么从楼里逃出来的？"

"逃生梯。"

"但是她说起火的时候她不在楼里，是谁帮你们开门的？"

"罗达·桑切斯。她住在2D。"

"你认识她？"

"我见过，她知道我在给艾蒂拍一部片子，所以让我进去了。"

罗麦克斯赶紧问："如果艾蒂不在家，你干吗还要进去？"

"我们约好了十点见面。我想如果她不在家也会在几分钟之内回来，我就上楼去等，她出门去买东西了。"

"你不觉得很奇怪吗？一个老太婆晚上十点钟去地狱厨房的街上买东西？"

"艾蒂有她自己的作息时间。"

罗麦克斯聊得起劲了。"所以你碰巧在起火时站在逃生梯旁,运气真好。"

"有时候是的。"佩勒姆说。

"告诉我你到底看到了什么?"

"我已经做过笔录了。"

罗麦克斯骂了起来。"全是屁话。把细节说出来,请你配合。"

佩勒姆想了一下,认为越是配合对艾蒂越有利。他解释说当他朝楼梯井望时,看到大门被轰到外面去了,他还描述了火势、烟和火星——大量的火星。罗麦克斯和他那壮如摔跤手的助手仍然面无表情,佩勒姆只好说:"我想我帮不上太多忙。"

"如果你告诉我们的是实话,你就帮了大忙。"

"我干吗要撒谎?"

"告诉我,幸运先生,当时是火苗多还是烟多?"

"应该是烟比较多。"

消防官点点头。"烟是什么颜色?"

"说不清,就是火的颜色。橙色。"

"有没有蓝火?"

"没有。"

罗麦克斯记下这些描述。

佩勒姆气急败坏地问道:"你们掌握了她纵火的证据吗?或者找到了证人?"

罗麦克斯笑了笑保持缄默。

"喂,"佩勒姆怒斥,"她是个七十多岁的老太太……"

"嘿,幸运先生,你听我说。去年纽约发生了一万多起可疑火灾。经过调查,超过半数属于纵火,其中三分之一的纵火犯是女性。"

"这看上去不能作为呈堂证供吧，你手头还有什么确凿的证据？"

罗麦克斯转向助手。"确凿的证据。他居然还懂这个。是从《纽约重案组》还是《一级谋杀》里学来的？不对，你像是辛普森杀妻案的忠实观众。滚你的，什么确凿证据，给我滚。"

佩勒姆在警戒线外继续拍摄影片，罗麦克斯也不去理他。

佩勒姆拍摄的是楼房后面那条脏乱的巷子，记录那堆救了艾蒂性命的垃圾袋，这时他听到一声微弱的呜咽声，如果烟能发出声音，那么就是这种声音。

他穿过街道走向马路对面的建筑工地，一座六十层高的大厦已经快要建成。靠近工地时，他听见呜咽声变成了人声。"要变成他们了，我也要变成他们了。"一个妇女坐在大垃圾箱的影子里，旁边站着两座饱经沧桑的斗牛犬石像，这两座石像在艾蒂公寓楼梯入口处守卫了一百三十年。这位妇女是黑人，有一张带有痘疤的俏脸，身上的白衣服又脏又破。

佩勒姆蹲下去说："西比，你没事吧？"

她继续凝视着这座被毁的楼房。

"西比，还记得我吗？我是约翰。我给你拍过电影。你告诉我你是从哈莱姆区搬过来的，你应该记得我。"

她好像不记得了。佩勒姆有一次来采访艾蒂时在大门口碰到过她，她应该知道佩勒姆，因为她连招呼都没打，便告诉佩勒姆拿二十块钱出来，她就可以接受采访。有些纪录片导演认为付钱给受采访者有悖职业道德，因此他们会拒绝，但佩勒姆还是塞给她二十块钱，在她还没来得及放入口袋时就开始拍摄了，可惜这次合作既浪费金钱又浪费时间，因为她对佩勒姆胡说八道了一通。

"你平安逃出来了。"

西比心烦意乱地解释说，失火时她和孩子在家里，正要开始吃米饭加上配了番茄酱的豆子做的晚餐。尽管他们一家轻松逃了出来，但是年轻人又冒险冲回去想抢救些家当。"可惜没把电视救出来，太重了，可恶。"

母亲会让子女去冒那么大危险？佩勒姆想到这儿不禁打了个冷战。

她身后有个大约四岁的女孩，手里抓了个破玩具，还有个九岁或十岁的男孩，脸上虽然没有笑容，眼睛里却流露出惊喜。"有人放火烧我们出来，"他傲气十足地说，"你相信吗？"

"我可以问你几个问题吗？"佩勒姆说。

西比没吭声。

他打开摄像机，希望西比对近期的记忆能好于她对幼时的回忆。

"哎，你是从CNN来的吗？"男孩问，眼睛盯着索尼摄像机闪烁的红灯。

"不是，我在拍一部电影，上个月我给你妈妈拍过。"

"不会吧！"男孩掩饰着他惊讶的眼神，"电影，韦斯利·斯耐普斯，丹泽尔，耶！真是棒。"

"你还记得大火是怎么开始烧起来的吗？"

"一伙人放的火。"男孩不假思索地回答。

"给我闭嘴。"他母亲咆哮着，哀伤的心情立刻消失了。

那伙人应该是一个帮派。"是哪伙人？"

西比仍然保持沉默，眼睛盯着一把被过往车辆压入柏油路的钥匙，旁边是个手枪子弹的弹壳。她抬头看看公寓。"看那儿。"

佩勒姆说："这幢楼以前不错。"

"现在变成一坨屎了。"西比弹指发出惊人的声响。"哦，我要变成他们了。"

"他们是谁？"佩勒姆问。

"街上的游民。我们就要露宿街头了，我一定会生病，会应验西村的诅咒然后死去。"

"不会有事的，政府会照顾你们的。"

"政府？扯淡吧。"

"火灾刚发生时你有没有看见什么人在地下室附近？"

"废话，当然有喽，"男孩说，"肯定有。就是那伙人，我看见他们的。我这个小黑鬼眼睛不会看错。我……"

西比一个耳光狠狠地甩到他儿子脸上。"他什么都没看到，你别相信他的鬼话！"

佩勒姆被这记耳光吓住了。男孩注意到他的表情，但这种无言的同情远远比不上耳光的疼痛。

"西比，这周围不安全，"佩勒姆说，"去马路那头的收容所。"

"收容所，可恶。我还抢救出一些东西。"西比指着她的购物袋。"我在找我妈妈的蕾丝围巾，没找到，可恶，肯定是丢了。"她朝围观群众喊道，"你们谁在附近看到蕾丝围巾了？"

没人理她。"西比，你有钱吗？"佩勒姆问。

"有个男的给过我五块钱。"

佩勒姆递给她二十块。他走回街上，招了一辆出租车，又掏出二十块，"带她去收容所，就是五十号街那家。"

司机看了一眼想坐车的人。"嘿，老兄，我要下班了……"

佩勒姆悄悄又塞给他二十块，司机便不再多说。

一家人上了车，坐在后座上的男孩伊斯梅尔眼神里充满着警觉，盯着佩勒姆。出租车开走了，佩勒姆举起那看上去有半吨重的摄像机，再次扛到了肩膀上。

* * *

那是什么？牛仔吗？

皮靴、蓝色牛仔裤，黑色 T 恤。

他只需再系一个领结、骑上马，就是真正的牛仔。

咿——哈，桑尼心想，人人都想跟我说话……

他看着牛仔把瘦弱的黑女人和小孩推进了出租车，然后又回到了楼房的废墟旁。

桑尼已经在废墟边观察了几个小时，心情既喜悦又略有些痒痒。此时他一直在思考着火时的声响。他知道地板垮塌时会发出巨响，但是没有人听到，因为火燃烧的声音远远超过人们的印象。当火烧到你膝盖的时候，你就可以听到像热血沸腾一样的声音。

他也在想气味。他呼吸着独特的香水味，夹杂着焦木、炭化塑料和氧化金属的味道。然后，他很不情愿地摆脱遐想，重新开始仔细观察起那个牛仔来。他的拍摄对象是一名筋疲力尽的消防官，他正在命令一名消防员挖掘现场，消防员用一把哈利刚斧在挖掘，这种斧子是斧头和撬棍的混合体，发明人是修伊·哈利根，他是世界上顶级的消防救火队员，是纽约消防局的骄傲。桑尼尊敬这位对手。

他掌握了很多对手的情况。例如，他知道纽约有二百五十名消防员，有的厉害、有的是饭桶，但罗麦克斯是非常优秀的。桑尼看到他正在对着一段皱裂的焦木拍照。这位消防官竟然一眼就看出来了，真厉害。木头上烧黑的正方形又大又亮，这说明当时火势快温度高。这有助于破案，也有助于审判——如果他们能抓到他的话。

消防官拿起一个六英尺钩，砸破了一楼的窗户，用手电筒照了进去。

纽约市几年前在火警警署成立了一支红帽子巡逻队。给消防官发了红色棒球帽，让他们去纵火案高发地带巡逻。那时候桑尼刚开始从事这行，消防官戴的红帽让他很容易就能辨认出，这对他帮助很大。如今消防官改穿便服，但桑尼已经不需要通过红帽子就能辨认出对手。现在桑尼只要看着对方的眼睛就能判断他是不是吃消防这碗饭的。

无论是纵火者还是救火者他都能分辨出来。

桑尼看到牛仔手中的大摄像机后，心里高兴不起来，感觉浑身抖得越来越厉害，汗越来越多。一根电线连接着摄像机和帆布袋里的电池组，这台摄像机不是便宜货，是货真价实的专业设备。

你到底是谁，是乔·巴克①吗？你来这里到底要干什么？

桑尼的汗越来越多（这他倒是不在意，因为最近一段时间，他一直汗流浃背），他的手也开始抖起来（这令他很在意，因为他是以组装易燃物为生的，手抖会产生严重后果）。

看着瘦高版的"乔·巴克"不停拍摄被烧毁的楼房，桑尼认定自己痛恨这个牛仔是因为身高，而不是因为他不停地拍摄这幢被他烧毁的楼房。

然而，在他内心深处，桑尼希望这录像拍得不错，他会以这场小火灾为荣。

他放了火之后，就从地下室的门逃了出去，躲在路对面的建筑工地里，打开他的收音机。他听到调派员发出了二级火警通报，代号为10-45二级。他对这个10-45很满意，因为这说明火势严重，但是他对代号二级很失望，这说明火灾只有伤员，只有一级才表示有人死亡。

牛仔继续拍了几分钟，然后他将摄像机关掉，塞回他的包里。

桑尼又看了一眼消防官和他的部下——天哪，这个助手长得真是魁梧。罗麦克斯让助手去调一部挖土机来尽快向下挖。桑尼在心中默

---

①乔·巴克（Joe Buck, 1969— ），美国著名体育主播。

默对他们说，这确实是调查这类火灾的正确程序。

但是桑尼越来越感到担忧。很快，他的心里充满了忧虑，就如同一条弥漫了浓烟的走廊，原本清晰的视线，不一会儿浓烟就密布如棉絮一般。

担忧的原因并非因为罗麦克斯和他那魁梧的助手，而是那个牛仔。

我恨那个牛仔，恨他，恨他，恨他恨他恨他恨他。

桑尼甩了甩他那搭在肩上的金色马尾辫，用颤抖的双手擦去前额的汗水，慢慢穿过人群，靠近那个牛仔。他呼吸变得沉重，心脏在胸腔里猛跳。他吸了口掺杂了烟味的空气，慢慢吐出来，享受这种味道、这种感觉。他双手下方的黄色警戒线抖动起来，别抖，别抖，别抖别抖别抖别抖别抖！

他抬眼看向佩勒姆。

身高没有超过他一英尺。也许比一英尺少得多。如果桑尼站直了，大概差九到十英寸。

突然，一名新来的围观者钻到了他们中间，将桑尼推到一边。这是一个年轻女子，穿了一身昂贵的深绿色双襟套装，是个职业妇女。她说："太可怕了，太糟糕了。"

"你看到整个火灾的经过了吗？"牛仔问。

她点点头。"我正好下班回家，我去审计，你是记者？"

"我在拍电影，是关于这幢楼的几位住户的。"

"电影，太酷了。是纪录片吗？我叫爱丽丝。"

"佩勒姆。"

佩勒姆，桑尼心想，佩勒姆。他将这个名字记下来，在脑中一遍遍默念，直到这名字变成了烟柱的顶端，在那儿却又无法看到。

"起初，"她看着牛仔——佩勒姆——的瘦脸继续说，"本来一切都很正常，突然间四处都着火了。真的，到处都是火。"她一手提着一只沉重的公文包，上面有"厄恩斯特与扬"的金色字样，另一只手的食指不安地卷着她红色的短发。桑尼瞥了一眼，看见公文包提手边挂着一盒名片。

佩勒姆问："火到底是从哪里开始着起来的？"

她点点头。"呃，我看到火从那个窗户里冲出来的。"她指着地下室说。

看起来她不应该叫爱丽丝这个名字，她更像《X 档案》里那个严肃的矮女人，桑尼私下里给她取了个名字，叫"斯考莉警官"。

和佩勒姆一样，斯考莉也比桑尼个子高。他不喜欢高个男人，更厌恶比他高的女人。她无意间瞥了桑尼一眼，就像看到一只松鼠，这使得桑尼怒火中烧。

"我就是打电话给消防队报警的人。在转角那个电话亭打的，就是那些你天天看到却从来没关注过的电话亭。"

他也很讨厌短发，因为一烧就没了。他将手在白裤子上擦了擦，仔细聆听。斯考莉警官不停在唠叨消防车、救护车、烧伤的、呛伤的和跳楼受伤的住户。

还有泥土。

"那边到处都是泥土，你根本不会想到火灾会带来那么多泥土。"

我们中就有人知道。桑尼心想，听她继续讲。

斯考莉警官告诉牛仔乔·巴克她看到逐渐被烧红的柱子和熔化的玻璃，还有一个男人从余烬中拖出几块烤熟的鸡肉吃了起来，而别人都在大喊救命。"那场面……"她停顿了一下，想找个精简的词语，"令人心痛。"桑尼曾为一些商务人士服务过，他知道这些人都精于概括。

"着火的时候有没有看到什么人在楼房附近？"

"楼后面有人。那儿有几个人，在巷子里。"

"是谁？"

"我没留意。"

"你再仔细想想？"牛仔追问道。

桑尼听得聚精会神，但是斯考莉警官实在回忆不出什么来了。"一个男的。两个男的。我只记得这些，对不起。"

"年轻人，少年？"

"不算年轻，我记不清了，真对不起。"

佩勒姆向她表示感谢。她还在原地徘徊，或许在等他约自己出去。但佩勒姆只露出含糊的微笑，然后走到街上招手拦下一辆出租车。桑尼赶紧跟过去，但是牛仔已经坐进车里，黄色的出租车在桑尼还没赶到路边时就开走了。所以他没听清楚目的地。

他非常恼火，因为高个的午夜牛仔居然如此轻易逃走了。但是回头一想，这也没关系，反正目标不是为了除掉证人或惩罚搅局者，而是一个更大、大得多的目标。

他举起双手，发现已经不抖了。桑尼的脸上泛起一缕如幽魂般稀薄的笑容。他闭上眼睛，吸入那甜美的香水味。

他闭着眼一动不动地待了好一会儿，最后终于慢慢回到现实中，手伸进背包中，发现只剩下大约一品脱的"果汁"。

但他确认这些已经足够，绰绰有余。有时候只需要一汤匙就够了。这需要看你有多少时间，脑子有多聪明。现在，桑尼有的是时间，而且，他知道自己像狐狸一样精明。

4

今早刮着风。

一场八月的暴风雨即将来临,佩勒姆醒来后听见风声,第一件注意到的事情就是他不再左右摇晃了。

他把温尼贝戈的酋长型露营车停在白原市的维斯彻斯停车场,暂时告别了他的游荡生活,到现在已经有三个多月了。三个月——可他有时候仍然睡不好,反而不如在那需要更换弹簧的车载床上睡得香。今天这么大的风,如果睡在车上肯定会被摇得像走在大风中的行路人。

同样,他也没有习惯为一套东村的狭长形小套房每个月支付一千五百美元的房租,这房子最大的吸引力在于厨房里配了一个浴缸。(房东告诉他,"这被称作浴厨",接着就拿走了中介费和第一个月的房租支票,好像佩勒姆欠了她好几个月一样。"最近很多人想要住到这里来。")房子在四楼,油毡地毯脏成了浅褐色,绿色的墙面就和艾蒂住的病房一样。另外他一直感到疑惑,这究竟是什么怪味?

在做电影采景师的这么多年里，佩勒姆只来过曼哈顿几次。当地公司一般都垄断了这项业务，另外曼哈顿拍摄成本太高，因此大部分的影片中有关曼哈顿的场景其实一般都在多伦多、克利夫兰甚至是临时搭建的影棚中拍摄。佩勒姆对真正在曼哈顿拍摄的影片毫无兴趣，不是吉姆·贾木许①那种类似学生电影的片子，就是无聊的主流电影。白天：外景，广场大酒店；晚上：外景，华尔街。佩勒姆做采景师时，居然大部分时间是在市政府电影管理科填写资金流向表格，而不是帮导演寻找合适的场景。

不过，不久以后他就不会接采景的活儿了。还有一个月他就能剪辑完他的首部拍摄了多年的电影和纪录片，片名是《第八大道以西》。

他洗完澡，梳好凌乱的头发，开始思考影片的进度。只剩下一个星期的拍摄时间，再花三个星期剪辑和后期制作。九月二十七号是混音完成和提交给波士顿WGBH电视台的最后期限，在那儿他将和制片人完成杀青工作。PBS电视台打算在明年春季播放。同时，他必须将录像带转成电影，重新剪辑，并送往美国少数几家艺术电影院上映，明年夏季在英国四频道播出。此后将送往戛纳、威尼斯、多伦多和柏林影展，最后进军奥斯卡。

当然这是原定计划，而现在呢？

《第八大道以西》的主题是西三十六街四五八号公寓及其住户，艾蒂·华盛顿是主角。现在她被捕了，佩勒姆开始怀疑自己手中那精彩的二百小时的专访还能否再搬上银幕。

他出门买了张报纸，然后招停一辆出租车。

出租车在车流中穿梭，好像要摆脱身后的追兵，佩勒姆紧紧抓住

---

①吉姆·贾木许（Jim Jarmusch, 1952— ），美国演员、导演、剧作家、摄像师、制片人。

把手，一边看报纸上关于火灾的新闻。火灾的新闻价值已经大大降低，今天的报纸只报道了艾蒂被捕的消息，另外证实了他已知的信息：唯一受重伤的是朱安·托列斯。佩勒姆能清楚回忆起那个男孩。他采访过男孩的母亲，他记得小男孩十二岁，站在房间的窗前，对着一包婴儿纸尿布练习左勾拳，他对佩勒姆说："我爸爸认识乔伊·坎塞克①，不，不，不，真的。他认识。"

男孩目前情况仍然很危险。

这篇文章还刊登了一张艾蒂的照片。她被一个女警察带离曼哈顿医院，头发乱成一团，她那被佩勒姆签过名的石膏下面的手铐上反射着光芒。

艾蒂·华盛顿的前夫姓多伊尔，她自己原来姓威克斯，现年七十二岁。她出生在地狱厨房，从未在任何其他地方生活过。过去五年里，她一直生活在西三十六街四五八号。之前的四十年，她住在这条街上一幢类似的楼房里，现在那幢楼已经被拆除了。她所有其他在地狱厨房的居住点都在五条街的范围之内。

艾蒂一共离开过纽约三次，而且行程短暂，其中两次是去北卡罗来纳参加亲人的葬礼。艾蒂高中时期的前两年是优等生，后来辍学去工作，想成为一名酒吧歌手。有几年里她一直在演出，给一些比较知名的艺人暖场。大多数演出在哈莱姆区或者布朗克斯区，偶尔也在"摇摆街"——第五十二街。佩勒姆听过一些由老式钢丝录音带转录成磁带的歌，被她低沉的声音所征服。多年来她一直靠打零工来养活自己和男友。作为一个住在地狱厨房的单身美女，她很受欢迎，但她拒绝了不计其数的求婚。最后她还是结婚了，不但晚，而且还门不当户

---

①乔伊·坎塞克（Jose Canseco），美国职业棒球大联盟球星。

不对：她丈夫是个爱尔兰人，叫比利·多伊尔。

多伊尔是个不安分的美男子，结婚仅仅三年就离她而去。

"比利做了一个男人应该做的。他们都有那种叛逆的精神。这也许就是天性吧，但真的很难让我原谅他。约翰，你也这样吗？"

佩勒姆坐在摄像机边记录着，一边点头鼓励艾蒂，同时提醒自己记得剪掉最后那句话以及她哈哈大笑那段。

她的第二任丈夫是哈罗德·华盛顿，他因为喝醉酒掉进哈得逊河淹死了。

"一了百了。但是他从不乱花钱，也不骗我，从来没有对我大声吼过。有时候我会怀念他，在我还能想起他的时候。"

艾蒂的小儿子叫弗兰克，有一天在时代广场被一个头戴紫色帽子的醉鬼开枪打死了。她女儿叫伊丽莎白，艾蒂以她为荣，她从事房产中介工作，住在迈阿密。一两年后，艾蒂将移居到佛罗里达，住在女儿身边。她的大儿子叫詹姆斯，是她和多伊尔唯一的孩子，是个英俊的黑白混血儿。他也患上了漂泊综合征，去西部后就失去了联络，艾蒂估计他在加利福尼亚，已经十二年没有他的音讯了。

艾蒂年轻时很漂亮，外表有些傲慢（有数百张照片为证，不过都在火灾中化为灰烬），即便现在她还是个有着黝黑年轻肌肤的漂亮女士。她经常考虑是否将灰白的头发染成黑色。艾蒂说起话来带有中大西洋地区的南方口音，语速较快，常喝低档葡萄酒，会做美味的洋葱培根猪肚。她还能解读自己的过往，以及她母亲和外婆的故事，讲得就像一名天生的演员，仿佛上帝给她这种天赋以弥补其他不足。

以后她会怎样？

出租车猛地冲过第八大道——地狱厨房外的马其诺防线。

当车经过一家店面时，佩勒姆瞥向窗外，看见店面窗上原来漆的

"面包店"字样被换成"青少年辅导中心——克林顿分部"。

克林顿。

这个地区住的都是些常年在此居住的老住户。对他们来说,"地狱厨房"是这个地区的称呼,名字永远不会被改掉。"克林顿"是市政府官员、公关人员以及房地产商的叫法。好像改名能使民众相信这一地区并没有经济适用房、帮派团伙、烟雾缭绕的百货店、妓女、遍布药瓶碎片的人行道,而是各大公司总部和高档楼盘的新大陆。

他记得艾蒂说过:"你有没有听过这鬼地方的名字怎么来的?据说很久以前,有个警察来到这里,他对另外一名警察说:'这里简直是地狱。'另一名警察说:'连地狱都不如,这里是地狱的厨房。'传闻是这样,但是实际并非如此。这叫法来自伦敦一个地名,还有什么是纽约自产的?连地名都是从别的地方偷来的。"

"我说嘛,"司机打断了佩勒姆的思绪,"昨天这样今天还这样,连着几周都这样。"

他指着前面的车流怒道。看上去是因为火灾现场对面的建筑工地的一幢楼房就要完工,水泥车从铁丝门开进开出,阻塞了交通。

"那幢楼啊。我真想让他们去死。他们把这一片都搞乱,全都破坏了。"他重重地拍了下仪表盘,差点打翻皇家球形空气清新剂。

佩勒姆付清车费下了车,让司机继续骂个够。他向哈得逊河边走去。

他走过阴暗木结构的店面,有文尼果蔬店,曼娜戈洛熟食店,前窗堆满被清光内脏的动物的古今肉店。衣服摊和堆满香料、佐料的木架排放在街道上。一家卖非洲商品的店正在热卖乌克珀和欧戈博纳,店主吆喝道:"要买趁早!"

佩勒姆穿过第九大道,继续朝第十大道走去。他穿过艾蒂家的空壳,这里飘浮着淡淡的烟雾,接着他走向转角处一幢低档的六层楼红砖建筑。

他在一幢一楼脏窗户上挂了一面手写招牌的公寓前停了下来。

招牌上写着：路易斯·贝利律师。刑事、民事、遗嘱、离婚、人身伤害。车祸。房产。公证。复印。欢迎传真。

窗户上少了两块玻璃。其中一块上贴了张泛黄的报纸，另一块上用一个早餐麦片盒子堵着。佩勒姆盯着这幢破旧的楼房，然后查看自己有没有搞错地址。没错。

欢迎传真……

他推门进去。

里面只有一间被改装成办公室的大房间，没有接待室。房间里堆满了文件、文摘、图书和几件笨重的老式家具，如一台满是灰尘的破电脑和一台传真机。一百多本法律书籍，有些都没有开封，塑封膜却已经泛黄。

一个招牌写道：公证人。

律师站在复印机边，把一页页的法律文件塞入这台摇晃的机器中。烈日从脏兮兮的窗户照进来，房间温度至少有一百度。

"你是贝利？"

他转过来，满头大汗，点点头。

"我是约翰·佩勒姆。"

"艾蒂的朋友，作家。"

"电影制作人。"他们互相握了握手。

肥胖的贝利摸摸自己灰白的长发，看上去有点秃顶。他穿一件白衬衫，打一个翡翠色的宽领结。他的灰色套装有点不合身，裤子大了点，上衣小了点。

"我想跟你说说她的案子。"佩勒姆说。

"这里太热。"贝利叠好桌上的复印文件,擦擦额头,"空调有问题。要不我们去另外一间办公室?我在这条街上还有个分店。"

分店?佩勒姆心里想着,嘴上说道:"请带路。"

路易斯·贝利朝面如粉团的酒吧女招待招手,但没说话,女招待拖着脚步过来帮他倒酒,她一定深知律师的习惯。她操着爱尔兰口音问佩勒姆:"你要喝点什么?"

"咖啡。"

"爱尔兰咖啡?"

"弗格士速溶咖啡。"他回答。

"我的意思是要不要加威士忌?"

"我的意思是不要加。"

贝利接着说:"开始吧。扫描结果都正常,无论是核磁共振还是什么别的,她应该没事。警察把她转移到女子拘留中心了。"

"我昨天想去探访她。但他们没让我见,那个消防官罗麦克斯很不帮忙。"

"他们一般都不肯,如果你站在我们这边的话就更是如此了。"

佩勒姆说:"我后来找到一个警察,他告诉我,她找你帮她打官司。"

一阵吱吱嘎嘎后,门开了,进来两个身穿深色套装的年轻人,他们朝四周看了一圈,便失望地离开了。贝利在上城的这间办公室——翡翠岛酒吧——并不适合谈正事。

"我能见到她吗?"佩勒姆问。

"现在她被关进拘留所了,我们可以想办法,当然,我已经和 ADA

交流过了。"

"ADA？"

"助理检察长。公诉人。她叫洛依丝·科伊佩尔。她为人不好也不坏，有点架子，大概是出于犹太人的天性吧，或者是女人的天性，或者是年轻人的天性。我也不知道哪种最麻烦。我威胁她如果不好好照顾艾蒂的话，我会跟法官陈述。照顾包括让她按时吃药，更换绷带，但是他们其实懒得管。"

"应该是吧。"

佩勒姆喝着酸咖啡，贝利喝着马爹利；贝利在评估案情。佩勒姆试图判断出他的能耐。从贝利的嘴里听不到法律条款、判例和法院章程。佩勒姆隐约得到一个结论，他宁可找个义愤填膺的律师，此外，即便不聪明，也至少别离开法学院太久。

贝利喝了口酒，说："你的电影是讲什么的？"

"一个关于地狱厨房的口述历史。艾蒂是最棒的受访者。"

"她讲故事确实很精彩。"

佩勒姆用双手拢住咖啡杯。这酒吧很冷。一阵冷风从门上的空调口吹进来。"他们为什么逮捕她？罗麦克斯没有告诉我任何情况。"

"是的，嗯，我有件事要告诉你，他们找到了一些东西。"

"东西。"

"而且对她不利。一个证人看见她在火灾发生前不久进入地下室。火灾就是从地下室烧起来的，在锅炉边上。她有后门的钥匙。"

"不是所有房客都有钥匙？"

"有人有。但是她被人看到在起火前五分钟打开了后门。"

"昨天我在那公寓遇到一个人，"佩勒姆说，"她说她看见火灾发生前巷子里有人——三四个男人。她能记得清的就这么多。"

贝利点点头,在一本封皮已经破损的笔记本里写了几句,本子封面上印的名字不是他的。

"她不可能纵火。"佩勒姆说,"我当时就在那里,火灾发生时她在我上面的楼梯上。"

"哦,他们认为真正的纵火者并不是她,但是她打开地下室的门放进了纵火犯。"

"职业纵火犯?"

"对,手法很专业,而且是个丧心病狂的家伙。他在这座城市干了多年,作案手法是在汽油里添加燃料油,比例恰到好处。他知道怎么做。汽油本身不太稳定,因此他添加了燃料油。虽然火燃烧得比较慢,但是烧起来之后温度很高。此外,他还在里面加了洗洁剂,所以沾到衣服和皮肤上,就和凝固的汽油一样。如果是为了钱而纵火的人——这种人我的意思是纯粹为了钱纵火不会这样做。而且他们不会在周围有人时放火,他们不希望任何人受到伤害,不过这家伙就喜欢干这种事,消防官和警察很担心。这家伙越来越疯狂,上级对他们施压,要求尽快将其抓获。"

"因此罗麦克斯认为是艾蒂雇佣了他。"佩勒姆沉思着,"可怎么解释她自己也差点葬身火海?"

"助理检察长推测,她回自己公寓是为了制造自己不在现场的证明。她窗外有一个逃生梯。只是她算错了时间。他们也认为,她约你去见她是为了证明她在家。"

佩勒姆嘲讽道:"她不会害我。"

"但是你到早了,是不是?"

佩勒姆最后说:"是的,早到了几分钟。"然后又说,"但是没有人想过一件事:她的动机是什么?"

"啊，是啊，动机。"贝利停下来理了理思绪，这动作他已经重复了几次。他喝光了马爹利，又叫了一杯，"这次倒满啊，罗斯。别往杯子里净放些大个的橄榄来充数。上周艾蒂买了份住户保险，金额是两万五千美元。"

佩勒姆喝了一口咖啡然后将杯子推开，他口中苦涩的味道不仅仅来自咖啡。"继续讲吧。"

"这是一种申价保单。听说过吗？意思是她支付一笔高额的保费，当公寓被烧毁后，不管是高档家具还是装橙子的木箱，保险公司都会照她的报价赔付。"

"做得太假了吧。买了保险后一个月就把公寓烧了。"

"啊，但是警察就喜欢这种明摆着的案件，佩勒姆先生。陪审团也一样。纽约人不善于推理，所以这就是为什么聪明的罪犯能逍遥法外。"马爹利送过来了，贝利的眼睛在酒杯边上徘徊，如同一个儿童在圣诞节早上看着礼物一样，"此外，女人也是骗保和骗领救济金的主要嫌疑人。你想，如果你是一个靠领救济金生活的母亲，当你的住所被烧毁，你却不用排队就能住到更好的房子。这样的事每天都有。消防官看到一个女人，一份保单和一场可疑的火灾后，他的任务就完成了。"

"有人陷害她。好吧，如果她是骗保，为什么要烧毁整幢大楼？为什么不仅仅是她自己的公寓？"

"减少怀疑啊。而且，这个纵火犯喜欢尽可能地进行最大的破坏。艾蒂也是碰巧雇佣了他，也许根本不知道他会怎么干。"

佩勒姆是一位独立电影制片人和编剧，常常把人生想象成一系列的故事。但这个故事看上去有几处漏洞。"好吧，保险公司一定已经把保单寄给艾蒂了，她看到之后怎么说？"

"代理公司说她拿走了申请书，填好后寄了回来。代理公司又转寄给保险公司。火灾发生前一天，审核过的保单才从保险公司寄出去，因此她没有收到。"

"那么说代理商或保险员可以证明拿走申请书的不是艾蒂。"佩勒姆指出。

"保险员看了照片认定拿走申请书的就是她。"

佩勒姆一直对阴谋理论表示怀疑，认为这类情节适合去拍一部奥利弗·斯通风格的电影。"那笔保险费的支票呢？"

"她付的现金。"

"是艾蒂自己说的？"佩勒姆问。

"她当然矢口否认。"贝利以轻蔑的口吻说，好像"否认"就和在吧台上漫步的苍蝇一样没用。"好了，我们谈谈正事。明天就要传讯了，助理检察长嘟囔说要延期，你知道什么是传讯吗？就是……"

"我知道，"佩勒姆说，"保释金的情况怎么样？"

"我估计金额不会太高。我会去问几个认识的保释代理人。她行动不便，所以逃走的风险不大，而且也不是凶杀案。"

"贝利先生。"佩勒姆插嘴。

律师举起一只手。"请叫我路易斯。"路易斯·贝利低吼着他的名字，立刻变成了他渴望变成的达蒙·鲁尼恩[①]。

"以前办过吗？"佩勒姆问，"像这种案子。"

"啊。"贝利朝后仰头，摸了摸松弛的下巴，盯着佩勒姆的目光突然清晰和专注起来。"我看到你在观察我。大甩卖时买的领带。磨损的袖口。廉价的套装。有没有注意到格子图案有点对不上？原来那条长裤去年穿破了，我买了条样式最接近的。你也够有风度的，没说我吃

[①]达蒙·鲁尼恩（Damon Runyon, 1884—1946），纽约作家，以地狱厨房为背景写了多部小说。

的这些液体餐。"

他指着自己的右手,这动作颇具戏剧性,不过他表现得很低调。"这是纽约法学院毕业生的戒指。不是纽约大学。差别大了去了。我晚上上课,白天处理案件。我是以班里中下等的成绩毕业的。"

"我深信你是名好律师。"

"哦,我当然不是。"贝利笑了笑,"但那又怎么样?这不是件上东区的案子。也不是苏活区或西区的案子。如果是那些地区的案子,你得找个好点的律师。这是地狱厨房的案子。艾蒂是个贫穷的黑人,证据又不利于她,陪审团还没组成她就被定罪了,这都和法律没关系。"

"那和什么有关系?"

"齿轮。"他低声说道,戏剧效果像污水四溢一样充满了他的声音。

佩勒姆不想扮成直言不讳的人。他保持沉默。一辆车子慢慢开过来,是辆宝马敞篷车。即便在酒吧里,也能听见车上在播放流行的RAP歌曲,佩勒姆已经在这附近的收音机里听过好多次了。

"这是白人的世界,别再装瞎子……"

车子继续开。

"齿轮,"贝利继续说,拨弄着杯子里的橄榄,"我的意思是:对地狱厨房的首要认识是,这里任何人可以以任何理由要你的命,也可以没有理由。这是事实。所以你怎样才能活下去?是的,你可以让杀你变得不那么容易。出门尽量不走小巷子,不要跟别人正眼接触,穿得低调些,在街角时尽量靠近人群。在这样的酒吧里有意无意吐出一些中南区工会主席或警察的名字……懂我的意思吗?使齿轮变乱。如果杀你变得很麻烦,也许他们就会找别人动手。"

"那艾蒂呢?"

"每个人,包括助理检察长、警察、新闻记者,他们都爱走捷径。

如果有东西卡住了这件案子的齿轮，他们就会另找他人，找个他们认为最可能的犯人。这就是我们能帮艾蒂的方法，搞乱齿轮。"

"我们再找个嫌疑犯给他们。还有谁有作案动机？房东，对吗？想骗保。"

"也许吧。我去查一下地契，看看房东的投保情况如何。"

"还有什么原因会使人放火？"

"儿童们追求刺激，这是本市纵火案中排第一的原因。其次是报仇。比如，和别人老婆上床。在他门下撒点打火机油就行了。很多罪犯放火是想销毁别的犯罪证据，尤其是奸杀案。还有盗窃，以及我提过的骗保。另外还有虚荣心犯罪，比如收发室的小子放了一把火，然后自己将它扑灭，成了英雄……此外，我们在地狱厨房看到很多古迹纵火案，市政府给予老房子特殊待遇。通常如果房主有一座老房子，且不值得花钱去维修，就干脆拆掉，再盖一幢值钱的房子。但是古迹房受到保护，是不能被拆除的。那怎么办？上帝保佑，失火了。这下房主想造什么样的房子都行，只要不被逮着。"

"艾蒂那幢是古迹吗？"

"不知道，我可以去查查。"

贝利强调最后一句的语气更加说明怎样来搞乱齿轮。佩勒姆从黑色口袋里掏出钱包，放在吧台上。

贝利的脸上露出带有醉意的微笑。"哦，是的，这样就是地狱厨房的做事方式。每个人都见钱眼开。甚至包括我。"笑容退去，"也许我要价比较高。这里的道德规范就是，花更多的钱来收买他。"

一辆警车呼啸着开过窗外，警灯亮着，警报却没开。这安静地开过使场面特别惊心动魄。

突然贝利变得非常清醒，以至于佩勒姆猜测这是第二杯——或是第三杯？——马爹利的酒力发作了。他像个父亲似的触碰佩勒姆的手臂，从他迷茫的眼中可以看出一丝不情愿。"我想说件事。"

佩勒姆点点头。

"你确信要插手这个案子？等下。在你回答我之前，让我问你一些事。你和这附近很多人聊过？为了拍你的电影？"

"艾蒂采访得最多。不过其他还采访了二十多人。"

贝利点点头，靠近佩勒姆仔细看着他的脸，上下打量着。"好吧，地狱厨房的人们很容易接近。他们会递给你一瓶啤酒，当你喝过还给他们时，他们连瓶口都不会擦一下。他们会陪你在门前台阶上坐几个小时。有时候你都没法让他们闭嘴。"

"和我发现的一样，没错。"

"这使你解除了戒心，对吗？"

"是的。"

"但这仅仅是交谈，"贝利说，"并不意味着他们接纳你或者信任你。而且你也别以为他们告诉你的是真正的秘密。他们不会将秘密告诉你这样的人。"

"你到底想告诉我什么？"佩勒姆问。

贝利律师变得谨慎起来。停顿了一下。"我告诉你这里很危险，非常危险，而且越来越危险。最近经常有火灾，次数比平时多。帮派分子……枪击案。"

《纽约时报》的大都市版块全是枪击案的报道。儿童把枪械私自带进小学。无辜群众被流弹射中，或者被疯狂的狙击手打死。佩勒姆自打搬来纽约第二周开始就不看这个版面了。

"这是地狱厨房最乱的一段时期。"

和哪段时期比呢？佩勒姆很疑惑。

贝利问他:"你真的想好了要插手?"正当佩勒姆准备说话时,贝利举起一只手,"你确信无论案情怎样发展你都要跟下去?"

佩勒姆反问道:"多少?"他拍拍钱包。

贝利又回到了酒精迷雾中。"所有的?"他耸了耸肩,"我必须先去找个警察帮我取出纵火报告,保险代理人的名字,以及其他警方从她那获取到的一切信息。房主和地契是公开记录,但是会花费几周时间,如果你不……你懂的。"

"润滑齿轮。"佩勒姆喃喃道。

"一千美元。"

佩勒姆疑惑他真正想买的东西是什么——是贝利的道德,还是佩勒姆自己的天真。

"五百。"

贝利犹豫了下。"我不知道这么多够不够。"

"她是清白的,路易斯。"佩勒姆说,"这说明上帝都站在我们这边。那样还不能打折?"

"在地狱厨房吗?"贝利狂笑着,"这里是上帝遗忘的地方。给我六百块,我竭尽所能。"

5

  他在漂亮的切肉桌上摊开一张地图。

  用他细长的手指将地图压平。桑尼喜欢纸张，知道纸张是树木的表皮变的。他喜欢纸张移动发出的声音，喜欢这种触感。他知道纸张比任何其他东西都容易燃烧。

  桑尼抬头看着空空的阁楼。

  视线转回到地图。这是一张曼哈顿地图，他的手指沿着表示街道的彩色线条移动，找到目前他所居住的楼房。他一边用一支昂贵的圆珠笔在这个点上打了个叉，一边喝着酒杯里的姜汁汽水。

  他听到一阵窸窸窣窣声，像猫叫。他朝右边看去，是那个曾经想挑逗乔·巴克的证人。可怜的来自厄恩斯特与扬事务所的红发代理人斯考莉，住在这么漂亮的阁楼上，收入一定很高。他上下打量着她，觉得如果她留像自己这样的长发会更好看。她侧身躺着，手脚都被胶布封住，嘴巴也被封住了。

他心平气和地对她说："你在电视上的表演想骗谁？我才不相信FBI会管那么多事。你以为他们真的会去调查外星人？"他用一种柔和的语气说道，表现得漫不经心。他摸着地图上的彩色方块，回忆起他母亲小时候给他买的积木。

这里。

他又在另一幢建筑上打标记。

这里。

再打一个。

他又指向其他一些建筑，也同样打上标记。看上去有不少活儿要干了。但是桑尼从不嫌活儿多，忙也有收获。

斯考莉从灰色的金属胶带下偷看，用双脚踹出嘈杂惶恐的舞步。

"亲爱的，亲爱的，亲爱的。"桑尼仔细地折起地图，放进后裤袋中。他又将圆珠笔尖缩回去，放进上衣口袋。他讨厌油墨沾到衣服上。随后他绕着斯考莉转圈子，她又踢又滚，呜呜直叫。

他在厨房里检查燃气烤箱和燃气炉，样式一流，但是桑尼对厨具的知识全来自于自己的职业。他只用自己的炉子烧水泡花茶。他只吃生菜，从不烹煮；他非常排斥烧煮食物。他跪在光洁的地砖上，打开烤箱，花五秒钟破坏了双金属气阀，又花十秒钟切断了鹅颈管。燃气添加剂（燃气本身没有气味）的刺鼻气味瞬间充斥了整个屋子，又甜又苦，很吸引人，就像奎宁水一样。

他走到阁楼的前门，打开电灯开关，接着又关闭，看看是哪盏灯在亮——是头顶不远处的那盏。桑尼爬到椅子上，踮起脚伸手去用扳手砸灯泡，碎片掉到他的头发和肩膀上。天花板很高，他费了很大劲才够到。当他努力去弄灯泡的时候，内心相信斯考莉一定在笑他矮。

笑就笑吧，桑尼心想，一边瞪着她，一边走到他的包边上，取出一瓶"果汁"，倒在她的衬衫和裙子上，她反抗着想避开。

他问："现在谁笑？嗯？"

桑尼走过阁楼，关掉所有的灯，拉上所有的窗帘。来到前门处，他走进了走廊，让门虚掩着。在大厅里，他抄下楼里六户住户的名字。

半小时之后，他站在一个街区外的电话亭里，一手拿着吃了一半的芒果，将话筒夹在脖子和肩膀之间，另一手拨着号码。

当他试到第五个电话时，接通了。"喂？"

"喂，请问是罗伯茨家吗？"

"是的，我是莎莉·罗伯茨。"

"哦，嗨，你不认识我。我是爱丽丝·吉布森的弟弟，她和你住一幢楼。"

"爱丽丝，我知道，她住4D。"

"是的。她跟我提起过你也住这里，我刚从通讯录上找到你家电话。是这样的，我有点担心我姐姐。"

"怎么回事？"她的声音流露出关心。

"刚才我跟她通了会儿电话，她说她感觉身体不舒服，估计是吃坏了。她挂了电话之后我再打过去没人接。我想麻烦你能否去她家看一下？我担心她会不会晕倒了。"

"当然可以。你的电话告诉我。"

"如果不介意的话，我不挂电话等你，"桑尼有礼貌地说，"太感谢你了。"

他把头靠在电话亭的铝制部分，留下了汗迹。为什么流了这么多汗？他又开始思考。天气太热，每个人都在流汗。但不是每个人的手都在不停地抖。他抛弃了这个想法，开始思考别的事情。想想晚餐？晚饭吃什么呢？他思索着。一个熟透的番茄，上等的新泽西番茄。这种番茄很难买到，加上盐和一些……

这事很奇怪。巨大的爆炸声先从话筒里传来，然后才是现场传来的声音。电话断了，电话亭被冲击波震得猛晃。这是典型的燃气爆炸，蓝白色的火焰，很少的烟，氧气猛地冲破窗户，燃气被引燃后立刻向外炸开。

火消耗的氧气比膨胀后的体积大得多。

桑尼看着火灾蔓延到顶楼，斯考莉住的公寓被烧毁了。涂着沥青的屋顶也被烧着了，烟从白色变成了灰色，最后变成黑色。

他用纸巾擦了擦手。然后打开地图，仔细地在标出阁楼位置的圈圈里打了个钩。他扔掉芒果起身回家，走得很快，朝着与围观群众相反的方向。他注意到大家很激动，心底暗自希望大家应该感谢他。

"你感觉怎样，大婶？"

"她感觉怎样？"一个声音从冰冷的水泥地板另一端传来，"情况怎么样？"

艾蒂·华盛顿躺在小床上，双腿蜷曲。她睁开眼，第一个念头就是：她穿的这身衣服有问题。她一直很重视外表，套装、上衣和裙子一定熨烫得很平整。但是现在却在曼哈顿下城区的女子拘留所内，虽然他们允许你穿便服——当然要没收掉皮带和鞋带，但是艾蒂没有便服。

当警察把她带出医院来的时候，她只穿了套浅蓝色带圆点的病号服，后背还是敞开的。没有纽扣，只有系带。她非常尴尬。后来一名狱警找来一件简单的外衣给她，是囚犯穿的连衣裙。蓝色，洗过一百万次了，她讨厌这件衣服。

"嘿，大婶，听见了没？你感觉还好吗？"

她上方是个高大的黑人。一只手摸了摸她的额头。"好烫,可能是发烧了。"

"上帝会照顾她的。"拘留所的最远一端传来一个声音。

"她没事。你不会有事的,大婶。"这个高大的四十来岁的黑女人跪在艾蒂床边,艾蒂眯起眼才看清楚她。

"你的手臂怎样?"

"很痛。"艾蒂回答,"摔断了。"

"很大一块石膏。"她褐色的眼睛看到了约翰·佩勒姆的签名。

"你怎么称呼?"艾蒂问她,挣扎着想坐起来。

"不,不行,大婶。你还是继续躺着。我叫哈塔克·伊马罕,大婶。"

"我叫艾蒂·华盛顿。"

"我们知道。"

艾蒂又试图坐起来。躺着让她觉得很无助,比原先更虚弱。

"不行,不行,不行,大婶。你还是躺着,别坐起来。他们押你进来时就像丢一袋面粉那样把你扔到了床上,这帮白人杂种。"

这里有二十多张简易床,都固定在地板上。床垫只有一英寸厚,而且硬如泥地,躺在上面就像躺在地板上一样。

艾蒂隐约记得警察是从病房把她转移到这里来的,那时她筋疲力尽,被麻药麻得昏昏欲睡。他们动用了囚车,里面没有把手,她感觉司机故意用急转弯来整她,她两次从光滑的塑料长凳上摔下来,骨折的手臂也被重重摔了几次,痛得她眼泪直冒。

"我很累。"她对哈塔克说,视线穿过她高大的身躯看到牢房里的其他人。拘留所里只有一个大房间,被漆成了浅褐色并加装了铁窗。和其他地狱厨房的住户一样,艾蒂对拘留所也有所了解。她知道大多数女犯人都因为很小的事情来这里,比如在商店偷窃、性交易、打架、诈骗等。(偷窃是因为要养家糊口;至于妓女,如果是找不到待遇良好的工作,也情有可原,再说卖淫至少也是在工作啊;打架嘛,殴打丈夫的外遇又算什么?这种事艾蒂自己都干过一两次了。骗取救济金呢?哦,行了,不骗白不骗啊……)

艾蒂想喝点葡萄酒,非常想。她偷偷在石膏里塞了一百块钱,不过看起来没有人能有办法帮她搞瓶酒来。因为这里关的全是女孩子,大部分应该算是小女孩。

哈塔克·伊马罕又摸了一下艾蒂的额头。

"你就这样躺着吧,大婶。静静躺着,别担心什么。我会照顾你的,想要什么我去帮你找。"

哈塔克是个高大的女人,扎了个黑人的玉米辫子——就是伊丽莎白离开纽约那天扎的那种。艾蒂注意到哈塔克的耳垂上有个大洞,心想这该是个多大的耳环才能把耳洞拉成这么大。她在想伊丽莎白是否也带这么大的耳环,也许吧,女儿喜欢炫耀。

"我想打个电话。"艾蒂说。

"他们允许你打电话,但是现在不行。"胖女人轻轻捏着她没骨折的那只胳膊。

"哪个狗娘养的把我的药片拿走了,"艾蒂抱怨道,"一定是某个狱警,我要拿回来。"

哈塔克笑道:"大婶,那些药片早就不在拘留所里了,卖掉了。我们这些女生来想想办法,看看能找些什么来帮你,我看你一定疼得像被恶魔强暴了。"

艾蒂差点就想说自己有钱来买药。但是凭直觉,她感到现在还需要隐瞒有钱的事实。她说:"谢谢你。"

"你躺下吧。休息一下，我们会照顾你的。"

艾蒂闭上眼睛想着伊丽莎白。接着又想到了前夫比利·多伊尔，最后想到了约翰·佩勒姆，但他只在艾蒂脑海中停留了不超过五秒钟，她就睡着了。

"怎么样？"

哈塔克·伊马罕走回拘留所另一端的女人群。

"那个婊子，肯定是她放的火，一定是她。"哈塔克从来没自称过有特异功能，但地狱厨房的人公认她有第六感。虽然她还不至于用手一摸就能治病，但大家都知道她可以通过触摸别人来发现别人内心的秘密。她从艾蒂眉间火热的脉动中感觉出她的罪恶感。

"可恶，"一个女囚愤愤说，"她把那个小男孩烧着了，她烧坏了那个小男孩。"

"小男孩？"另一个女囚用一种不相信的口气低声问道，"她在地下室放的火，你没看报纸？在三十六大街。她可能烧死了全楼的人。"

"那个婊子还称自己大婶，"一个眼眶深陷的瘦女人低声吼道，"该死的婊子，我要……"

"嘘。"哈塔克摇了摇手。

"现在就干掉她，干掉这个臭婊子。"

哈塔克的脸开始紧绷。"轻点声！照我说的去做。听到了吗，小姑娘？我不想杀她，海地蛇神只想问问她干了什么。"

"好吧，大姐。"女孩压低声音，恐惧地说，"好的，真酷。你觉得我们应该怎么做？"

"嘘。"哈塔克又说，朝栅栏外望了望，一个狱警在话音范围之外慢慢地走来走去。"今天谁去见检察官？"

两个女孩举手。是妓女，哈塔克知道警方将这类犯人集中，尽可能让她们提前释放，就好像政府希望她们快点回到街头，不浪费时间。哈塔克看着年纪大点的说："你叫丹妮，是不是？"

她点点头，满是痘痘的脸很平静。

"我想让你帮我做件事。你看行吗？"

"想让我做什么？"

"你进法庭的时候好好跟法官谈谈。"

"好的，好的，大姐。"

"告诉他我们不会辜负他的好意。你出去后，我们希望你能再回来。"

丹妮皱起眉头。"你希望……希望我什么？"

"听着。我希望你回到这里来，明天。"

丹妮的头点个不停，但她没明白是什么意思。哈塔克继续说："我希望你帮我带点东西回来。你知道怎么做，对不对？你知道藏在哪里吧？后面那个洞里，不是前面那个。放在小袋里。"

"我知道。"丹妮点头，如同每天都在那儿藏东西。

她环顾了下其他妇女，无论让丹妮做什么，她们都支持。

"你回来的话，我会给你钱。"

"给我毒品？"丹妮热切地询问。

哈塔克皱起眉头。大家都知道她痛恨毒品、毒贩和瘾君子。"你吸毒？"

痘痘脸怔住了。"给我毒品？"

"我给你钱。"胖女人哈塔克吼道，"你可以用这钱买任何东西，浪费生命也可以，那是你的事。"

丹妮说："你想要我带什么进来？"

"嘘！"哈塔克轻声说。一位狱警正好走过牢门。

6

"接待室真大。"

"哦,约翰,我是不是惹麻烦了?"

佩勒姆告诉艾蒂:"也不是。但是你就像走在碗边上,随时可能遇上麻烦。"

"看到你真高兴。"他们面对面坐在开了日光灯的房间里,一只蟑螂慢慢爬到墙上,经过它的同类被拍死后留下的污迹。在标语"严禁肢体接触"下方,佩勒姆抓住艾蒂缠满绷带的手臂。边上一个穿着制服的女狱警看到这违反规定的举动,冷冰冰地瞪了他一眼,但没说什么。佩勒姆说:"路易斯·贝利正想办法保你出去。"

艾蒂看上去情况不大好。发生那么多倒霉事,她居然看起来还那么镇定。他知道艾蒂会发脾气。佩勒姆曾经在她谈论前夫比利·多伊尔抛弃她时看到过她发脾气,还有一次是谈到她丢掉最后一份工作时。在给时尚街区一家批发商干了几年之后,被解雇时居然连一天的离职金都没拿到。佩勒姆以为她会大骂放火的人，大骂警察和狱警，但他只看到一脸顺从。这比看到她生气反而更麻烦。

她摸着囚衣上的破洞。"狱警都说，如果我告诉他们是我干的，说出我雇佣的人是谁，这事就好办了。我都听不懂他们在说什么。"

佩勒姆迟疑了片刻决定继续追问。"告诉我保险的事。"

"天哪，我从没买过什么保险。他们以为我是个笨老太婆，所以会干那种事？"她用那只没受伤的手掌按住她发硬的灰黑色头发，像是要止住疼痛。"我哪来的钱买保险？"她痛苦地皱起眉头，继续说，"我连账单都还不起，很多时候都交不出，我哪来的钱买保险？"

"你上个月没去过保险公司？"

"没有。我发誓。"她抬起头，眼睛不安地看着狱警。

"艾蒂，我想问你几个问题。有人认出你说你买了保险。"

"那是他们的问题，"她抿了抿嘴说道，"不是我。"

"还有人看到那天晚上你在大楼的后门，就在火灾发生前。"

"我经常从后门进去。如果我去A&P买东西回家，就会从后门进出。这是条近路，可以少走几步路。"

"每个住户都有后门钥匙吗？"

"我不清楚，应该有吧。"

"进去以后你锁门了吗？"

"它自己会锁上。我想我听见它关上的。"

艾蒂通常习惯于跑题。一个话题能发散出十个其他话题来。一个问题可以把你从五光十色的意识流带往另一个时空。然而佩勒姆注意到今天她回答的简洁、谨慎。

狱警终于受够了佩勒姆将手放在艾蒂手臂上的举动。"不许有身体接触！"她吼道。佩勒姆往后坐。狱警的鼻子上穿了三根金鼻针，每个耳朵上挂了十到十二个小耳环。狱警这番话似乎在暗示她等着别人来讽刺她佩戴的首饰。

"路易斯·贝利,"佩勒姆问艾蒂,"你觉得他是个好律师吗?"

"哦,他不错。他以前帮过我。我在六到八个月前雇过他,为了社会救济金的事情。他干得不错……那边那个狱警一直用双充满敌意的眼睛看着我们,约翰。她太时髦,我不喜欢。居然在鼻子上穿了那么多针。"

佩勒姆笑了。"有个证人告诉我,火灾发生前,她看到几个男人在巷子里。你从商店回来时有没有看到他们?"

"有。"

"他们是谁?"

"我一个也不认识。可能是住在附近的男孩子吧。他们经常在那儿。你知道的,那是条巷子,年轻人喜欢在那鬼混。五十年前是这样,现在还是这样。有些事永远不会改变。"

佩勒姆回忆起西比的儿子说的……直接导致他挨了个耳光。他问艾蒂:"那些人是帮派分子吗?"

"可能是。我对他们也不了解。他们基本不惹我们……也许他们有些是工人,来自马路对面那幢在建的大楼。你知道,他们用那种望远镜来测量距离。对,我确信我看到他们中有几个在巷子里。我记得他们是因为他们戴着那种塑料头盔。有几个就是当初来要我们在请愿书上签字的。"

佩勒姆记得艾蒂提起过那幢大楼,以及当地人是如何热衷于这种大型工程的。罗杰·麦金纳,和唐纳德·特鲁姆普[①]一样出名,竟然

[①]唐纳德·特鲁姆普(Donald Trump, 1946—),美国著名的房地产商人。

在地狱厨房建摩天大楼！他们公司派了代表过来，请求该区域的居民签署请愿书以要求新大楼能比规定的楼层数多盖五层。作为请愿的回报，麦金纳承诺新大楼落成后将开办新百货商店和一家西班牙餐馆，还有一家二十四小时营业的洗衣店。艾蒂和其他大多数住户一样签了请愿书。

直到后来住户们才发现，百货商店实际上是美食连锁店的一部分，一罐黑豆要卖两块三毛九。洗衣店洗一件女装要三块。还有餐厅有衣着的规定，停在前门的豪车经常导致交通堵塞。

佩勒姆现在对那些工人有了深刻的印象，他疑惑的是为什么工人要躲在街道对面的巷子里，为什么晚上十点还在干活儿。

"我想我们该给你女儿打个电话。"佩勒姆说。

"我已经打过了。"艾蒂说完看看石膏满脸惊讶，好像石膏突然在她手臂上出现一样，"早上我跟她通了很久电话。她会给路易斯寄钱以支付律师费用。她原想明天过来看我，但我觉得还是在临近开庭前来比较好。"

"我打赌不会有开庭了。"

戴首饰的狱警看了下手表。"时间到了。过来，华盛顿。"

"我才来没多久。"佩勒姆冷冷地说。

"你该走了。"

"再给几分钟。"他说。

"时间到。走吧。你也一样，华盛顿，快点。"

佩勒姆眯起眼盯着狱警。"她的脚踝扭伤了，你告诉我她怎么才能快起来？"

"别啰唆，先生。走吧。"

门打开了，里面是条昏暗的走廊，能看到露出部分的标语。"犯人不准"。

"艾蒂,"佩勒姆咧嘴笑着说,"你欠我个东西。别忘记。"

"什么东西?"

"比利·多伊尔这个故事的结局。"

佩勒姆看到她微笑着掩饰绝望。"约翰,你会喜欢这个故事的。那会在你电影里很出彩的。"她转向狱警说,"我来了,我来了。让老太婆休息一下。"

7

在贝利的办公室里,一个身材瘦削的男子靠在桌前,倾听一位律师为他指点迷津,旁边是一个装满夏布利酒的纸杯。

贝利看见佩勒姆进来,点点头让他过来。"这位是克雷格。"

这位男子和佩勒姆握了手,仿佛两人是多年的老朋友。克雷格穿着绿色人造纤维外套和一条黑色的长裤。左脚鞋底黏了一枚钢质硬币,身上散发着百丽乳香味。

律师正在找一个旋转式的名片夹。"我来找找看……"

克雷格对佩勒姆说:"你赌马。"

这不是个问题。

"没有。"佩勒姆回答。

瘦男子很失望。"好吧。我给你个 lock,有兴趣的吧。"

"什么是 lock?"

"赌注。"克雷格回答。

"赌注？"

"不会输的赌注。"

"谢谢，不用。"

他盯着佩勒姆一会儿，然后点点头，好像突然了解了对方一样。他搜遍口袋，找到一包香烟。

"有了。"贝利说。他在一张用过几次的方便贴上写下了一个名字。然后他从抽屉里拿出两瓶酒，放入一个公文袋里，又放进几个较小的信封，里面或许装了佩勒姆之前给他的现金。

贝利递给克雷格一个信封。"这是给事务所职员的。是个胖子，在三楼，叫斯尼利。这封给古迹保护所，可爱的养猫的格兰沃小姐，她是个美女。她喜欢用爱尔兰乳霜。你大概也猜到用途了吧。"

润滑齿轮。

或者搞乱齿轮。

克雷格用赛马单包住酒瓶，离开了办公室。佩勒姆看到他在外面停了一下，点了支烟，然后继续朝地铁站走去。

贝利说："助理检察长科伊佩尔小姐请求对艾蒂的审判延期，我同意了。"

佩勒姆摇摇头。"但她还得在监狱里待一段时间。"

"是的，但我想如果这能使科伊佩尔高兴也很值得。"他低头去看手里的马克杯，"科伊佩尔是个疯女人。不过，上面实际上确实给了她很大压力，要她尽快抓住纵火犯。情况变得越来越糟糕，你没听说吗？"

"听说什么？"

"今天早上又发生了一起纵火案。"

"又一起？"

"一个阁楼，离这里不远。烧掉了两层。死了三个人。看上去像是煤气爆炸，但是警察找到了那个纵火犯的特制品……汽油，燃料油和洗洁剂。其中一个受害者还被捆绑住，嘴巴被堵上。"贝利给佩勒姆递过来一份《纽约邮报》。佩勒姆看到了一幢被烧毁的大楼的照片。

"天哪。"佩勒姆为很多动作冒险电影物色过外景。银幕上大部分特定的爆炸场面表面上是用 C4 或 TNT 或火药来引爆，实际是道具员在木箱子里装满浸了汽油的碎木屑，再让爆破专家现场组装起来的。当专家拉出引线时每个人都躲得远远的，即便那些从二十层楼跳下也无所谓的特技演员，看到这种有火的场面也小心翼翼。

贝利看了一眼自己的笔记。"好，我找到什么了？我找到什么了？……可恶的空调！摇一下开关。就是那个压缩机，摇一下，动起来了吗？"

佩勒姆摇了摇，但是满是灰尘的旧机器没有任何反应。贝利嘟囔着，砰砰作响的马达声盖过了他的声音。他从桌上拽出一张传真件。"艾蒂公寓纵火案初步报告。为了得到它几乎花光了你所有的钱。我给你复印了一份，读完就哭吧。"

  机密件
  备忘录
  来自：主管消防官 亨利·罗麦克斯
  致：助理检察长 洛依丝·科伊佩尔
  主题：西三十六街四五八号纵火案初步报告

八月十号晚九点五十八分，收到来自第十大道五九八号电话亭打来报警电话，告知西三十六街四五八号发生火灾。十点零二分时,九一一也收到同样报警。三八云梯队作为第一拨救援部队前往救火,队长在现场判断火势严峻,且有伤者,需要增援部队。故于晚上十点十七分派出第二拨增援部队。

到达火灾现场的有二六号卡车,三三号卡车,四八号水车,一六号水车和一七号云梯车。抵达现场后,水管立即接通开始工作,水柱直扑最高的三楼。进入三楼火灾现场后,顺利将住户疏散。

现场指挥队长判断火势过猛,导致顶楼有垮塌的危险,不能从屋顶进入抢救,因而将消防员撤回。不久之后,屋顶和顶部两层垮塌。

火势最终在十一点零二分被扑灭,所有消防车在凌晨十二点三十分离开。

队长向消防官报告,认为火灾疑点重重,要求进行调查。

本人于凌晨一点抵达现场开始调查。

本人推断,火灾起火点位于该楼地下室——从砖块和融化铝上的裂纹可以验证。本人观察到,地下室的窗户玻璃被由外向内击破,应是有人用硬物敲碎的,而不是因为过高的温度,可能是为了使之能提供充足的氧气以供大火燃烧。多位证人证实,火焰中没有蓝光(蓝光意味着一氧化碳浓度很高,一般说明火灾发生在密闭空间),而是出现橙色光,意味着氧气充足。

本人在着火点附近还观察到一些熔化的碎玻璃,可能来自于一个大瓶子(大约半加仑或一加仑),地板上有燃烧痕迹,显示纵火者可能使用了一种液态催化剂。

后续的光谱分析显示瓶中含有碳氢基物质(参见纽约消防局化验报告337490)。这种物质含有约百分之六十的89-辛烷无铅汽油,百分之三十的柴油和百分之十的洗洁剂。进一步光电比色分析证明洗洁剂的品牌是"多恩"。

这些分析结果印证了目击证人的描述：火焰呈黄色并带有浓烟，说明含有碳氢基的催化剂。

现场发现一只残留89-辛烷无铅汽油的汽油罐。但是在对催化剂中的汽油和罐装汽油的颜色对比后，发现来源不同。

通过光电比色分析，证实火灾现场锅炉房油箱里的燃料油与着火点的燃料油成分不同。催化剂里的汽油和燃料油经过分析证实均为混合物，无法确定其来源。

此外，需要指出的是，在锅炉房油箱边上秘密藏有十三支半自动手枪（四支九毫米克洛格，三支九毫米金牛和六支点三八的勃朗宁）。这些枪都没有装子弹，现场也没有找到弹药。这些枪已经被送到纽约警察局实验室做潜在指纹实验。自动化指纹比对系统经过检测，未能找到匹配结果。现已通知枪械局和纽约警察局重案组。

多位证人报告他们看到一名叫艾蒂·华盛顿的住户从后门进入大楼，距离着火点十英尺，时间就在起火前一会儿。

本人根据这个情况，前往全国保险审查防诈骗服务中心调查，发现今年七月十四号，艾蒂·华盛顿向新英格兰互惠保险公司购买并审核通过编号为7833-B-2332的申价保单，价值两万五千美元，理赔金将直接打入支票账户（东区信用银行，账号223-11003）。

从着火点附近的碎玻璃上获取的指纹，和从现场获取的三份已知是艾蒂·华盛顿的指纹进行对比后，有两份部分吻合。

这提供了相当的理由，因此我们在纽约医院将嫌疑犯艾蒂·华盛顿逮捕，当时她正在医院治疗火灾中受的伤。

嫌疑犯艾蒂·华盛顿已经阅读过她的权利，但拒绝坦白，我们已提供她寻求律师帮助的机会。

调查正在进行，本人将持续搜集证据以协助检察署起诉本案。

附注：绝大部分以谋利为目的的纵火案着火点都在顶楼或楼的后半部分。这有两个目的：第一，烧毁的顶楼一般都是楼房维修费最高的地方，烧毁的楼顶会直接使保险公司认定该建筑完全报废；第二，屋顶烧毁后会直接导致剩余部分易被雨水损坏，进而需要额外维修，花费惊人，但可将人员伤亡降到最低。

此次纵火案着火点在地下室，这意味着，罪犯根本不顾人员生命。如果通过催化剂和作案手法鉴定，此人就是在过去几年里涉及类似几起纵火案的嫌疑人，那么此人可能会危害其他百姓。

本人推断艾蒂·华盛顿雇用纵火犯以求获得理赔金，需要通过给她全力施压，让她交代纵火者的身份。

保险。

指纹……

火的颜色，烟的量，所有技术问题，都是他在现场面对罗麦克斯时亲口说出来的，佩勒姆心想。

"助理检察长指派了一名笔迹鉴定员去比对保险申请单上的签名是不是艾蒂的，初步鉴定是吻合的。"贝利朝克雷格方向点点头，他穿了件绿外套刚离开，"报告送给科伊佩尔小姐的时候我也收到了。如果当时她没有否认买过保险，现在情况也不会对她这么不利。"

佩勒姆说："也许她否认的原因是她根本没有买过。"贝利没有回答。佩勒姆回过头又去看那份报告。"这份理赔金会直接打入她的账户，这正常吗？"

"是的，很正常。如果房屋或公寓被烧毁，保险公司会直接把理赔金打入银行账户，如果邮寄支票有可能地址都不存在了。"

"因此投保的人必须知道她的银行账户。"

"对。"贝利的黄色便笺边缘被太阳晒得褪了色，看上去好像已有十年的历史。

"手枪，"佩勒姆看着报告说，"你觉得这是怎么回事？"

贝利大笑。"那说明这是地狱厨房的楼，就是这意思。这里的手枪比洛杉矶高速公路上的还要多。"

佩勒姆对此深表怀疑。他问："有没有找到谁是房东？这幢楼是古迹吗？"

"那就是克雷格帮我去送答谢礼的原因。"贝利翻出一份文件，从中取出一张复印件扔到桌上。上面盖了州法务部的章。贝利好像认为这是一份重要的文件，但对佩勒姆来说，这只是份官样文章。他耸耸肩，抬头看看贝利。

律师解释说："是的。这幢建筑是古迹，但这好像没有什么关系。"

"为什么？"

"因为房主是个非盈利基金会。"贝利翻了几页，在一行上点了点。佩勒姆看到上面写着：圣奥古斯都基金会，西三十九街五百号。

每个在地狱厨房的人都知道圣奥古斯都。这是个大教堂、牧师住宅和天主教学校的混合体，坐落于地狱厨房的中心地带，历史悠久。圣奥古斯都就是地狱厨房的灵魂。在一次采访中，艾蒂曾告诉他，第一次世界大战时著名的六十九团由地狱厨房地区的居民组建而成，由弗朗西斯·达菲任牧师，他先在圣奥古斯都做过弥撒，后来成为圣十字教会的牧师。

佩勒姆怀疑地问："你认为他们是教会的，所以就是清白的？"

"主要原因在于'非盈利',"贝利解释说,"与宗教无关。一家非营利组织赚的钱都归组织所有,不可能分给股东,即便组织解散也是如此。而法务部和国税局也一直盯着这些非营利组织的账簿。此外,基金会也已经为这幢楼的账面价值投过保了——只有十万美元。哦,当然,我知道许多教会人员由于干过一两件坏事都应该被抓进监狱,但是没人会为了一点小钱而去冒被送进监狱的风险。"

佩勒姆看着文件点点头。"这个叫詹姆斯·戴利的神父是什么人?理事吗?"

"一小时前我给他打过电话——他正在帮大楼住户寻找紧急避难所。他再打过来的时候我会通知你的。"

佩勒姆又问:"你能帮我查出售保险给艾蒂那个人的名字吗?"

"是的,可以。"

可以。这已经成为英文中最昂贵的动词了。

佩勒姆又掏出两百美元递给律师,全是崭新的二十元面额的。他有时候想起自动取款机会显示一条消息:"请理智地花钱。"

他朝窗外的高楼点点头。贝利的办公室距离艾蒂被烧毁的公寓只隔了两幢楼,火灾现场的余烟仍然没有散去,使窗外的华丽大厦变得模糊不清。"罗杰·麦金纳,"佩勒姆慢慢地说,"艾蒂说,火灾发生那晚,他的工人从街对面跑到她们楼后面的小巷子里。他们为什么要去那儿?"

但贝利点点头似乎对此一点都不惊讶,"他们在这里施工。"

"这里?在你这幢楼里?"

"是啊。他是这幢楼的部分所有者。外面在施工,你听到了吧。"他指的是楼上走廊里传来的敲打声,"新房产巨头在维修我这幢楼呢。"

"为什么?"

"有很多猜测,但我们认为,他为他的情妇在二楼装修藏娇小屋。你就当八卦听听好了。你不会怀疑他吧?"

"为什么不会?"

贝利瞥了一眼他的酒瓶,但决定不再续杯。"我不相信他会干违法的事。像麦金纳那样的开发商一般不会干坏事。干吗为了这么点钱去烧毁一幢旧公寓?他在东北地区拥有多处旅馆和办公楼。上个月他的新赌场刚在大西洋城木板道开张……你看上去似乎不相信。"

"好莱坞的恐怖片剧本有个编写原则,如果不想花费大量时间去描写坏人的性格,就把他写成一个开发商或石油公司主管。"

贝利摇摇头。"麦金纳层次太高,不至于做这种事。"

"让我打个电话。"佩勒姆拿起电话。

贝利律师显然改变了想法,优雅地为自己又倒了一杯酒。佩勒姆摇头表示婉拒,然后拨了一串很长的数字。"请找艾伦·里夫科维兹。"过了好一会儿,一阵令人愉悦的声音传来。

"佩勒姆?约翰·佩勒姆?啊,你在哪儿?"

尽管很不情愿,佩勒姆还是无意中用制片人的口气说。"纽约。最近怎样,勒夫?"

"跟宝丽金有个合作,你知道的。科斯纳的戏。现在马上要去拍摄现场。"

佩勒姆记不起自己还欠这位身价数百万的制片人什么,也不记得对方欠他什么。但佩勒姆以债权人口吻说:"我需要你帮忙,勒夫。"

"没问题,约翰。说吧。"

"右海岸的大亨你都认识吧?"

"认识一些。"

"罗杰·麦金纳认识吗?"

"打过几次交道。他是哥伦比亚电影厂的理事会成员,是个理事。或者是纽约大学,我记不大清了。"

"我想去见他,或者说我想会会他。坐下来谈谈,不找他麻烦。"

电话另一端沉默了一会儿,然后说:"嗯……你为什么有兴趣见他?"

"调查个事情。"

"哈。调查。到处打听消息,等我一会儿。"勒夫仍然在线,但只听到哼哼声,有点呼吸不畅……好像他在做爱,不过佩勒姆知道他正靠在大办公桌上翻着通讯录。"不错,这个怎么样?"

"你说什么?勒夫?"

"你想参加一个晚会吗?你喜欢的,对不对?"

佩勒姆回忆起自己最后一次参加晚会已经是两三年前的事了。他说:"我是喜欢参加晚会,勒夫。"

"麦金纳经常举办社交派队。到时候你报我的名字就能进去。我会帮你先打几个电话,问清时间和地点。我会打给斯皮尔伯格①。"其实他指的是斯皮尔伯格的助手。他的电话会被转接给住在别的城市的助手的助手,与导演毫无关系。

"我不知道怎么感谢你,勒夫。真的。"

"嗯。"勒夫有点不好意思地说,"调查个事,对吧,约翰?"

"调查个事。"

一阵沉默,似乎在等电话信号从寒冷宇宙空间的卫星返回到地球上。"我听到一些传闻,约翰。"

"关于什么?奥克兰队会输球,红雀队会赢?"

---

① 斯皮尔伯格(Steven Allan Spielberg, 1946—),美国著名导演。代表作有《大白鲨》、《E.T.》、《辛德勒的名单》等。

"某家后期制作公司的某人告诉我的朋友,说你和她们签订了编辑的时间。"

"太多的'某'了吧。"佩勒姆说。

"但我听到的传闻还不止这一件。"

"还不止?"

"有两家电影公司想找你为他们选拍摄地点,但却听说你已经不干这一行了。"

某人告诉某人某件事。

好莱坞的传闻和地狱厨房的一样快。

"没有这事,我只是在度假。"

"哦,好的,我懂。你需要找个好的剪辑师帮你搞定在迪士尼拍的米老鼠和高飞狗,肯定。"

"差不多吧。"

"少来,约翰。我对你一直很信任。"

这句话的意思是,无论佩勒姆遇到什么难题,无论佩勒姆过得多惨(他一度确实过得很惨),里夫科维兹也不会抛弃他。这些话如果进行有创意的改写,也算有点真实性。

"听到这些话我心里总是暖暖的。"

"是吧?你准备出作品了,对吗?"

"小电影而已,勒夫,一部小制作片子。你不会有兴趣的。我现在只要找到国内的发行商。"

"你拉到赞助了?我怎么没听说?"他低声说。

"非常小的制作。"

"你获得的金棕榈奖和洛杉矶影评人奖的片子也是小制作,别忘了。"

"我只想找发行商。"

制片人喜欢和发行商合作，因为如果电影没有票房，他们也不会亏大钱。这是分配方案决定的。主管不会获奖，不会赚大钱，但也不会破产，也不会被炒鱿鱼。

"我洗耳恭听，佩勒姆。跟我说说。"

"我在开会……"

"哦，和谁？"

"和律师。不能说太久。"佩勒姆朝贝利眨眨眼。

"华尔街？哪家律师事务所？"

"不能说，不能说。"佩勒姆低声道。

"怎么了，约翰？是部大片吧？佩勒姆的新作品。"

如果里夫科维兹发现他垂涎的竟然是部纪录片，肯定会立马挂掉电话，而他一直全力支持的佩勒姆也将从此消失在他眼前。这种电影只在艺术电影院放映，全国也最多发行一百家影院，比如纽约的"电影论坛"影院和芝加哥的"放映机"影院。如果是剧情片的话，就能发行几千家影院。

佩勒姆决定不能感到愧疚，说："你让我去见麦金纳，我会让这里的律师给你电话的。"停顿了一下，这被剧作家称为"节拍"。"我要做出些牺牲，不过为了你我还是愿意。"

"太爱你了，约翰。我说真的。真心话哦。哦，关于麦金纳，你知道他是个不按常规出牌的垃圾吗？"

"我只想参加他的派对，勒夫。我不想和他上床。"

"你一定要让律师给我打电话。"

两边都挂了电话。

"那人，"贝利问，"是好莱坞的吗？"

"标准的好莱坞人。"

"你真要我给他打电话?"

"我不会让你打的,路易斯。但是我有个法律方面的问题想请教一下。"

贝利又一次把酒倒进杯子。

佩勒姆问:"在纽约,非法携带手枪会怎么判刑?"

有些问题会让律师迟疑,让他惊讶。但这个问题不属于任何一种。他回答起来就像佩勒姆在问他天气一样。"不太好。一般会被强制判刑,但是法官会慎重考虑。如果你是重案犯,法官就没法帮你了。判一年,到莱克岛监狱。服刑时还会给你配几个高大威猛的男朋友,不管你要不要。你不会是说你自己想带枪吧?"

"我只是问问假设这种情况会如何。"

贝利律师眯起眼睛。"你有什么事瞒着我?"

"没有,什么都没瞒你。"

贝利朝着窗子点点头。"你要枪干吗?看外面,年轻人。你看到风滚草了吗?看到牧牛工人了吗?有印第安人吗?这里可不是拉雷多[①]的街头。"

"我可不这么认为,路易斯。"

[①]拉雷多(Laredo),美国得克萨斯州南部城市。

8

佩勒姆又听到那首歌从公寓的某处传来，又响又刺耳。这首歌一定又登上了 RAP 歌榜单的榜首。

"……别装瞎……睁开眼睛，看到什么？"

一大堆录像带堆在他脚边，这是他几个月来的拍摄成果。片子还没有剪辑过，只是按照主题和日期排了序，主题和日期被潦草地写在每卷录像带贴的胶带上。他找了一卷，放到一台廉价的放映机里，那台放映机摇摇晃晃地放在一台更廉价的电视机上。

从墙的另一边传来沉稳的重低音歌曲。

"这里是白人的世界，这里是白人的世界。"

廉价的摩托罗拉电视屏幕慢慢亮起来，上面播放的是：

艾蒂·华盛顿舒舒服服地坐在摄像机前。她本来希望能坐在她最钟爱的摇椅上，那把橡木古董摇椅是她前夫比利·多伊尔送给她的。但是即便轻微的摇动都会导致失焦，因此佩勒姆让她坐到一张直靠背的椅子上。(佩勒姆年轻时担任过电影《大白鲨》的助理,记得斯皮尔伯格指挥摄影师把摄像机固定在男主角罗伯特·肖的船甲板上。经验丰富的摄影师却聪明地提出建议,最好用手持的方式来拍摄,以免观众看了头晕而在全美各地直奔洗手间。)

因此,佩勒姆让她改坐一张垫满软垫的扶手椅里。他让艾蒂坐在窗前,窗外是正在施工的工地。你还可以看到,在这个镜头里有样古董:一张翻盖式的书桌,上面堆满了纸张和信件。在书桌后面的墙上挂了十几张家人的照片。

你是不是要问我老公比利·多伊尔的事?我告诉你,他是个很有趣的人。我从来没有碰到过像他那样的人。我先跟你说说他长啥样。他很英俊,没错,个子很高,而且,对,你知道的,皮肤很白。我们会一起上街,他总会让我挽住他的手臂。即便去圣朱安山附近也这样,那边大部分是黑人,他们不喜欢黑白情侣;去地狱厨房也这样,这里大部分是白人。地狱厨房的爱尔兰和意大利男生也不喜欢黑白情侣。每个人都向我们投来异样的眼光。但他总是让我挽着他,无论白天和黑夜。

我去酒吧唱歌时,他总是陪我一起去。他会坐在桌边要一杯威士忌放在面前——他爱喝威士忌——他是坐在那里唯一的白人,不停被人投以白眼。但没过多久就没有人关注他了。我从台上看下去,他就坐在那儿,吃着炸小肠,跟两三个男人聊天,抬头朝我笑笑,捶捶他们的肩膀告诉他们说我是他的女人。然后我就看见他在和人争论。我知道他在说比利·霍利迪[1]和贝西·史密斯[2]。

---

[1] 比利·霍利迪(Billie Holiday, 1915—1959),美国爵士乐巨星。
[2] 贝西·史密斯(Bessie Smith, 1894—1937),美国爵士乐巨星。

可是他从来不知道自己的定位是什么。这对男人来说非常难受。最难受的是，一个男人都没法走进他自己的内心世界。有时候他没有必要非得找到定位，有时候他只要来到某个地方，站稳脚跟，几年后他就能找到自己的定位。但是比利却一直在找。他最想要的是土地。是占有。这是件可笑的事，这就是为什么我们一直没有结婚成家，因为他把所有的时间都花费在造房子、买地这些事情上。他太想得到了，于是被关进了监狱。"

纪录片拍摄者通常不能干涉受访者，但是佩勒姆却关了摄像机惊讶地问道："他进过监狱？"

但就在那时，艾蒂在椅子上改变了姿势，抬头看看，又转过头。佩勒姆记得，住在三楼那位艾蒂的朋友福罗伦斯·贝瑟曼这时候突然来访。录像就此中止。她还没有说完比利·多伊尔的犯罪经历，佩勒姆也答应下次再来记录细节，时间就定在火灾发生那晚。现在佩勒姆将录像带倒至开头，找到了他想要的画面。不是艾蒂，而是住在2A的胖胖的美女安妮塔·洛佩兹，说起话来像开机关枪，她火红的指甲满天飞舞，即便佩勒姆提醒她保持安静也无济于事。

"……对，对，我们这里有帮派。就和你在电影里看到的一样。他们有枪，惹是生非，酗酒，他们有汽车。轰轰，巨大的声响。吵死人。以前都是西面来的，现在走了。接替的是'古巴之王'帮，那是个大帮派。他们有一套公寓，也不在意大家知道那是他们的据点。我告诉你，就在第九和第十大道之间的三十九街上。哦，我很怕他们。请别告诉任何人是我说的，谢谢。"

佩勒姆关掉放映机。跪下身去清点帆布包，里面装有一切聪明的纪录片拍摄者应该带的东西：Betacam摄像机，Ampex录像带座，镍镉电池组，两卷备用录像带，一个用海绵罩包着的心形麦克风，一个速记本，几支笔。还有一把柯尔特和平缔造者单动型手枪，六个弹室里有五个装上了点四五口径的子弹。红木枪柄上到处是刻痕和汗迹。

他想起去年五月，在他离开纽约州平静的西蒙斯镇，前往曼哈顿之前，母亲对他说："纽约是个很乱的地方，你一定要当心啊，约翰。防不胜防的！"

佩勒姆在这里生活了这么久之后，终于理解了这番话。没错，防不胜防。

他沿着三十九街闷热的水泥路一直往西走。一户人家门前的台阶上坐着一位胖女人，手里拿着一支又长又黑的香烟，摇着一辆破旧的婴儿车。她读着西班牙文的日报。

"午安。"佩勒姆说。

"午安。"女人的视线扫向佩勒姆，仔细看了他穿的牛仔裤、黑夹克和白T恤。

"我想请教你几个问题。"

她抬起头，就像在吸烟一样地吐了口气。

"我正在拍摄一部关于地狱厨房的影片。"他举起摄影包，"是关于这里的帮派。"

"这里没有帮派。"

"好吧，应该说是一些年轻人呢，青少年。不是帮派。"

"这里没有帮派，没有。"

"有人告诉我这里有'古巴之王'。"

"那是一个俱乐部。"

"俱乐部。他们有个俱乐部中心在这里，对吧？一所公寓？我听说就在这条街上。"

"都是好孩子，这里不会出事，有他们担保呢。"

"我想和他们聊聊。"

"没人会来这里，没人来打扰我们。他们是好人。"

"所以我才想和他们聊聊。"

"你看看这几条街道。"她挥挥手指着这条街，"很干净，对吧？"

"你能不能告诉我俱乐部负责人的名字？"

"我一个也不认识。你穿那样的外套不热吗？"

"是的，很热。我听说他们经常在这一带活动。"

她大笑，然后又低头看报纸。

佩勒姆离开后，以"Z"字形的路线散步，走到河边又返回，绕过矮胖的贾维兹会议中心。他没有找到他想要找的。（想找什么？他自己都不清楚。六七个年轻人站在边上，就像《西区故事》里的乔治·查克里斯和鲨鱼帮吗？）

一个年轻的拉丁裔家庭朝他走来，夫妻俩穿着背心和短裤，一个十来岁的女孩穿着一套紧身服。他们拖着一个冷藏箱，几条毛毯，几个玩具和几张乘凉椅子。佩勒姆猜测，爸爸今天放假，他们要去中央公园玩。他看着这家人消失在地铁口，这时他看到楼顶有个男人。

这个男人和佩勒姆年纪相仿，也许稍微小几岁，拉丁裔。身穿紧身牛仔裤和雪白的T恤。他站在一幢公寓的楼顶朝下张望，即便相隔那么远，佩勒姆也能看到他深色眼睛里流露出不满的神情。

这个男人从一幢楼跳到另一幢楼，正好到了佩勒姆的正上方。佩勒姆只能看出他的轮廓。他正沿着屋顶向东走。

佩勒姆转身朝相同的方向走去。他在街角停了下来，不见了那人的踪迹。然后，一个白影突然一闪，消失在第十大道上的一群工人之间。佩勒姆赶紧穿过马路，试图跟上那个男人，但他已经消失得无影无踪了。他到底怎么跑掉的？佩勒姆问了几个工人是否看到有人，但都说没有，而且前面这条巷子是条死胡同，那人却消失在这条巷子里，巷子里全是铁窗，没有门也没有出口。

佩勒姆放弃了，回到三十六街上，漫步走向艾蒂那被烧毁的公寓。

并不是这里的声响而是这里的寂静让佩勒姆感到不安，街对面工地的捶打声忽然消失，声音全被这年轻人的身体和衣服吸收了。佩勒姆在听到跑步声时甚至连眼睛都没斜一下，就放下包伸进手去。他还没摸到柯尔特手枪，就被一块金属——他猜是手枪枪管——顶住了后脖子。

"到巷子去。"带着西班牙口音的声音轻快地响起，"快走。"

9

他浓眉紧蹙,下方的眼睑微微下垂,好像怀着深仇大恨。

他们站在路易斯·贝利律师的大楼后面的巷子里,脚下是光光的鹅卵石。稠密的空气中充斥着烂蔬菜和腐烂油污的气味。佩勒姆双臂站着,向下看了一眼那把黑色的自动小手枪。

佩勒姆继续观察他的对手。他的前臂蜿蜒着一道粉色的伤疤,是最近留的。在他手上,拇指和食指交叉处有个模糊的刺青。佩勒姆在洛杉矶待过,所以看到这个标记就知道他是帮派的。

佩勒姆问:"会讲英语吗?"

那人低头朝包看了看,用枪顶着佩勒姆的胸口,他弯下腰去拿摄像机,只拿出了一半。

"请别动它,那是……"

"闭嘴。"

那人没有发现柯尔特手枪。于是放下摄像机,站了起来。

"你是'古巴之王'。"佩勒姆说。

他和佩勒姆差不多高。佩勒姆认识的拉丁裔大都比他矮。"我一直在找你。"佩勒姆说。

"我?"

"找你们的人。"

"为什么?"

"聊聊。"

他惊讶地扬了扬眉毛。"那就聊吧。"

"我在拍一部关于地狱厨房的影片。我想采访一些帮派人员,或者叫俱乐部?"

"前些天你在干什么?"

"前些天?"

"你在找什么?到处问人,在这条街上,还拍照。你到底在干什么?"

佩勒姆保持沉默。

年轻人愤慨地叹了口气。"你想说是我们干的?你想说是我们放火烧了那幢公寓?"

"我只是在拍电影,我……"

年轻人紧蹙的眉毛拧得更紧了。"这儿有个电视新闻节目。这座城市的拉丁裔电视台。我知道你从来没听说过。他们的口号是'永远真相第一'。你相信吗?你是不是'永远真相第一'?"他的双臂再次交叉,抬起一只手托住下巴,用长了老茧的拇指揉着嘴巴下一道短而深的疤痕,"你是记者?像格拉多①那样的记者?"

佩勒姆朝着圆石巷子点点头。"你们就在这里打篮球?卖糕点?让

---

① 格拉多(Geraldo),著名的哗众取宠型记者,脱口秀主持人。

小孩子玩骑马？所有俱乐部活动都在这里举行？"

"你干吗问我？"

"我听说你们有些兄弟在火灾发生前在这边闲逛。"

"你听说……就当真了？白人说古巴人烧了这楼，所以是真的。黑人也这么说，所以是真的。"佩勒姆没有回答，他继续说，"你认为不是那个黑人老太婆放的火，而是我放的。为什么？因为你喜欢黑人，不喜欢南美人。"

佩勒姆原以为这年轻人已经够愤怒了，没想到这时他脸上又充满了怒气。穿着名牌跑鞋的他改变站姿，佩勒姆怀疑他准备开枪了于是开始斜眼找可以滚到地上躲避的地方。他不知道能否及时掏出他的柯尔特手枪。但觉得没有可能。

决定一下，是道歉还是继续强硬？

佩勒姆皱起眉头，身子向前倾。他怒骂道："我来这里是为了工作。你不想回答我的问题，那是你的事。但是我可没有兴趣听你的长篇大论。"

那人突然眯起了深色的眼睛。

我要挨枪子儿了。可恶。早知道就求饶了，后悔啊。

但是那人却没有扣动扳机，也没有用枪打他耳光，佩勒姆的选择对了。

他收好枪，沿着艾蒂的公寓正前方走去，打了个手势让佩勒姆跟过来。他钻过警戒线，走上楼来到小门口那点残留的空间。佩勒姆从包里掏出手枪，插到牛仔裤的裤袋里去，然后拎起包，走到巷子外的人行道上。

那个年轻的拉丁人踢开艾蒂公寓那扇破前门，用肩膀推开门进去，T恤也被焦木弄脏了。佩勒姆听到一阵砸碎玻璃和重物倒下的声音。

一分钟后，那人回来了，手里拿了一块长方形的金属，扔给了佩勒姆，佩勒姆拿到的是一个沉重的名录夹。"古巴之王"用他那长手指指向一个名字：C.拉米雷兹。"她是我姨妈，知道吗？她和她的两个女儿住在这里。她是我妈妈的妹妹！懂吗？你听懂了吗？我决不会去烧一幢住了我亲戚的楼！

"还想知道吗？我那位姨妈叫卡梅拉，她上个月看见吉米·柯克伦的手下用榔头打人，于是出庭作证。那个手下被关进了阿提卡监狱，吉米因此对她说的话非常生气。朋友，你觉得这故事怎么样？你现在喜欢真相了吗？关于白人的真相？好吧，给我滚，滚出地狱厨房。"

"柯克伦是谁？吉米·柯克伦？"

那人擦了擦额头的汗。"你回你的新闻台去，告诉他们'古巴之王'不会干这种混账事！"

"我不是记者。"

"好吧，别再烦我了，你也知道真相了。"

佩勒姆问："你姓什么？拉米雷兹？名字呢？"

年轻人停了下来，用他那满是肌肉的手指指向嘴唇让他住嘴，又点着佩勒姆的脸说："回去告诉他们。"他眼睛向下看着佩勒姆的靴子，然后慢慢往上移动，似乎想要记住他的样子。随后，他慢慢走出烧毁楼房的阴影，走进炎热干燥的日光中。

但是，吉米·柯克伦就像个鬼魂。

没有人听说过他，没有人认识姓柯克伦的。

佩勒姆在这附近走动，到波多黎各人开的杂货店购物，去韩国人的蔬菜摊买菜，去意大利人的肉店买肉。就是没有人认识柯克伦。大家在回答不认识时,声音中都带着一丝可笑,他们否认得很坚决。

他去了一家杂货店尝试。"他经常在这附近出没。"佩勒姆引导对方回答。

这位满脸褶子的墨西哥裔老店员,盯着他那块快要长虫的油饼,抽着香烟,默默点了点头,什么话都没说。

佩勒姆买了一瓶椰子饮料走了出去。他漫步走到一群身穿T恤的男人边,他们正站在Y型的洒水车边乘凉。佩勒姆问了他们,其中两个连忙说从没听过吉米这个名字。另外三个则装作不懂英文。

他决定再往西走走,到河边一带去问问。当他走过第十一大道上的教区学校时,听见有人喊:"喂!"

"喂你个头!"佩勒姆说。

一个男孩站在一只高大且凹凸不平的垃圾箱上,双手叉腰向下看。尽管天气炎热,他却穿了条宽松的牛仔裤和一件红绿黄三色相间的防风衣。佩勒姆心想,他那拼图式的发型不错,剃出宛如微笑的深痕,嵌在他黑色的脸庞上。

"你好。"

"你……先下来再说吧。"

"为什么?"

"我想跟你聊聊。别跳,沿着后面爬下来。别……"

小男孩跳了下来,毫发无损地落在地上。"你不记得我了。"

"我当然记得。你妈妈是西比。"

"没错!你是CNN来的,那个带着摄像机的人。"

他后面的运动场上有四块空无一人的棒球场,还有两块篮球场。大门被链条紧锁着。装饰这片场地最少要用掉一百桶油漆。

"你妈妈和妹妹在哪里啊?"

"在避难所。"

"你怎么不去上学?"

"现在不用上学,在放暑假呢。"

佩勒姆忘了。尽管城市里有热浪也有降雪,但是几乎无法分辨四季。他很难想象地狱厨房的暑假是什么样子的。佩勒姆小时候在八月的暑假里,会溜进电影院看电影,和朋友交换卡通书,有时候还会打打垒球。他记得好多个暑假的清晨,他骑着自行车,在光滑的水泥地上呼啸而过,路面上留下了被压扁的蜗牛和鼻涕虫的痕迹。

"你叫什么?"

"伊斯梅尔。喂,你呢?"

"我叫约翰·佩勒姆。"

"喂,哥们儿,我不喜欢约翰。我认识一个懒惰的黑人也叫约翰。他什么都不想做,你懂我的意思吗?我想喊你佩勒姆。"

都不带"先生"?

"避难所怎么样?"

他收起笑容。"我这黑人不喜欢那边的人。满嘴黑话。到处都是愚蠢的呆子。"

他的意思是毒品。愚蠢的呆子是指那些吸毒上瘾的人。佩勒姆曾在洛杉矶中心南区拍过几部电影,能听懂一些帮派黑话。

"只是暂住一段时间。"佩勒姆说。但是这原本用来安慰的话听上去却很沉重,他也不知道这男孩听了是什么感受。

伊斯梅尔的眼睛突然高兴地闪了一下。"喂,你喜欢篮球吗?我喜欢大猩猩尤因。他是最厉害的,你知道吗?我也喜欢迈克尔·乔丹。喂,看过公牛队的比赛吗?"

"我住在洛杉矶。"

"湖人队！对！魔术师，他好厉害。我喜欢巴克利。打架的时候找他帮你看住后面肯定没错。"他对着虚无的对手挥了挥拳。"喂，喂，你喜欢篮球的吧，哥们儿？"

佩勒姆看过几场湖人队的比赛，但后来放弃了，因为他发现相当一部分的观众是电影圈的，他们购买了季票去看比赛或者被人看。就像杰克·尼克尔森去看，你也得去看。"不大喜欢。"他实话实说。

"还有沙克。他有十英尺高。我想长成他那样的黑人。"

伊斯梅尔在人行道上跳起舞来，还表演了一下小小的扣篮动作。

佩勒姆看了一眼小男孩那破旧的高帮鞋，跪下去想帮他把松开的鞋带系好。但这却使得男孩很不舒服，他往后退了一步，自己笨拙地系好了鞋带。佩勒姆慢慢站起来。"那天你正要和我说什么事，关于帮派烧了你们的公寓。你正要说的时候你妈妈打了你一下。现在你讲吧，我不会告诉她的。"

他看上去很惊讶，似乎早忘了这件事。

"我听说，柯克伦的帮派可能和这起火灾有关。你认识他们那伙人吗？"

"你怎么认识柯克伦的？"

"我不认识。我在找他们。"

"哥们儿，别胡来。他们那伙人，有些是元老。"

元老指的是帮派的资深成员，他们要通过杀人才能取得这样的地位。

伊斯梅尔显得激动起来。"黑人，拉丁人，任何人只要敢得罪他，都会被他干掉。他看谁不顺眼，就会让你送命，懂吗？"伊斯梅尔闭上眼睛，把头靠在围墙上，看着学校。"你干吗问这些事？"

佩勒姆问："柯克伦那伙人经常在哪里混？"

伊斯梅尔被佩勒姆的黑话唬住了，说："我也不知道他们在哪里混。"他眼睛一直看着佩勒姆,做了好几次上篮的动作,"哟。你有爸爸吗?"

佩勒姆大笑。"爸爸?当然有。"

伊斯梅尔脸上的笑容消失了。"我没有。"

佩勒姆猛然醒悟,相当多的黑人家庭是没有成年男人的。他感到愧疚,真不该回答这么快,应该想到他的家庭背景。

伊斯梅尔若无其事地继续说:"他被枪打死了。"

"嘿,对不起,伊斯梅尔。"

"街上不是经常有愚蠢的呆子在卖毒品吗?我爸爸上街,他们就在街上把他打死了。我看到是他们干的。他什么都没做。他们就打死了他。"

佩勒姆惊讶地叹了口气,摇摇头。"凶手抓到了吗?"

"谁,那些乡巴佬?"

"乡巴佬?"

"你懂的,乡巴佬。条子。就是警察。"伊斯梅尔像个成年人一样大笑起来,"警察会干什么,你明白吗?我爸爸死了。我妈妈经常睡觉。她就知道睡。我们在的那个避难所,只要有钱就可以买到任何东西。毒品最多。她也吸食好多毒品。经常有男人过来上下打量她。我不想回去了。你的家在哪儿,佩勒姆?"

暂时寄存的一辆露营车。在洛杉矶有两间租来的小木屋,现在已转租出去。目前住在一套没有电梯的四层楼上,签的是短期租约。

"我其实也没有家。"佩勒姆告诉伊斯梅尔。

"太好了,你和我一样,哈哈!"

佩勒姆大笑,发现两人竟然有那么多相似之处。

约翰·佩勒姆,单身,原是独立电影制作人和场景发掘人,有时候会怀念家庭生活。想到这个,他会大笑,想象着他去一所郊区小学参加家长会的情景。

"你想去哪里?"他问伊斯梅尔。

"不知道呢,哥们儿。也许自己去组织个帮派。这边还没有黑人帮派。在第三十六街收点保护费。我想帮派取名叫三六鬼帮。听上去怎么样? '我是三六鬼帮的。'操,肯定吓死他们。把他们脑袋都搞晕。"

佩勒姆问:"吃午饭了吗?"

"没有。我连早饭都没吃。"伊斯梅尔得意地说,"你在避难所时,有人会过来惹你,碰你。他们叫你跟到他们后面去。你懂我的意思吗?"

佩勒姆摇摇头,拎起摄影包的肩带。"走吧,我饿了。我看见前面有家古巴餐馆。一起去吃没意见吧?"

"我要米饭和豆子。耶!再来瓶红带啤酒!"

"没有啤酒。"佩勒姆说。

伊斯梅尔从佩勒姆手中抢过摄影包挂在自己肩膀上,这包大概有他体重的一半重。

"我来拎吧,"佩勒姆说,"太重了。"

"不用。一点都不重。"

"喂。你看那边。"

"那边?"

"不是,再往后面一点。对。喂。我是说后面,后面!"

伊斯梅尔给佩勒姆指出他认为是着火点的地方。"我闻到烟味,然后看见大火,哥们儿。就在这里。还有砰的一声巨大声响,对。"

"砰。"

"于是我冲进了楼里,大喊,'喂,你们赶快跑出来!着火啦!'接着我妈妈尖叫起来。"

"起火前你有没有看到窗户旁边有人?"

"就那个老太婆,她住在楼上,顶楼。"

"还有其他人吗?"

"不清楚。好像有几个人在闲逛。不大清楚。"

佩勒姆看着烧剩下的后门。这是一道带有两把大锁的金属门。要闯过这道门相当麻烦。他弯下腰透过窗户看进去。他怀疑罪犯是不是将燃烧弹扔进铁窗去的。但是铁窗间隔太小,除了一个啤酒瓶什么都过不去;即便是带柄的酒瓶也过不去。所以一定是有人把罪犯放进楼里去的。

"当时后门是锁着的,对吧?"

"是的,他们总是尽量把门锁起来。但是,可恶,后门交通繁忙,你懂我意思吗?就在后面,看到了吗佩勒姆?那边有个同性恋在做生意,口交之类。他也是个愚蠢的呆子。"

男妓……"所以常有人从后门进出?他的客人?"

"是啊,我们经常坐在外面,只要看见有男人从后门出来,就喊,'同性恋,同性恋……'他们一听就跑。嘿,真好玩!"

"你最近还见过那人吗?"

"没有,哥们儿。他不来了。"

佩勒姆捡起大楼住户簿,正是那天拉米雷兹把金属板扔给他的时候,他无意中扔掉的。"你认识拉米雷兹吗?"

"哦,海克特·拉米雷兹?他是'古巴之王'帮的人。他们都很贱,不过从来不找我麻烦,不像柯克伦。他是少根筋的疯子。不过拉米雷兹只有在不得已的情况下才会杀了你。"

就连这个十来岁的孩子都比佩勒姆了解更多的街头情况。佩勒姆看了一眼住户簿上的艾蒂·华盛顿，然后将它扔到了地上。

一辆车慢慢地开过大楼，停了下来。坐在驾驶员座位上的警察看了过来。他打了个手势让佩勒姆退出警戒线。

"伊斯梅尔……"

这孩子不见了。

"伊斯梅尔？"

巡逻车开走了。

他找了好一会儿，但是伊斯梅尔消失了。夜空中传来砖头落地声和空空的金属声。接着是轻轻的哼哼声。

"伊斯梅尔？"佩勒姆走进公寓楼后面的巷子里，看到一个大约十八岁的金发男生，穿着褪了色的牛仔裤和脏兮兮的白衬衣。他蹲在一堆垃圾边，正在挖什么东西，偶尔触动了小山崩，他便像受惊的浣熊一样往后跳，接着继续挖。他的头发自己剪到齐耳的长度，柔软如婴儿的毛发。X世代必备的山羊胡稀稀拉拉，未曾剪过。

他瞥了一眼佩勒姆，眯着眼睛回头继续忙他的事。

"在找东西吗，朋友。找什么？"

"你住这里吗？"

那个男孩语气沉重地说："住在后面。"他朝被烧毁的地下室点点头，"我和雷，他就像我的经纪人。"

他和雷，他就像他的皮条客。

他就是伊斯梅尔说的那人。男妓。他上街干这行看上去太嫩了。佩勒姆问："雷在哪儿？"

"不知道。"

"我可以问你些火灾的问题吗？"

随着一声吃力的喘气声,他终于从垃圾堆下拉出了他找的东西,他擦了擦书的封面,《柯尔特·克贝——最后一年》。他着迷地看了一会儿,抬起头。"我正要跟你说呢,老兄。那场火灾。你叫佩勒姆,对吧?"他翻了翻书。

佩勒姆惊讶地眨眨眼。

"来,我要跟你谈条件。我可以告诉你谁放的火,谁花钱雇他们干的,如果你有兴趣的话。"

10

"你怎么知道我的?"

"就是知道。"男孩用脏手抚摸着书光滑的封面。

"到底怎么知道的?"佩勒姆追问,既惊讶又好奇。

"听说的,和你听说别的事一样。"

"告诉我你知道些什么。我不是警察。"

他的大笑表明他早就知道他的身份了。

有个词——街头传闻。

男孩的注意力又回到了书上,好像是孩童的宝贝书一样,书的封面是硬纸板做成的,上面贴了一张照片。书的字体很大,文字很少。照片拍得很糟糕。

佩勒姆问:"是谁放的火?是谁雇的人?"

在这张极其年轻的脸上,那双极其老成的眼睛眯了起来。随后男孩大笑起来。

润滑齿轮是昂贵的活儿。

佩勒姆在心中提取了他的两个存款账户，提前支取ＩＲＡ账户还要罚款，还有一些遗留的ＷＧＢＨ预付款。出现在他脑海中的数字是八千五百。比福利格兰大道上的那幢房子还贵一点。比那辆老迈的露营车也值一点钱。就这么多了。佩勒姆的生活充满流动性，但他的资产却大部分都是不具流动性的。

男孩擦了擦鼻子。"十万。"

佩勒姆以为像这样的摇滚地痞应该不会有太大野心。佩勒姆甚至觉得都没有必要和他讨价还价。他问："你是怎么搞清火灾内幕的？"

"放火那个人，我正好认识。他是个怪人。精神病。他喜欢放火。"

这就是贝利告诉过他的纵火犯，是佩勒姆厌恶的那个助理检察长洛依丝·科伊佩尔迫切想要抓到的人。

"他有没有告诉你是谁雇他放火的？"

"没有，没明说。不过从他跟我说的话里，你可以猜出来。"

"你叫什么？"

"你没必要知道。"

可是，你却知道我的姓名。

"我可以告诉你一个名字，"男孩继续说，"但是能怎样，又不是真名。"

"好吧，我可没有十万块，差得远了。"

"胡说。你不是那什么著名导演吗？你是好莱坞来的，当然有钱。"

他们前面街上又开来一辆巡逻警车。佩勒姆想制服这个瘦男孩，然后把警察叫过来。

但是只需从佩勒姆眼神中看一下，男孩就明白了。

"哦，想得美，你这个浑蛋。"男孩大骂。将他的书夹到腋下，冲进巷子去了。

佩勒姆朝警察无奈地招招手。但车里的两个警察并没有看到他，也有可能他们忽视了他的招手。佩勒姆沿着巷子跑去，靴子重重地踏在圆石路面上，紧紧追着那男孩。他们两个冲过艾蒂公寓后的两块空地，跑到了第九大道。佩勒姆看到男孩右转弯向北继续狂奔而去。

男孩跑到第三十九街后，佩勒姆跟不上了。他停下来，双手叉腰直喘气。他仔细检查了停车场，通往林肯隧道的入口，洛可可风格的公寓，杂货店和撒了木屑的肉店。佩勒姆向一家熟食店打听，但没人看到那个男孩。当他走回街上时，他发现半条街开外有一扇门向外打开。男孩冲了出来，背上扛着一个背包，消失在人群里。佩勒姆不愿再去追了。在这么拥挤的街上，男孩很容易就跑得无影无踪。

男孩跑出来的地方是个店面房，窗户全部涂上了黑漆。他记得以前见过这店、是青少年辅导中心。开着日光灯的房间，里面胡乱摆放了些桌椅。两个女人叉着手站在房间中央正在谈话，神情凝重。

佩勒姆进去的时候，那位瘦一点的女子正好举起双手，表示无能为力，然后推开一扇门从后门离去。

另一位女子苍白的圆脸上十分光滑，涂着一层薄粉，但没能掩饰住散布的雀斑。她红发披肩。佩勒姆猜测她应该有三十五六岁，身穿一件旧运动服和一条旧牛仔裤，这也无法掩饰她发福的身形。栗色的上衣上缝着哈佛大学的校徽，上面写着"真理"。

佩勒姆立刻想到了"古巴之王"。他想到了"真理"。

真理第一。

佩勒姆走进来时，她抬头瞥了他一眼，有些好奇，又看了下他的摄影包。佩勒姆自我介绍了一下，那女子说："我叫卡罗尔·怀安道特。这里的主任。有什么可以帮你的吗？"她扶了一下她那厚厚的眼镜，镜框有一处裂纹，用白色贴纸固定住，她把眼镜往鼻梁上推了推。佩勒姆认为她有一种乡村或农场女孩的美。但她却很不搭调地佩戴了一串珍珠项链。

"一分钟前有个男孩从这里出去，金发，像个摇滚歌手。"

"阿莱克斯？我们正在谈论他。他跑了进来，抓起他的背包就跑了。我们还在疑惑发生了什么事。"

"我正在街边和他谈话，他突然就跑了。"

"谈话？"

考虑到男孩的安全，佩勒姆不想透露他知道火灾内幕的事。街头消息传播太快。他记得拉米雷兹手中的枪，还记得似乎全世界都怕吉米·柯克伦。

"你，"卡罗尔冷冷地说，"能跟我说实话吗？"她把眼镜又往鼻梁上方推了推。

佩勒姆扬了扬一侧的眉毛。

"没什么。有个男孩偷了个钱包或者别的什么。结果有人过来红着脸说：'你们有个男生好像"捡到"了我的钱包。'"

佩勒姆断定她是个当社工的聪明的富家女。这类人可能很难对付。

"对，他也许是个神偷，但他从来没偷过我东西。我正在拍电影……"

"你是记者？"卡罗尔脸变得冰冷——就算他诬陷阿莱克斯"捡到"钱包，也不至于这么生气。他想：她的眼睛真特别。淡淡的、淡淡的蓝，几乎要融入周围的白色中。

"不算吧。"他解释说，《第八大道以西》是一部口述历史的纪录片。

"我讨厌记者。"卡罗尔的声音中露出一点爱尔兰口音，他感觉到她强悍的个性——这种机构的主任必须具备的，还得有些脾气，"总是报道一些儿童吸毒成瘾、轮奸和雏妓的故事。基金会的理事们一开电视看新闻直播,就看到他们想要帮助的小女孩竟然是个不识字且患有艾滋病的雏妓,你让他们怎么肯捐钱给我们。不过,这种小孩确实是最需要帮助的。"

"嘿,小姐,"佩勒姆举起一只手,"我只是收集一些口述历史。"

卡罗尔脸色变得好看起来。"对不起,对不起。我朋友常说,我路过肥皂箱的时候非得爬上去。你刚才说,关于阿莱克斯?你之前在采访他?"

"我一直在采访住在这幢被烧毁公寓里的人。他就住那儿。"

"有时住有时不住,"卡罗尔纠正道,"和抓小鸡的老鹰住在一起。"

我和雷。

她继续说:"你认识朱安·托列斯吗?"

佩勒姆点点头。"他的情况很糟糕。"

他说他父亲见过坎塞科。

卡罗尔摇摇头。"那么好的孩子遇到这种事真让我痛心,真是太糟糕了。"

"你不知道阿莱克斯跑哪儿去了?"

"他跑进跑出从来没有人知道他的去处。"

"他老家在哪里?"

"他自己说是从威斯康星州某个地方来的。也许……对不起,我忘了你怎么称呼。"

"佩勒姆。"

"名字呢?"

"约翰·佩勒姆。就叫我佩勒姆吧。"

"你不喜欢'约翰'?"

"我过的不是一种很《圣经》式的生活。他会回来吗？"

"不好说。这些上班男孩——你懂我说的'上班'的意思吧——只在他们生病或找不到老鹰时才会在这里出现。如果他怕什么事，他就会躲起来，也许六个月后才能见到他。你住纽约吗？"

"我从西海岸来的，租住在东村。"

"东村？哎，地狱厨房的人太坏了。好吧，你留个电话号码给我，如果那流浪儿回来我就通知你。"

佩勒姆希望自己没有把她想成农妇。但他无法抹去这个念头。农妇既土气又精力充沛。尤其是长了雀斑的红发农妇。他掰着手指算了下最后一次和女人睡觉至今已有多久。上次和女人睡到半夜被露营车外的风声吵醒，风雪猛烈刮打着车身，而今天温度已经有九十九度了。

他抛弃这些念头，但似乎又抛不了太远。

一阵沉默。佩勒姆有点冲动地问："对了，想不想喝杯咖啡？"

她手伸向鼻子，想调整下眼镜，却又改变了主意，把眼镜拿了下来。她尴尬地笑了笑，又戴上了眼镜，随后拉了下运动衫的下摆。佩勒姆以前看过这个动作，猜测她是由于自己的体重和服饰产生了自卑感。

他忍住没有说"你看上去不错"，而是想了半天想出句无关痛痒的话来："不过先警告你，我不喝浓咖啡。"

她用胖手指把头发拢到一边，笑起来。

他继续说："也不喝什么星巴克、雅皮、法式烘焙咖啡，除了美式咖啡，我什么都不喝。"

"美式咖啡不是哥伦比亚产的吗？"

"是的，拉丁美洲。"

卡罗尔开玩笑说："你是不是只喜欢用无法回收的杯子泡咖啡？"

"如果杯子可以用喷雾来做，我就要用那样的。"

"这街上有一家，"她说，"一家小熟食店，我去过。"

"那我们去吧。"

卡罗尔提起嗓子说："我十五分钟后回来。"

从后屋里传出一声西班牙语的答应声，佩勒姆听不清楚。

他帮她开了门。出门的时候卡罗尔轻触了一下他。她是故意的吗？

八个月了，佩勒姆不由自主地联想。然后提醒自己不要再想了。

他们坐在艾蒂公寓附近的人行道边。在他们脚边是两个装咖啡的蓝色箱子，上面画着跳舞的希腊人。卡罗尔用那块剑桥纪念品手帕擦擦额头。"他是谁？"佩勒姆转过来，看着卡罗尔手指的人。

伊斯梅尔穿着他的三色防风夹克神秘兮兮地回来了。他现在正在推土机的驾驶室里玩，那推土机是用来平整艾蒂公寓边上那块地的。"哟，兄弟，小心点。"佩勒姆喊道。他跟卡罗尔介绍了伊斯梅尔以及他的母亲和妹妹的情况。

"学校里那间避难所？这是比较好的一间了。"卡罗尔说，"大约一个月后，他们会让他住进单室套间。单独的房间——可以长住的旅馆。如果他们运气好的话。"

"哦，看来你对这一带很熟悉啊。"他问。

"我的社工经验全是在这一带学的。"

"那你肯定知道很多事——那些我这种过路客永远无法知晓的事。"

"你问吧。"卡罗尔瞥向佩勒姆那双又破又脏的诺克纳牛仔靴上的花纹。

"我想问问帮派的事。"他说。

"黑帮吗？当然，我知道。但我不怎么和他们打交道。如果一个孩子进了帮派，他想要什么帮助都可以得到。你信不信，他们比那些孤僻的孩子更适应社会。"

"喂，"伊斯梅尔朝卡罗尔喊，"我要跟我兄弟回洛杉矶。"他指着佩勒姆说。

"我不记得有这安排，年轻人。"他对着卡罗尔扬起了眉毛。

"有的有的，有的嘛，哥们儿。我跟你一起回去。加入血帮或瘸子帮。我要跳进去跟着他们混。太酷了。你懂我说的意思吗？"他消失在巷子里。

"给我上了堂课。"佩勒姆说，"地狱厨房的帮派概述。"

卡罗尔重新戴上眼镜。他想告诉她其实不戴更好看，但他知道还是不说为妙。

"帮派，是吧？从哪儿开始呢？从地鼠帮开始说吗？"卡罗尔羞涩地笑着。当她听到佩勒姆说"我听说单肺库朗已经退出江湖了"，惊讶得大笑起来。

"真看不出你知道这么多。"

佩勒姆回忆起一次对艾蒂·华盛顿的采访。

……战争酒吧，三十九街，二十世纪初时。莱特贝特外婆告诉我那是个极为混乱的地方。那里是单肺库朗和他的地鼠帮混迹的地方，酒吧老板是马雷特·墨菲。外婆经常去那里翻垃圾桶找华达呢碎布，也会找些骨头回家给狗吃，她总是很小心，因为地鼠帮经常和警方发生枪战。酒吧因此得名。他们那是真的战争。有时候地鼠帮赢，信不信由你，警察会几个星期都不敢来，直到情况稳定下来。

他对卡罗尔说:"现在帮派情况怎样?"

她想了一会儿。"西部帮以前在这里称霸,现在还有几个人,但是几年前司法部和警察把他们镇压下去了。吉米·柯克伦那帮人基本上已经取代了他们,他们是古爱尔兰人的后裔。古巴之王是现在最大的帮派。大部分是古巴人,不过也有一些波多黎各人和多米尼加人。这里黑人帮派没有地位。黑人帮派主要集中在哈莱姆区和布鲁克林区。牙买加帮和韩国帮在皇后区称霸。华人帮在唐人街。俄国帮在布莱顿海滩。"

一想到帮派的故事,佩勒姆的导演欲望就在心底蠢蠢欲动。不过他想到,拍过了——这三个字在好莱坞就像高浓度的老鼠药。

卡罗尔伸伸腰,胸部擦了下佩勒姆的肩膀。不知道是不是有意的。

八个月前那个夜晚是个值得回忆的夜晚。雪击打着露营车的车身,风吹得车身直晃,金发助理导演用尖利的牙齿轻轻咬着佩勒姆的耳垂。

八个月真是一段不可想象的漫长时光。一年的四分之三。就像怀孕期一样长。

"柯克伦的休闲区在哪里?"他问。

"你说他的老巢吗?"卡罗尔摇着头问,"那些人就比原始人进步一点点。他们经常在这北面的一家老酒吧出没。"

"哪个酒吧?"

卡罗尔耸耸肩。"我也不大清楚。"

她在撒谎。

他瞥了一眼她淡蓝色的眼睛,他要让她知道说谎瞒不过他。

她不带歉意地继续说:"你最好了解一下柯克伦……可不像电视上播的那样。他是个精神病。他的一个手下杀了一个企图勒索他们的人。吉米和他几个兄弟用钢锯肢解了尸体,然后丢进了斯普顿杜维尔河。

但是一只手被吉米作为纪念品保留下来，在路过新泽西公路收费站的时候把它丢进了收费篮里。你要对付的就是这种人。"

"我愿意试试。"

"你认为他会对你笑笑，然后在摄像机前跟你讲他的经历？"

佩勒姆耸耸肩，不置可否，但巨大的钢锯影子已经几乎取代了那个风雪夜在露营车上做爱的一幕。

卡罗尔摇摇头。"佩勒姆，地狱厨房可不是贝斯提区。也不是南布朗克斯或东纽约区……那些地方人人都知道很危险。不要去那边就没事。或者你知道去了那边会被当地人鄙视，你就有心理准备。而在这里，情况完全不同。这里有雅皮士住的公寓，有高档餐厅，有杀手、妓女、公司主管、精神病、神职人员、同性恋、演员……正午时分，当你走过移动公寓前的小花园，心想，嘿，这些花真漂亮，而紧接着你就躺在地上了，腿上多了颗子弹，或是背上被插了支冰锥。或者，当你在酒吧哼着爱尔兰小调时，走过来一个人一枪把坐在你身边的人的脑袋打穿。你绝不会知道是谁干的，以及为什么这么做。"

"哦，上帝。"佩勒姆说，"我知道吉米·柯克伦口吐毒液，而且有穿墙术。那早不是新闻了。"

卡罗尔大笑，低头靠着佩勒姆的手臂。他从这一次触摸中又感受到来电，热度足以融化一月的积雪。她说："好吧，对不起，说了这么多大道理。这是我的工作。别说我没有警告过你。你想见吉米，我告诉你。四八八酒吧，位于第十大道和四十五街的交叉路口。一周有三四天你可以在那见到他。不过你要去的话，要找白天去。另外……"她紧紧握住佩勒姆的手臂，"……我建议你带个朋友一起去。"

"喂！"伊斯梅尔跳到两人身边的楼梯上，"我是他朋友。"

"我保证柯克伦会吓得腿发抖。"

"见鬼,肯定的。"

伊斯梅尔说完跑出去找更多的推土机。卡罗尔双眼注视着佩勒姆好长一段时间。佩勒姆一转眼,卡罗尔就站了起来。"回去继续做苦工。"她笑着说,拿下了眼镜。

当他们走回青少年辅导中心时,她说:"知道吗,你不是我碰到的第一个富有创意的人。我们辅导中心的一个毕业生是个作家。"

"真的?"

"写了一部畅销书……关于杀手的。不过是本自传。记得给我打电话,佩勒姆。这是我的名片。"

丹尼·约翰逊站在第十大道上。

这是条宽阔的街道。街道两边的楼房不高,这使得它看上去更宽。太阳正从新泽西方向下山,但依旧又亮又热。她站在方圆几条街内唯一的阴影处,这阴影是由一间上世纪八十年代废弃的深夜酒吧搭出的帆布篷提供的。

她心想:不是,不是那个。仔细看着那些放慢车速用异样眼光盯着她看的司机。

不要。不要那个浑蛋。

不要,也不要他。

她并非因为热才站在阴影下——她诱人的身体上只穿了不到八盎司的衣物——而是因为青春痘破坏了她的脸,她觉得自己一定很丑。

另一辆小车开过,慢得几乎要停下来。与这里大多数车一样,它挂着新泽西的牌照;这里是通往林肯隧道的入口,是新泽西人上下班的主干道。

这里也是一个女孩一夜赚取五六百块钱的好地方。

但不是这个人的钱,不是今天。她转开视线,男子开走了。

丹尼已经在街头工作了八年,刚满十九岁就开始干这一行了。对她而言,这职业和别的工作完全没有区别。多数客人都是正人君子,他们不喜欢自己的工作,老板也不是特别喜欢他们,老婆或女友在生了第一个孩子后就不愿再给他口交。

她提供了必要的服务。就像母亲当年梦想她能当速记员一样。

一辆红色的赛车开上第十大道,朝她慢慢开来,排气管吐着性感的声音。车上是一个胖胖的意大利男孩,穿着贵重的名牌衬衫,上面绣了姓名。他的胡子仔细地修过,左手腕戴了块劳力士金表。他看上去像西海岸汽车销售店的销售员。"想亲热吗?"

她微笑着,往前弯腰,用性感的声音说:"亲亲我的黑屁股,滚吧。"

丹尼回到阴影处,汽车开走了。

几分钟之后,一辆丰田车开过来。里面坐了一个瘦瘦的白人,戴了顶棒球帽。他不安地四下张望。"嗨,"他说,"你今天还好吗?热不热?应该很热吧。"

她四周看了看,然后走到车前,她那高跟鞋踩在水泥地上发出响亮的啪啪声。

"是的,好热。"

"我下班走这条路回家去,"他说,"我以前看到过你在这里。"

"是吗?你在哪儿上班?"

"这条街上某个地方。"

"是吗,什么样的地方?"她问。

"办公室。很无聊。我看到过你两三次了。我的意思是,就在这条街上。"他紧张地清了清嗓子。

这男孩也太紧张了。

"是的,我经常在这里闲逛。"她说。

"你是个大美女。"

她又笑了笑,心想不知道整形外科能不能把她的脸整平,这个念头每天在她脑子里出现一百多次。

"怎么样?"他说。

丹尼又看了他一眼,学着说:"怎么样?"过了一会儿又补了一句,"好吧,帅哥,有没有兴趣约会?"

"也许吧。你的咪咪好漂亮。你不介意我这么说吧?"

"人人都喜欢我的咪咪,帅哥。"

"你喜欢做什么?"男孩擦擦脸。他在流汗。他正要脱下帽子,但又改变了主意。

"我喜欢做什么?"她皱着眉头问。

"我们约会的话,你和我两个人,怎么找乐子?"

"哦,我告诉你。我什么都会做。可以吸可以插,你想的话,屁股也可以。我无所谓。你一定要戴套子。我自己带了润滑油。"

"哇。"他看上去有点尴尬,但她无疑激起了他的欲望,"我喜欢,你说的那样。色情的话我喜欢。"

"喜欢的话,到了约会时我再说。"

"哇,你真是个火辣的女人。"

"去你的,帅哥,我又不是头一次听人这么说。"丹尼一本正经地说。

"你叫什么?"

"丹尼。你呢?"

"乔。"街对面有间仓库,叫作乔·赛普蒂莫货运仓储,用油漆刷成二十英尺高的大字。在这里停车的男人超过一半都自称"乔"。

"好吧,乔,我们约会吗?"她向前弯腰,让他能近看她的胸脯,也让他看清这是真奶,她不是个人妖。

"听上去很不错。"

他低声说了句什么,丹尼没听清。于是她弯腰靠在车上,手伸了进去。他看着她手上的九枚戒指。

"你说什么,帅哥?"

"我问你收多少钱?我想问我们的约会要多少钱?"

"跟你这么帅的男人?我给你便宜价,五十块。要干的话给一百。想走后门的话两百。我们可以在你车上后座直接干。我知道有条巷子,好了,要不……"她尖叫一声,男孩露出坚毅的眼神,手伸进口袋,掏出一副手铐,另一只手抓住她的手腕。他虽然瘦但力气大得惊人。

"你干什么?"她大喊。

咔的一声,手铐已经扣住了她纤细的手腕。

"好吧,我告诉你我是干什么的,丹尼。我逮捕你是因为你触犯了纽约州刑法的性交易条款。你现在过去站在那边,等后面的女士过来处理你。"他把她肩膀上的皮包拉了下来。

"什么?"丹尼转过身,眼睛瞪得圆圆的。

一位女警从车后出来,走向丹尼,把她带到人行道边的阴凉处。

"哦,可恶。"她说,口气中带着些惊讶,"看不出你是个警察。"

"骗得你团团转,我很在行。"

"哦,可恶。我不敢相信。我刚从拘留所出来!可恶。我以为你不过是新泽西来的浑蛋。"

这位男警官为自己的表演得到夸奖感到很满意,对女警点点头,说:"带她去囚车,把她们带到下城区去。"

强壮的女警抓着丹尼的手臂,带她走过街角,那里停了一辆道奇卡拉万。这是辆没有警徽的囚车。女警扶着丹尼上了车,已经有两名妓女坐在那儿,流着汗,神色慌张。

"老天,他们这鱼钓得真厉害,"丹尼脱口而出。"有那么多时间不干些别的事吗?妈的,可恶。你们就没别的事做了?"

"十到十五分钟后,我们会把你们带到下城区,"女警说,"出发以后我会让他们打开空调。你,有什么好笑的?"

但是丹尼却笑得无法回答。

又出汗了。看,手都抖成这副样子。

啊,妈妈,这不会真的是结局了吧。

桑尼穿过三十六街火灾现场对面的建筑工地,他已认定这场火灾是他整个纵火生涯最得意的杰作之一。足以得奖的作品。尽管有个佩勒姆,该死的同性恋乔·巴克兼午夜牛仔。但或许正是因为他的出现,才使得这件作品如此杰出。

再次用孟菲斯蓝调唱着,受困于莫比尔……

桑尼停了下来,寻找佩勒姆。不见他的人影。他一直听着脑海中回荡的音乐,想着他五年前过世的母亲。想着她在屋前漫步,听着唱机里播放的迪伦的歌曲,她有那么多唱片!全是黑胶唱片。有趣的是,播放时有沙沙声且容易跳起,一旦烧起来就会熔化成奇形怪状。她母亲喜欢放迪伦的歌,迪伦,迪伦整晚地放,月复一月地放。

他这会儿真的听到了音乐,以为母亲回来了。他转过身。不,她没在。他只看到戴着黄色安全帽的工人和一堆堆石膏板。

几大桶柴油、汽油和丙烷。太好了……

他一直往东走,来到第八大道上一处地铁隧道的通风栅栏处。他蹲在一排小垃圾箱后面,用颤抖的双手擦去脸上的汗水。

这不会真的是结局了吧。

还不是,不是时候,但也快了。结局慢慢临近。桑尼知道他的死期不远了。当大多数人在憧憬他们人生的时候——有的憧憬狂妄自大,而最终被证明是错的——桑尼却在憧憬他的死期。

这使得他感觉自己像耶稣。我们的救星,为死而生。我们的血肉,倒数分秒至受难地。其实,他外形很像耶稣,至少像梵蒂冈认可的那一类,像赛西尔·德米尔①拍的版本:消瘦,窄脸,稀疏的山羊胡须,金色长发,带有催眠功能的蓝眼睛,皮包骨头。

哇,想得太夸张了,桑尼心想。但是一旦你爱上烈火,你的思维很容易变得具有决定性。

关于他死期的场景相当复杂,这幅场景在他幼年时就开始形成。在他无法入眠时,他会躺在母亲那幢幽静的房子里(有时候躺在她安静的怀里,有时候躺在她辗转反侧的怀里)开始描绘死亡场景,修饰,剪辑。他想象自己在一个大房间里,周围有数以千计的人在痛苦挣扎,而他调制的非凡的黏稠液体正流淌在他们身上。他站在混乱场面的中央,听着他们尖叫,闻着他们皮肤烧焦的味道,看着空灵而无法否认的烈火亲吻着他们的头发、下体、胸部和指尖,烧得他们痛苦挣扎。而桑尼与他的敌人搏斗起来——上帝的死对头,他来到地球上想带走桑尼。那人沉默、高大,穿着一身黑衣。

就像佩勒姆一样。

他想象着自己和佩勒姆用链条锁在一起,身旁围绕着燃烧的流动

---

①赛西尔·德米尔(Cecil B. DeMille, 1881—1959),美国著名电影导演。

液体。强壮且满是汗水的两具身体缠绕着,烈火先剥去了衣物,接着是皮肤,他们的鲜血混在一起。他们两个,以及另外的一万多人,在一家座无虚席的百老汇剧院,在一座体育馆,在一所学校的礼堂。

桑尼心中充满了活力和目标。他想向全世界宣告即将到来的大火灾。

因此他要以他独特的方式来宣告。

他脚下的地铁列车驰进车站,在一声尖叫声中停了下来,他四处张望了一下,然后将两加仑的果汁倒入了通风栅栏。他点燃这支新奇的生日蜡烛并将它扔进了通风栅栏,这种蜡烛插在橡皮泥上,怎么也吹不灭。

随着一声沉闷的"咻"声,燃烧的液体流进了地铁车厢的通风口和车厢内。

"祝你生日快乐。"他唱着。而后他马上对自己的草率举动后悔了,他想起自己正在干一件惊天动地的大事。他站起来,不情愿地慢慢走开,很遗憾他不能继续待在这里听着尖叫声穿过滚滚黑烟传出来——来自他脚下那些即将死去的人的尖叫声。

妈妈,这不会真的是结局了吧……

警笛声好像从他的四面八方传来,生硬,急促,无助。不过桑尼认为这么做实在太愚蠢。他只是刚开始,纽约城的好戏还在后头。

11

哈塔克·伊马罕在女子拘留所里聚了一帮人。

"大家听着,"她对聚在她身边的年轻女人们说,"别去买那些垃圾。高级约翰征服者草根?黑蝙蝠油、天然磁石、碧穹二心勾魂蜡烛?全是垃圾,都是那些垃圾人想要卖给你们,只想骗走你的钱,不要再上当了。"

在牢房另一边的艾蒂·华盛顿没怎么注意听她讲。她今天痛得比火灾后那时更严重。她的手臂抽痛,阵阵疼痛传向下颌。她的脚踝也很痛。她头痛得几乎要失明。她又想问狱警要些止痛片,可狱警只是盯着她,就像他们有时盯着在地板上窜来窜去的老鼠。

"但是我觉得很有效。"一个瘦女人说,"有一次我男朋友劈腿,结果……"

"听着。如果你还能看清,就不要去用什么油、蜡烛和草根。如果你瞎了,那些东西也没用。你只要来我的祭坛做个供奉,给海地蛇神捐几个硬币,做这么多就有用了。纽约那么多的神啊、医生啊都只是看中了你的钱。"她提高嗓门,"你呢,华盛顿夫人?你信海地蛇神吗?"

"信什么?"

"海地蛇神。桑特利亚教呢?巫术呢?"

"不大信,我不信这些。"艾蒂说。她不愿解释,莱特贝特外婆——愿她安息——曾把她仅有的一点宗教信仰都剥夺了。外婆经常给艾蒂激情说教,混合着天主教教义和火热的浸信会教条。外婆说的这些,在艾蒂看来和哈塔克讲的疯狂神魔没什么区别。差别在于外婆讲的是焚香和圣水,而不是高级约翰征服者草根。

哈塔克拉了拉她光秃秃的打了耳洞的耳垂,继续解释那些所谓的控制男人的咒语和躲避法律油都是些没用的东西。她说,在你心中的才是最重要的东西。艾蒂思绪飘向远方,又想起了约翰·佩勒姆,也不知道他会不会再来采访她。那个男人应该已经远走高飞了。他到底为什么要帮她?想到他差点葬身火海,她感到非常害怕。她也想到了小朱安·托列斯。她为小男孩做了个与信仰无关的祷告。

前面的牢房传来一阵响声。是金属互相碰击的声音。几个女犯人对新来的犯人大喊哈罗。

"喂,小姐。不是才出去一天吗?这么快就被抓回来啦?"

"去你的,丹尼,你是倒霉蛋。离我远点。"

艾蒂看着这个满脸痘痘、身材火爆的女孩走进大牢房。她是昨天被释放的那批妓女之一。这么快就被抓回来了?艾蒂朝她笑笑,但是女孩没有反应。

丹尼走到围坐在哈塔克周围的那群女人边,哈塔克朝她点头,"嘿,小姐。很高兴见到你。"

这话听上去怪怪的。就像哈塔克料定她会回来一样。

哈塔克继续着她关于巫毒术的演讲，现在已经在谈论巫毒术的最高者海地蛇神。艾蒂能听懂，因为她妹妹前几年也涉猎过那些疯狂的东西。接着那胖女人的声音低了下去，其他女人开始悄悄地互相交谈。她们中一两个人朝艾蒂瞥了眼，但没有要她加入讨论。不要叫她最好，因为她需要安静一段时间。她有很多事要考虑，伟大的天主火海地蛇神知道，这里很少有安静的时候。想到这些，她会心地笑了。

似乎有种感觉，有人在监视他。

佩勒姆站在艾蒂公寓前的人行道上，费尽口舌地询问那些患了失忆症似的建筑工人火灾发生前他们是否在巷子里，或者有没有看到谁在那里。

他突然转过身。没错，在距他五十英尺远的地方停了一辆闪闪发光的黑色加长豪车。车上有一个大广告牌，上面画了引人注目的大楼效果图。佩勒姆在西区看到过很多类似的广告牌；不管哪个画家都尽量要把大楼画得吸引人，也极度虚伪，就像塞克斯公司，以及罗德与泰勒报纸广告上画的内衣模特素描。

佩勒姆注视着豪车。车窗贴了膜，但是他能看到后座上有人，好像是个男人，正盯着他。

佩勒姆突然将摄像机扛到肩上，镜头对准了豪车。那人愣了一下，接着车动了起来。司机踩下油门，加长豪车驰出车道，朝着灰色的哈得逊河开去，迅速消失在车流中。

他走下人行道，摄像机仍旧对着那豪车，因此没有看到又来了一辆车，差点将他撞倒。

当他听见刹车声时,赶紧转过身向后退到人行道,摔了一跤。他为了保护摄像机而擦破了胳膊肘,因为摄像机在此时比他自己值钱得多。

一个高大的男人迅速跑了过来。钳子般的双手抓住佩勒姆的手臂,把他拉了起来,一把抢走了摄像机。他还没来得及抗议就被推进了轿车后座。开始他以为是吉米·柯克伦发现他在打探他团伙的消息,所以派人来抓他。

钢锯……那个场面就是不愿离他而去。

但是他很快发现这些人不是帮派成员。他们大约三四十岁。个个都穿着制服。随后他想起他在什么地方见过这个抓他的人,这人有着光滑如孩童的皮肤,肌肉发达。因此当他发现前排坐的人是谁时,一点都不感到惊讶。

"罗麦克斯警官。"佩勒姆说。

高大的助手钻进前排座位,发动汽车。

"我不是警官。"罗麦克斯说。

"不是?"

"不是。"

"那我怎么称呼你?调查官?消防官?绑匪?"

"哈。也许我该称你幽默先生,而不是幸运先生。他是不是很搞笑?"罗麦克斯问他的助手,摔跤手模样的助手没有回答。

坐在佩勒姆身边的男人不知道是警察还是消防官,身子瘦得像只公鸡。他似乎都没注意佩勒姆,而只是凝视着车子行进时窗外变换的风景。

"你还好吗?"罗麦克斯问。在他脖子挂的项链上有一枚金质徽章,上面有一只栖息在山顶且面目狰狞的老鹰。

"一般般吧。"

消防官对助手说:"带他到我们刚才去的地方。"接着又补了一句,"去没人能看到我们的地方。"

"巷子里?"

"可以,巷子那地方不错。"

听起来像在排练。但是佩勒姆不愿意陪他们玩这恐吓游戏。他眼珠转了一下。这三个警察——如果消防官也算警察的话——应该不会把他带到巷子里去枪毙。

"我们想知道一件事。"罗麦克斯望着窗外刚被烧毁的商店说,"只有一件事。在哪儿能找到那个老太婆雇佣的混账?就这事。就这么简单。告诉我们吧,我们会给她提供你无法想象的优待条件。"

"她没有雇任何人。她没有放火。你们每在她身上浪费一分钟,真正的纵火犯就逍遥法外一分钟。"

这又是他电影里的一句台词。这句话写在纸上比大声念出来好听,但这也跟现场的环境有关。

罗麦克斯沉默了一会儿,然后他问:"你知道男女的差别在哪儿吗?女人很容易崩溃,而男人会硬撑好几天。只要你站在女人前面大骂,她们就会哭起来,她们会说:'是的,是的,是我干的,别打我,别打我。我不知道会伤害到别人,是我男朋友让我干的。'她们会崩溃的。"

"下次我见到葛洛丽亚·斯泰纳姆[①]时,会和她分享你说的这些。"

"你太幽默了。很高兴你在这种时候还能笑出来。但你最好听听我说的话。我有不止一种办法让她招供,我不在乎用什么手段。汤米,我说这句话了吗?"

---

① 葛洛丽亚·斯泰纳姆(Gloria Steinem, 1934—),美国女权运动先锋。

消防官高大的助手背诵道:"我什么都没听到。"

坐在佩勒姆身边那位瘦小沉默的警察正仔细看着几个小孩打开消防栓。他也似乎什么都没听到。

罗麦克斯说:"我一定要阻止这个可恶的精神病,你可以让艾蒂的日子好过些,而且能拯救许多无辜群众。你可以去劝劝她,你可以……啊,啊,啊,别说话,幸运先生。告诉他今天早上发生了什么,唐尼。"

"第八大道地铁发生火灾。"

罗麦克斯又看着佩勒姆。"多少人受伤,唐尼?"

助手背诵道:"十六人。"

"有多严重?"

"很严重,长官。四人生命垂危,其中一人估计没救了。"

罗麦克斯看着人行道,对驾驶员说:"到后面去,我不想被人看到。"

他们都神情严峻,其中两个都比佩勒姆至少重五十磅。佩勒姆突然想到,他们虽然不大可能枪毙他,但却可以往死里揍他。他们很可能以此为乐,还有可能会砸坏他那借来的价值四万美元的摄像机。

"你知道我们对那种有证人、有具体证据的简单案子是怎么称呼的吗?"罗麦克斯问。

"滚地球。"唐尼主动回答。

罗麦克斯靠近佩勒姆,继续问:"你知道我们把那种查不出线索的案子称作什么?"

"挫折?"佩勒姆试着回答。

"我们称为神秘案件,幸运先生。好了,我们现在侦办的就是这样一桩神秘大案。我们知道这老太婆雇了个纵火犯,却找不出他妈的任何头绪。我真的不知道该怎么调查下去。因此我别无选择。我能想到的办法就是集中精力对付那个老太婆。我说了这话吗，唐尼？"

"你什么都没讲。"

"如果那样还不行，幸运先生，那我就会对付你了。"

"我。"

"你。起火时你就在那幢公寓附近，就像特意为那老太婆提供不在现场的证据一样。现在你扛着那大摄像机，走来走去，采访证人。你和警察打过交道，我能嗅出来。照我的分析，你见过的警察多得你都不想再见了。因此在我揍她、揍你之前，我想得到个明确的答案：你和这案子有什么利害关系？"

"很简单。你们抓错人了。请牢记这句话，这就是我的利害关系。"

"通过毁灭证据？恐吓证人？阻碍调查？"

佩勒姆瞥了一眼他身边的人。一个胆小怕事的人。这种人你可以找来演个会计，如果非要演警察，那只能演内务部门的警察。

佩勒姆说："我想问你几个问题。"消防官苦着脸，但佩勒姆继续说，"艾蒂刚给自己的公寓投了保，怎么笨到马上烧掉整座大楼？"

"因为她雇了一个可恶的精神病，他无法控制自己。"

"好吧，那她干吗非要雇人？为什么不假装由于炒菜时的油导致失火呢？"

"太可疑。"

"但是纵火怎么都可疑啊。"

"这总不如只烧掉她自己那间房可疑吧。再说了，她也不知道有骗保数据库。"

"火灾烧掉了她所有的东西。"

"什么叫所有？顶多值一千块的旧家具和垃圾。"

佩勒姆说:"还有她的指纹,你怎么解释?你想她会笨到去雇个纵火犯还给他一个留有自己指纹的瓶子?还有,那留有她指纹的几片碎片居然没有熔化成口香糖,不是很奇怪吗?"

"我现在该怎么问这兄弟,唐尼?"罗麦克斯问那卖命的助手,他思考了片刻后回答:"我奇怪他怎么知道我们是从瓶子上得到指纹的。"

"是吗?"罗麦克斯挑起一侧的眉毛。

"碰巧猜到,"佩勒姆回答,"以我的人格担保。"

"在这里转弯。"罗麦克斯对司机说。汽车转了个弯,停了下来。"唐尼。"消防官做了个暗示。

助理转过身,佩勒姆突然发现一支巨大的手枪顶着他的太阳穴。

"天哪……"

"我再教你几个小常识,佩勒姆。我们这些消防官不是警察。我们不用顾虑警察局的规定。我们可以携带任何想带的武器。你拿的是什么枪,唐尼?"

"这是支点三八的马格南。我装了 Plus P 型子弹。"

"这样你就可以更有效地吓唬那些无辜群众了?"佩勒姆问,"我说中了吧?"

举着枪的助手把枪收了回去。佩勒姆又笑了,不停摇晃着脑袋。他知道不会挨打,他们最不想留下殴打的实际证据。唐尼看着罗麦克斯,他耸耸肩。

助手把枪收回到口袋里。他和罗麦克斯从前排爬出车来,移开视线。

佩勒姆心想,他们自己反被我吓唬了一回。不料此时那个瘦小的男人突然用瘦骨嶙峋的拳头猛击佩勒姆的耳朵后面,拳头里还夹了一个两毛五和一毛的硬币,打得佩勒姆剧痛无比。

"哦……天哪。"

又是一拳。佩勒姆的脸撞到车窗上又反弹回来。窗外罗麦克斯和唐尼正检查巷子里的一堆垃圾,不住点头。

佩勒姆还没来得及抬起手,瘦男人又送上一拳。打得他眼冒金星,浑身奇痛。他忽然想起这些淤青和伤痕会被他的头发盖住,完全无法看到。

还谈什么证据。

瘦男人将那硬币收到口袋里,坐了回去。佩勒姆擦去疼痛时流出的泪水,朝着那男人转过身去。还没来得及说话——或揪住他打碎他的下巴——车门就打开了,罗麦克斯和唐尼把他拉了出去,丢在巷子里。

佩勒姆摸了摸头皮。没有流血。"罗麦克斯,我不会忘记的。"

"忘记什么?"

唐尼把佩勒姆拖到无人的巷子里。

佩勒姆脑海中只有"没有证据"几个字。

罗麦克斯跟着他们走了大约三十英尺,差不多进到巷子的一半处。接着给唐尼做了个手势,唐尼把佩勒姆压在墙上,就像那天在艾蒂病房里那样。

佩勒姆畏缩了。罗麦克斯把手伸进他的口袋。他低声说:"我干监督消防官十年了。我见过无数纵火犯,但从来没见过像他那样的。这是个超级混账。他已经完全失控了,再不抓到他,情况会变得更糟。好了,你愿意帮我们了吗?"

"她没有雇他。"

"好吧。你是自找的。"

佩勒姆握紧拳头。他不愿束手待毙。他们或许会以袭警罪名逮捕他,但看上去不管怎样都会逮捕他。先对付唐尼,打他的鼻子。

此时罗麦克斯对唐尼点点头,他放开了佩勒姆。壮汉回到车上,那个带了硬币的瘦男人在读《纽约邮报》。

罗麦克斯转向佩勒姆,佩勒姆转移重心,正准备挥拳。

但是消防官只是朝着一道不带标记的灰色门做了个手势。"从那儿进去上三楼,3-13房间。听见了没?"

"你什么意思?"

"进去。"他朝门点头,"3-13房间。听我的。马上给我滚,你这人真烦。"

佩勒姆走进电梯,按下沾满油污的塑料按键"3"。

这幢楼是医院,就是他接受治疗、艾蒂被捕的那家医院。

佩勒姆走到走廊里,找到了罗麦克斯告诉他的那间小房间。

他在门口停下,没有去注意站在里面的一对男女。他没有去关注精密医疗仪器,他甚至没有和穿着白大褂的护士打招呼,护士扫了他一眼。佩勒姆只看到一个十二岁的男孩裹在一堆绷带里,朱安·托列斯,西三十六街四五八号火灾中受伤最严重的一位。

他父亲认识乔伊·坎塞克。

佩勒姆扫视了一圈房间,想猜出罗麦克斯让他来这里的原因,但猜不出来。

佩勒姆心中有两份同样的怜悯,一份是对小朱安,另一份是对老艾蒂。(但是他感到疑惑,真的可以同时怜悯这两个人吗?他内心挣扎了片刻。如果艾蒂有罪的话,就无法同时怜悯了。)

算了吧,他告诉自己。她是无辜的,我确信。

他又开始疑惑为什么罗麦克斯让他来这里。

"教堂,"那女人平静地用西班牙语说,"Cura。"

另外一名护士粗鲁地走进病房,把佩勒姆一把推开,没有道歉便继续往前。她递给那位母亲一个白色的杯子。也许这女人也病了。起初佩勒姆以为她也是在火灾中受的伤。但他回忆起自己带着她走出火场时,前面是抱着她儿子的消防员。那时她没受伤,而现在却双手直抖,两粒黄色小药丸从杯子里掉到了地上。他这才意识到自己所在的这个房间与刚才走过的其他房间有所不同。

这是什么地方?

这里感觉总有些不对劲。

对了,这里是……

床头的显示屏毫无动静。男孩的手臂上也没有插什么管子。原来床头钩子上有本记录表,现在也被人拿走了。

Cura。佩勒姆作为一个南加州人,多少懂些西班牙语。他记得这个词的意思是牧师。

小男孩已经死了。

这就是罗麦克斯让他来看的东西。

男孩的母亲不顾掉在地上的药丸,靠在她同伴的身上。男同伴转过头看着佩勒姆,他有着一头短而紧密的鬈发。

"我爸爸呀,他认识乔伊·坎塞克。真的,真的,真的。不骗你,他认识!"

那护士又一次走过佩勒姆身边,这次开口轻轻说了句"请让一下"。

随后病房安静下来,或者说几乎无声。唯一的声响是苍白的杂声,一种无法辨识的窸窣声,就像奥蒂斯·波姆死时的背景声,或者像最后一次采访艾蒂时,她起身开门时那空空的扶手椅的声音。佩勒姆站在病房中央一动不动，无法说出悼念的话来，无法观察，也无法分析。

  过了好一阵子，佩勒姆总算明白过来，这安静场面下的另外一层含义是：对艾蒂·华盛顿的指控将变成谋杀罪。

12

纽约州最高法院刑事审判庭相当热闹。

约翰·佩勒姆坐在又脏又挤的法庭后排,边上坐着尼克·弗拉纳根,他是路易斯·贝利雇来的保释代理人,他身材滚圆,一副厌世的表情,手指甲里藏污纳垢,头脑非常灵活,可以迅速推算出各种保释金的百分比,比佩勒姆用计算器算得还快。

小男孩死后,贝利将保释金的预估值向上提到十万美元。根据一般的保释规定,艾蒂必须缴纳百分之十的现金或有价证券。弗拉纳根同意支付百分之五点五。他对此很不情愿,也许本性如此,但更有可能是因为他欠贝利一大笔债,这次算是小部分返还。

艾蒂·华盛顿愿意交出她积蓄的九百美元。贝利已经安排通过他的一个隐形线人来筹借剩余部分。艾蒂不愿意让佩勒姆花一分钱,再说他其实也拿不出什么钱来。

佩勒姆很佩服贝利操办的这些事情,但他也怀疑贝利在法庭上的律师技能到底有多强,能否和在酒吧、律师事务所、档案部门表现出来的一样。

贝利也已经收到了笔迹鉴定报告,情况不妙。艾蒂患有滑液囊炎和风湿病,时常发作,这使得她的笔迹变化很大。根据鉴定报告,保单申请书上的签名"是艾蒂笔迹的可能性超过五成"。

佩勒姆仔细观察助理检察长洛依丝·科伊佩尔,她很年轻,长着尖下巴和小嘴巴,还有一头很不像律师样的乱发。她看上去很自信,态度冷漠,她这种年纪来处理这种谋杀案有点太嫩了。

法庭工作人员有气无力地说:"纽约州法庭对艾蒂·华盛顿案开庭。"

在贝利的催促下,艾蒂和他一起站起来。他双眼朝上,而艾蒂情绪低落。年老的法官无聊地斜靠在长椅上,他用手指抵着太阳穴,即使从法庭后方看过去,上面突出的血管也清晰可见。

助理检察长说:"我们修订了起诉状,法官阁下。"

法官朝下看了一眼年轻的助理。"男孩死了?"

"是的,法官阁下。"这句话听着格外刺耳。

法官翻看着报告。"华盛顿女士,"他念经般地说,"你被指控犯有二级谋杀、一级过失杀人、非蓄意杀人、一级纵火、二级纵火、一级攻击、一级恶意损毁财产和二级恶意损毁财产罪。你认罪吗?"

艾蒂·华盛顿坚决地大喊起来,吓坏了最靠前的几排听众。"我没有杀人。那都不是我干的!"

助理检察长用她那毛玻璃般的嗓音喊道:"法官阁下。"

法官招手示意她安静。"华盛顿夫人,律师已经跟你解释过那些指控了吧?"

"是的。"

"你对所有这些指控都认罪吗?"

她不假思索地说:"我没有罪,法官阁下。"

"好的。本州的保释金是多少?"

"法官阁下,本州法庭要求本案的华盛顿女士不能被保释。"

贝利嘟囔道:"法官阁下,我的客户是一位七十二岁的老妇人,生活无所依靠,没有护照,身受重伤。她想逃都逃不了。"

助理检察长以低沉的语调说:"她被指控犯有谋杀罪和纵火罪……"

"我不会杀那男孩!"艾蒂大喊,"死都不会!"

"请律师指示一下你的当事人……"无聊的法官振奋了下精神,有气无力地下达了这道命令。

助理检察长接着说:"这位女犯被指控用诡计欺诈保险公司,还包括策划和雇佣一名职业纵火犯。"

"你说的那位职业纵火犯已经抓住了吗?"

"还没有,法官阁下。我们认定那人要对本市其他一系列火灾负责,导致多人丧生和重伤。他似乎以纵火为乐。我相信法官阁下一定在报纸上读过。"

"那些火灾?"

"是的,阁下。"

"法官阁下。"贝利惊骇地说。

"保持安静,律师先生。"法官眉头深锁,这是他至今最明显的情绪表达。

"过去两天内发生了三起火灾。最近的一次是在地铁,在我来法庭前刚接到一个报告,又发生了一起火灾。"

贝利慢慢转过身看了一眼佩勒姆。又一起?

科伊佩尔继续说:"发生在第八大道的一家百货公司。"

"结果怎样?"法官问。

助理检察长接着说:"又是自制固体汽油,法官阁下。发生在女装部。起火时正好有个店员站在灭火器旁,她扑灭了火,避免造成更大的损失,否则后果不堪设想。"助理检察长有些失态,她气急败坏地说,"法官阁下,警方现在束手无策。他们抓不到那家伙,找不到目击证人。而火灾还在不断发生。坦白说,西区一带现在人心惶惶。"

"法官阁下,"贝利以一种闹剧舞台演员的声音说,"这是极疯狂的猜测。为什么,因为现在是八月。酷热难耐,人们脾气变大……"

"谢谢你的天气报告,贝利先生。你的意思是?"

"盲目模仿者犯罪。"

"律师?"法官朝着助理检察长扬起一边的眉毛。

"不可能。他制造的汽油炸弹里的混合物非同寻常。就好比是这种纵火犯的指纹。而且媒体也很配合,没有提到确切的物质。我们确信这些火灾都是一个人干的。可惜被告完全不合作,一直不肯指认罪犯……"

"她不肯配合,"贝利说出了佩勒姆的想法,"那是因为她不知道罪犯是谁。"

"所以我说,这是一起经过精心策划的恶性案件,导致一名儿童死亡。而且根据她有过欺诈前科,我们……"

"什么?"贝利律师问。

"你是要抗议吗,贝利先生?"

"不是,法官阁下,我不是抗议。"

"因为如果你抗议,那就错了。现在没有陪审团,也没有关于证据的问题。"

"我不是抗议。什么前科?"他瞥了一眼沉默的艾蒂,她的眼神落寞。

佩勒姆朝前坐了坐。

"好吧,华盛顿女士六年前曾被定为犯有欺诈和勒索罪而判刑。那起案件中她也扬言要纵火,法官阁下。"

她有前科?扬言纵火?佩勒姆的思绪迅速转向对艾蒂的多次访问,但无法找到相关内容,一点都没提到过。他的拇指和食指激烈地摩擦着。

贝利转过头看着艾蒂,但是她眼神依旧落寞。"这是我第一次听到她有前科,法官阁下。"他悄悄地跟艾蒂说了句话,但她摇摇头没出声。

"好吧,"助理检察长说,"那就不是我的问题了。"

"是的,贝利先生。"法官说,他发红的太阳穴上的血管好像移动了位置。他想按照日程审理其他案件,"关于你对当事人过往的掌握情况与本案无关,我们可以到此为止了吗?"

"有关保释的问题,"科伊佩尔尖锐地说,"本人要求该嫌疑犯不得保释。"

法官倚靠在他的黑色高椅子上。"不允许保释。"他用法官槌敲了下桌子,发出像枪声一样的声响。

"我们中计了。"

路易斯·贝利站在法院大楼边的人行道上,旁边是佩勒姆。一阵怪怪的酸味弥散在八月炎热的空气中。

律师心不在焉地低头看着自己的脚。他那海军蓝的短袜破了个洞,而另外一只脚上那只绿色的袜子却看上去跟新的一样。"我竟然没有看出是助理检察长搞的鬼。她一直要求推迟庭审。她还暗示如果我同意的话,她就会倾向于同意降低保释金。"

佩勒姆点点头。"一种技术上的法律策略，也叫说谎。"

"啊，说谎也不是什么新闻了。但是坏就坏在她一直拖到小男孩死了。这样她就占尽优势，要求法官不同意保释。"

我们的公仆，佩勒姆心想。愿上帝保佑他们。他问："你不知道她有前科？"

"不知道。她从来没提起过。"

"我也是。有多严重？"

"还好吧，他们不会在审判时搬出这些事。除非她自己要说，但我不会让她那么做的。不过，这件事实在……"

"烦人。"佩勒姆喃喃说。

贝利试图找个更贴切的词，但没有找到，只能重复道："烦人。"

他们各自看着马路对面黑灰色的法院大楼，看见两人正在严峻地谈话，一个是神态热切、穿着黑色西服的律师，还有一位是他的矮胖的客户，脸色阴郁。佩勒姆的目光注视着律师，而贝利注视着那位客户。两位法警在他们身边坐下来，开始吃蘸了芝麻酱的冷面。法院大楼离唐人街有三个街区。佩勒姆终于明白原来那种酸味是从唐人街飘过来的：蔬菜油倒多了。

"我很担心她，路易斯。你能把她弄到隔离监区去吗？"

"在抓到纵火犯之前，没人会帮我。"

佩勒姆拍了拍他的钱包。

"我和监狱部门的人没什么交情。如果我能帮上忙的话，我只能用老办法。提出申请，以陈述理由。"

"你能办到吗？"

"我想他们不会认账，但我会试试看。"他看着一大群鸽子在抢食一个商人扔到地上的一片热狗。

"跟我说实话。"贝利说。

佩勒姆歪了歪一边的眉毛。

"保释失败使你深受打击,是不是?你非常难过。"

"我不想她继续待在牢里。"佩勒姆说。

"我也不想,但是没什么,又不是世界末日。"过了一会儿他说,"这到底是怎么一回事?"

"什么?"

贝利说:"我问你到底想干什么,佩勒姆。"

"她是个无辜的女人,却进了监狱。"

贝利说:"那儿差不过百分之二十的人都是无辜的。"他朝拘留所点点头,"这也不是什么新闻。你为什么要扮演侦探,这件事和你有什么利害关系?"

佩勒姆朝着繁闹的中心街望去,法院、政府大楼……司法正在运作。他想到了蚂蚁农场。最后他说:"如果她被判了刑,我的电影就不值钱了。三个月的工作白费,而且最后我将会欠大约三四万的债。"

贝利律师点点头。佩勒姆认为这种功利性的动机贝利不太会信,贝利也许算是见过世面,而且是艾蒂的朋友。但是关于这个话题,佩勒姆只愿意跟他讲这么多。

贝利说:"我要去申请隔离监护令。愿意和我一起回办公室吗?"

"不行。我要去见和这案子相关的一个人。"

"谁?"

"纽约市最可怕的人。"

七个男人默默地盯着他。

他们的 T 恤很脏，上面沾着香烟灰。长发被污垢和汗水染黑，指甲下有像新月一样黑色的污垢，需要修剪。佩勒姆想起了年轻时常用的一个词，那时他就读于纽约州西蒙斯镇的瓦尔特惠特曼中学，他用这个词来形容穿着黑色皮夹克的人：暴走族。

一个年轻女孩坐在一个男人的腿上。男人长着一张瘦长脸，手臂细长。他拍了拍女孩丰满的屁股，女孩生气地跳开，拿起皮包迅速离去。

佩勒姆一一看了看那七个人。他们也都盯着他，但有一个人眼神中闪烁出清醒和智慧，他身材瘦小，头发卷曲，看上去像只猴子。

佩勒姆早就决定免去假装点饮料的把戏。他知道只有一种方式能处理这事，于是他问那个长脸男人："你是吉米·柯克伦吗？"

尽管可能有上千种的回答方式，而那人却选择了让佩勒姆感到惊讶的一句话来反问："你是爱尔兰人？"

事实上佩勒姆从他父亲那边算来，确实可以算是爱尔兰人。但柯克伦怎么能分辨出来？佩勒姆相信母亲的遗传特征更明显。家族里有一种说法，血源可以追溯到野比尔·希科克，他由一名枪手转行当上了联邦警察。因此母亲的血统里包含了荷兰人、英国人和阿拉帕霍或苏克斯人。

"有一点吧。"佩勒姆告诉他。

"是吗，是吗？我想我能分辨出来。"

"我有事想和你谈谈。"

他看见桌上放着七个小酒杯，还有一堆的高颈啤酒瓶，多得数不胜数。

柯克伦点点头，示意他坐到酒吧角落的一张空桌子边去。

佩勒姆瞥了眼酒吧男招待，这种人有种特殊本领，一眼能看到整个酒吧，却可以不注意到任何一人。

"你不是警察。"柯克伦坐了下来,一边说道。这不是一个问题。"我能看出来。我有第六感。"

"对,我不是警察。"

柯克伦喊道:"布什!"

转眼间,一瓶布什米尔酒和两个酒杯送到了。在酒吧远处那个角落,六只大手举着啤酒,六个声音继续在激烈地讨论什么,但佩勒姆听不清楚。柯克伦倒了两杯酒。两人碰了杯,发出一阵沉闷的声音,然后仰头喝酒。

"你就是那个从好莱坞来的吧?电影人。"

果然消息已经四处传遍。

柯克伦咧嘴笑着,又喝了一口。他用那巨大的手掌拍打着桌面,小指和拇指张得很开,就像在打一面羊皮鼓,非常有节奏。"那你是哪儿人?"他问。

"东村人。我……"

"我问你老家是爱尔兰哪里的?"

"我在这里出生,"佩勒姆告诉他,"我父亲是都柏林人。"

柯克伦停止了拍打,夸张地皱着眉头。"我是伦敦德里人。你知道这意味着我们俩是什么关系?"

"死对头。因此如果你知道我是谁,你就知道我要找你干吗。"

"死对头?你反应很快嘛,是不是?我不知道你找我究竟干吗。我只知道你在这边拍电影。"

"我听说,"佩勒姆说,"你对地狱厨房的情况了如指掌。"

坐在角落的一个脸色沉闷的胖子充满敌意地盯着佩勒姆。黑色的枪柄从皮带里露出来,他用肥大的手指搓着。

佩勒姆说:"我听说你组织了个帮派。"

另一桌人大笑起来。

"帮派。"柯克伦重复道。

"或者叫俱乐部?"

"不,是帮派。我们不介意这么称呼。是吗,兄弟们?"

"是的,吉米。"他们就回答了这么一句。

柯克伦忙着打开了一个金属罐头,然后取出一团哥本哈根芋草塞进嘴里,这使得他原本畸形的马脸变得更加怪异。"告诉我,你怎么看地狱厨房?"他问佩勒姆。

在佩勒姆待在这里的几个月中,虽然访问了三十来人,却从没人问过他对这一带的看法。他想了想说:"我见过的地方,只有这里越来越好,越来越安全,而这里的老一辈人却不喜欢改变后的样子。"

柯克伦赞许地点点头,微笑着。"说得真他妈好。"他又拍了下桌子,然后倒了两杯酒。"多喝点本地威士忌。"他向窗外看去,瘦脸显出沉思状。"讲得很好,老弟。地狱厨房和以前完全不一样了。我父亲漂洋过海来这里的时候,才四十多岁。'漂洋过海'是他们的叫法。那时工作非常难找。只能在码头干活。现在码头他妈的变成景点了,但那时候大轮船开进来,带来货物和旅客。你要找工作得给老大钱,还得多给点。我父亲没本事进工会,因此只能打零工。他经常讲贝尔法斯特和伦敦德里的斗争。总说那些和政治有关的东西,我不感兴趣。你爸呢?是新芬党还是爱尔兰共和军?或者是保守党?"

"我不知道。"

"你对独立有什么看法?"

"我很赞成。我最不喜欢朝九晚五的工作。"

柯克伦笑道。"我进过一次吉尔满罕监狱。你知道它在哪儿吗?"

"复活节起义军被吊死的地方。"

"你知道待在那儿是很怪的。就像走在前人走过的石头上一样。我哭过,我并不介意承认这个。"柯克伦虚弱地笑笑,摇摇头,喝了一小口酒,稍稍向座位后方靠去。

是本能挽救了佩勒姆的手腕。

柯克伦跳了起来,抓过一把椅子砸向桌面,佩勒姆赶紧后退到墙边。

"你个浑蛋!"他骂道,"欠揍的浑蛋!"他又一次把椅子砸向桌面。椅腿撞到橡木桌上断裂了,发出一阵如同双枪声一般的响声。玻璃碎片和威士忌的水汽洒向空中。

"你到我的地盘来刺探消息……"他气得口齿不清,"你想打听到我的秘密,你这个欠揍的蠢货……"

佩勒姆双手交叉,一动不动。目光平静地瞪了回去。

"啊,吉米,算了吧。"角落里传来一声呼唤。佩勒姆进来时就注意过他,个子最小的那个人,猴人。

"吉米……"

"他在说醉话。"猴人说。

"好了,先生,你最好……"另外一个人说。

但是柯克伦根本没听进去。"你来我的地盘打探消息。你想干什么。我知道,我什么都知道。你以为我不知道?你算个什么蠢货?就是你这种浑蛋毁了这个地方。地狱厨房就被你们抢走了。我们最早来这里,你们这帮浑蛋扛着摄像机来,像拍昆虫一样拍我们。"

佩勒姆站了起来,抖掉衬衫上的碎玻璃。

柯克伦又拿起椅子猛摔,把剩下的椅腿也摔断了。他向前靠去,大骂着:"谁给你们的权力?"

"他没有恶意,吉米。"猴人平静地说,"我相信他没有恶意。他只是问几个问题而已。"

"谁给他的权力?"柯克伦尖叫道。他又抓了一把椅子朝酒吧另一边扔去。男招待发现许多酒杯都很脏,于是忙着擦拭。

"喝一杯,吉米。"有人说,"冷静一点。"

"你们这些蠢货少废话!"柯克伦手里多了一支枪,就像一条黑蛇出现一般。

全桌人都安静下来。没有人敢动。好像一动就会触动扳机。

"嘿,吉米,算了吧。"猴人低声说,"坐下来,别干傻事。"

柯克伦从地板上捡起一个酒杯,走到吧台抓了一瓶新开的酒。他猛地坐在佩勒姆面前,倒了一杯。他愤怒地咆哮。"他必须和我喝一杯,并且跟我道歉,我才让他走。"

佩勒姆举起双手,亲切地微笑。对招待说:"好吧,给我一杯汽水。"

就像电影《原野奇侠》中的画面一样,阿兰·莱德替乔伊点了一杯汽水。佩勒姆很喜欢这部片子,他看过二十遍。在读中学时,同学们都想成为米奇·曼托那样的棒球明星,而佩勒姆却梦想成为一名像乔治·斯蒂文斯那样的大导演。

"汽水?"柯克伦低声说。

"百事可乐。不对,要低糖的百事可乐。"

男招待走向冰箱。柯克伦转过身,举枪指着招待,把他吓坏了。"你敢拿汽水。给这娘娘腔拿威士忌,他……"

混乱中,皮靴飞过空中,突然柯克伦脸朝下倒在地上,右手被朝反方向扭住,手腕和手枪都被佩勒姆控制住。

哇,干得不错。佩勒姆本来不确定自己还能记住这招,但好在他没忘记。在他当特技演员的时候——大约十五年前,在拍摄一部中南半岛题材的影片时——他表演过打斗技巧。他从武术指导那里学会了几个搏斗的秘诀。

佩勒姆从柯克伦手里夺过手枪,对准那六个呆住了的暴徒,一手仍然紧紧抓住柯克伦的手腕。

没有人敢动。

"浑蛋。"柯克伦咬牙切齿地说。佩勒姆加了点劲扭了下他的手腕,"哦,可恶。你死定了,你……"

又加了点劲。

"好了,浑蛋,好了!"

佩勒姆松开手,用枪口抵住柯克伦的前额。

佩勒姆说:"你的嘴巴真厉害。地狱厨房之王,是不是?你什么都知道?那么你应该知道我来是准备给你五百,请你帮我调查是谁烧了三十六街的公寓。这就是我来这里的目的。结果我遇到什么了?遇上一个没洗澡的小孩要和我比谁尿得远。"他用枪指着猴人,猴人举起了手。佩勒姆问他:"现在请你帮我拿百事可乐过来好吗?"

猴人迟疑了一下,走向吧台。男招待又出现了,看上去好像快死了一样。他盯着涨红了脸的柯克伦,柯克伦大喊:"给他汽水啊,浑蛋。"

招待颤抖着说:"我,呃……是这样的,我们没有……"

"可口可乐也可以,"佩勒姆说,把史密斯威森手枪指向另一桌的胖子,"把那支枪扔到地板上,听到了吗?"

"快照他说的做。"柯克伦咕哝着。

枪被扔到了地上。佩勒姆把它踢到了墙角。

男招待用发抖的声音问:"你是想要健怡可口可乐吗,先生?"

"随便。"

"好的。"招待打开一罐可乐,差点没拿住。猴人用稳稳的双手把可乐倒进杯子,端到佩勒姆面前。

"谢谢。"他一饮而尽,把空杯子放到桌上,向后走到门口,用猴人给他的纸巾擦擦脸。

柯克伦站了起来,背对着佩勒姆,回到了桌边。这个瘦长的爱尔兰人坐下来,抓过一瓶百威啤酒,开始叽叽呱呱地说起话来,神态非常快活。他不停地用啤酒瓶敲打桌子以强调语气,眉飞色舞地讲述着复活节起义、黑N部队和一九八一年的绝食,似乎在他的脑海里,佩勒姆已经走了。

佩勒姆卸下枪里的子弹,扔到吧台下的冰盘里,把枪丢到刚才仍那把枪的角落里,接着走出酒吧,回到了真正的炎热中。

他心想:纽约的八月,天哪。

13

  站在贾维兹会议中心对面的丑陋的水泥公园里。
  他怀疑那人是否会出现。
  或者更确切一点说,佩勒姆心想:"如果他出现了,会不会一枪打死我。"
  他观察地狱厨房的这一部分,即使艳阳高照也无法驱除这里的阴霾。灰色的"无畏号"航空母舰被改装成一座浮动式战争博物馆,它与贾维兹会议中心间谷地上的几个街区里杂草丛生,有废弃已久或被烧毁的平房,有废车场,顶部带剃刀的铁丝网,杂草,旧锅炉和锈得快成铁屑的工厂旧机器。
  他昏昏沉沉地观察着哈得逊河上来往的船只,过了十多分钟,他听到有人用兴奋的声音喊道:"嘿,你这个疯子。"
  不错,那人果然来了。
  没有开枪,至少目前为止还没有。

那人穿过水泥地上冒出的阵阵暑气朝佩勒姆走来。尽管天气炎热,他仍旧穿了一件黑色的长款皮夹克。他看上去还是像只猴子。

他把手中的香烟塞到嘴巴里,含糊地说:"杰克·德鲁。"

"约翰·佩勒姆。"

他们握了握手。"你真疯狂,佩勒姆,竟然敢在吉米·柯克伦的眼皮底下发暗号。"他用生来窝囊废的欢跃语气说。

佩勒姆去四八八烧烤酒吧的目的,不是为了从吉米·柯克伦处得到什么情报,而是想钓到杰克这种鱼。果然如他所料,柯克伦是那种没用的小黄鼠狼,不过多了点精神病。他对杰克说:"你看上去像是我信任的那种人。"

那就等于可以收买。

"啊,当然。杰克就是你可以信赖的人。不过是有限度的,兄弟,有限度。"

佩勒姆露出微微的笑容,然后递给他五百块,这个价格是他们默认的。佩勒姆在酒吧宣布这个价格后,德鲁端汽水过去时递给佩勒姆一张写了这个公园名称的湿纸巾。

德鲁没有看钱。他把钱卷成一团塞进口袋,好像没有人敢欺骗他一样。

"你们老板想要杀我吗?"佩勒姆问。

"我怎么知道?要是换成以前,你早就被塞进四个不同的保鲜袋,漂浮在地狱之门河上了。不过,老吉米最近有心事,也不再乱来了,我不知道为什么。起初是有个女的,不过吉米通常不会被女人迷昏,至少不会被像你看到的那个跟着他的翘臀女郎凯蒂迷昏,所以我也搞不清楚。也许他会忘记你——但愿如此。你没事就好。如果他想你死,那你绝对活不了,怎么想办法都没用。我的意思是,除非你离开纽约,不然就死定了。"

他们坐在一条长椅上。炎热使得他的背上奇痒无比。佩勒姆向前坐了坐。德鲁抽完一支烟，又点了一支。

佩勒姆旁敲侧击地说："所以，你才是真正的老大，是吧？"

德鲁耸耸肩。"有时候是吧。"

"你比他冷静得多。"

德鲁朝下一瞥，面带微笑，这表明帮派老大之争即将爆发。估计六个月内，德鲁和柯克伦之中必有一个会死，不过佩勒姆认为这个聪明的猴子会活下来。

"我们不搞什么头目、老大之类的，不过我排第二。我经常帮吉米代管。特别是当他被气昏头的时候。他的弟弟没什么地位，头脑很不灵活。"德鲁思考了一会儿补充道，"但我很小心。我知道界限。吉米很多时候过于疯狂。不过当他清醒的时候，他会照顾他的兄弟。他有非常多的朋友。"德鲁上下打量着他，"你说话不带口音，不是移民过来的吧？"

"不是，我出生在这里。"

"你听说过翡翠地下帮吗？"

"没有。"

"这里有一群人专门照顾刚从爱尔兰过来的移民，直到他们能自力更生为止。吉米帮了他们不少忙。在他们离开肯尼迪机场海关之前，他就已经帮他们安排好了工作、找好了住宿。男人去建筑工地，女人去酒吧或餐厅。都能挣到不错的薪水。他还帮忙安排为了绿卡的假结婚，以及借给人钱。"

"自己也留了一部分。"

"哦，吉米是个商人，不是吗？"

德鲁注视着黑色的贾维兹会议中心，设计得很具功能性，外形方正，好像被放在木箱里一样。他笑了，接着变成了咳嗽，仿佛在提醒他需要再抽一支烟，于是又点了一支。"你真的在拍电影？"

"是啊。"

"我从来没认识过拍电影的人。我喜欢看电影。你看过《魔鬼警长地狱镇》吗？"

"西恩·潘和盖瑞·欧德曼，还有艾德·哈里斯。很好看。"

"这电影就是在讲我们。"他得意地说。

"谁演的你？"佩勒姆开玩笑地问。那片子讲的是地狱厨房的帮派，但它是虚构的。

"一个我从来没听说过的人演的。"杰克一本正经地回答。

沉默了片刻，他们知道客套话已经结束，该进入正题了。佩勒姆压低了声音说："对了，三十六街的纵火案。有传言说吉米是幕后主使。"他回忆起海克特·拉米雷兹告诉过他。

"吉米？"德鲁问，"你从哪里听来的鬼话？不可能。他不会去烧老房子的。"

"我听说有个证人住在那里，是个女人。她曾经出庭作了不利于吉米的证，吉米想要报复。"

德鲁点点头但是并不认同。"哦，你说那事？你是指斯皮尔·德瑞斯可枪杀鲍比·弗林克那事？就是那个拉丁女人看到的，卡梅拉·拉米雷兹？是的，她确实是证人，也作了证。但是那个星期六晚上德瑞斯喝得烂醉，在街角熟食店前杀死了鲍比。差不多有十个目击证人。即便那拉丁女人不说，斯皮尔也不可能逃脱去阿提卡监狱陪黑鬼玩上十到十五年。"

佩勒姆骗他说："但是我听说柯克伦以前烧过房子。"

"是的,不过不是老房子。是新房子。我们都干过。可恶,他们抢走了我们的家园,活该。古巴之王和我们,一起烧掉了十五街上的办公大楼。"

"拉米雷兹烧的?"

"是的。差不多是仅有的我们能合作的事了。我也只同意这件事。哦,杰克很会调'鸡尾酒',他配的,很好喝。"德鲁兴致勃勃地说,"以前整个西区都是我们的,从二十三街一直到五十七街都是我们的。可现在什么都没了。我们所做的一切都是为了保卫我们的家园,避免被拉丁人、黑人和房地产的浑蛋们欺负,那些人都是从第八大道以东来的。"德鲁深深吸了一口烟。"不对,不对,吉米不会烧那幢房子。我确信。"

"你怎么这么确信?"

"当然确信啦。因为吉米最近在做生意。"

"生意?"

德鲁解释说,吉米·柯克伦和他的弟弟买了一些房产,这笔生意很大。"他说这笔生意能使他赚到一百万左右。吉米最不希望由于放火烧掉大楼引起人们对地狱厨房的关注。任何在这一带纵火的人,吉米都会干掉他。他和弟弟汤姆不想受到,嗯,怎么说呢……"他想不出话来表达了。

佩勒姆提供了一个词。

"对,他们不想被打扰。"

佩勒姆倾向于相信德鲁。他说:"如果不是吉米放的火,那会是谁?"

"哦,你没听说吗?你最近在哪儿?他们抓到一个黑人老太婆。"

"你先别管她。还有别的消息吗?"

"好吧，是的，听到一些。我经常四处走动，经常听到各种消息。"

"比如呢？"

"关于一个怪孩子的。你只要给他钱，他什么火都肯帮你去放，教堂或学校，对他来说都无所谓。孩子，女人，他都不管。过去几周他都在三十六街附近闲逛。"

佩勒姆摇摇头。"我听说过他。你知道他是谁吗？"

"不知道。"

佩勒姆泄气地问："我也在找一个男孩。金发，十七八岁，男妓。自称阿莱克斯，但这不是他的真名，你听过吗？"

"那样的人至少有上千个。"德鲁米奇未老先衰的眼睛盯着新泽西方向平原的地平线，"听我说，是拉米雷兹干的。我敢担保，肯定是海克特·拉米雷兹干的。"

"但他的阿姨也住在那幢楼里啊。"

"哎，她反正也想搬走。即使自己不搬，也会被强制搬走。拉丁人从来不付房租。这是事实，千真万确。我敢打赌他早就帮她找到一个更好的住处了。"

他是对的，佩勒姆回忆了一下，拉米雷兹确实是这么干的。

"我知道是他。因为拉米雷兹找过约翰尼·奥尼尔的麻烦。"

"谁？"

"一个经常和我们做生意的朋友。约翰尼在市区租房子，然后藏些东西在那儿。"德鲁压低声音说，"你懂我的意思吗？"

"嗯，关于市区租房子这些我都能听懂。"

"嘘，老兄。别说出去。我要你以人格担保。"

"没问题。"

"奥尼尔做军火生意，他在那幢楼里有间房。"他朝艾蒂那幢楼指了指,"哦,是的,老兄,是密室。"看他的意思,好像每个纽约人都应该有这么一间。

佩勒姆想起火灾调查官在大楼地下室发现的被烧毁的枪。

"有一天拉米雷兹抢了奥尼尔的一辆卡车,逼他含着克洛格手枪,还告诉他不要把武器带进地狱厨房那一带。"

"奥尼尔怎么说?"

"他怎么说?他说:'遵命,拉丁先生,我会听话的。'你的大牙咬着一把九毫米手枪时,你会怎么说?因此我打赌,拉米雷兹肯定听他阿姨说有人在那儿藏枪,越想越生气,所以就花钱雇了那个怪小孩去烧那座大楼。"

佩勒姆摇摇头。看来拉米雷兹告诉他的并不是全部实情。"帮我个忙,打听下阿莱克斯在哪里。我要找到他。"

"哦,我会帮你注意的。我会四处去问。人们都会跟我交谈。这事只要能有一点点好处,我都会帮你找到答案。"

佩勒姆再次伸手去掏皮夹。

但是德鲁摇头,似乎有点尴尬。"不用,不用,我不是那个意思。你已经付过钱了。我是说,当你拍电影时,能想起我这个人,可以吗?记得给我打个电话。他们在拍《魔鬼警长地狱镇》时,应该把我喊去。我是说,应该有法律禁止他们问都没问就拿某人的一生去拍电影。我是说,可恶,我又不想当明星,但也不希望什么都不是。我只是想被拍进电影里,我会表现很好的,我相信。"

佩勒姆强忍着笑说:"如果我们要选角色,我会打电话给你,杰克,你放心吧。"

* * *

艾蒂·华盛顿凝视着女子拘留所的窗外。

窗子高高地悬在她头上，窗玻璃很脏，以至于无法看到外面，但是光线柔和。她回想起比利·多伊尔，想起他们两人多么喜欢在家附近散步，和他们的邻居打招呼。她的第二任丈夫，哈罗德·华盛顿，不喜欢待在家里，尽管他也不是个好动的人。哈罗德在家并且神志清醒的时候，他们俩会一起坐在台阶上开瓶酒喝。但是独居之后，艾蒂发现了摇椅和窗户的乐趣。不过这份乐趣似乎也消失了。

错误，她在思索着这一生她犯过的错误。还有秘密和谎言……有些很严重，而有些则无关紧要。你只不过干了一些微不足道的小坏事，结果却变成一件大坏事。你努力去做的好事也烟消云散了。

她想起了当那个婊子在法庭上跟所有人讲述她的前科时，佩勒姆的脸色。他还会来看她吗？她心想。应该不会了。他为什么要来呢？唉，想到这个她的心像被深深地割了一刀。但是她感受到的只是疼痛，而不是惊讶。她从一开始就知道佩勒姆会从她的生命中消失。他是个男人，男人注定要离去。无论是父亲、兄弟，还是丈夫，男人都要走。

她的身后响起了脚步声。

"大婶，"哈塔克·伊马罕咕哝道，"你感觉怎样？好些了吗？"

艾蒂转过身来。

几个囚犯站在胖女人后面，她们一起慢慢靠拢过来。另外六个人站在监狱的远端，朝外看着走廊。艾蒂起初不明白为什么她们要站成一排，后来才发现，原来她们是要挡住预警的视线。

一种冰冷的感觉刺痛了她。这种感觉就像当年，有两位警察来到她家门口，一脸严峻地问她儿子是不是叫比尔·华盛顿。可以进屋吗？他们有件事要告诉她。

哈塔克继续用平和的语气说："你感觉还好吗？"

"我很好。"艾蒂说,很不自在地朝一个个女犯看过去。

"大婶,我打赌你比那个男孩感觉好。"

"什么男孩?"

"你杀死的那个男孩。朱安·托列斯。"

"不是我干的。"艾蒂低声说。她往后撤了几步,靠在了墙上。"不,不是我干的。"

她再次朝门口看去,但是发现自己已经被那一排女犯完全挡住了。

"我知道就是你干的,臭婊子。你杀死了那男孩。"

"我没有。"

"以牙还牙。"胖女人逼近过来,手里拿了一个打火机。边上是丹尼,也拿了一个。哪里搞来的打火机?明白了,肯定是丹尼故意又被抓进来,顺带把打火机带进来的。

哈塔克继续逼近。

艾蒂先往后退了一下,接着突然向前冲去,将她手臂上的石膏向哈塔克的脸上甩去,啪的一声打在她鼻子上。哈塔克尖叫一声,向后倒下。其余女犯惊呼起来,没有人敢动。

接着艾蒂深吸一口气,大喊救命,却发现嘴巴里被塞进了酸臭的布头。有人从后面上来突袭了她。哈塔克站了起来,擦去鼻血,恶狠狠地笑了。

"很好,大婶,很好。"她对丹尼点点头,丹尼点了支烟,将它扔到了艾蒂的连衣裙上。艾蒂想抖掉香烟,却被两个女犯按住,无法动弹。烟头开始烧穿衣服。

哈塔克说:"你不能在这里抽烟。这是违反规定的,大婶。经常发生意外。这些打火机有时候会泄漏气体。漏得你浑身都是。会烧毁你的头发,烧毁你的脸。有时候会把人烧死,有时候不会。"

哈塔克再次靠近，艾蒂感觉到冰凉的丁烷浇在头皮和脸颊上。她闭上眼睛，试图摆脱那两个控制着她的女犯。

　　"让我来。"哈塔克气呼呼地说，一把抢过丹尼手里的打火机。她低声说了句话，艾蒂由于尖叫和求饶而没听清楚。接着传来噼啪一声和咝咝声，哈塔克越靠越近，手里举着打火机，如同灯塔一般。

14

明星可以让电影卖座。

卖座。

这个经典的好莱坞动词被定义为:"能使足够多的民众在电影上映的第一个周末甘愿掏出自己的血汗钱,而电影公司的主管花费周一整天时间来思考借口,来向他们的妻子、情妇、老板和《综艺日报》的记者来解释为什么花费了别人的几百万美元拍了这么一部烂片。"

富有号召力的演员可以让电影卖座。

吸引人的故事情节也能让电影卖座。

如今即便是特效也能卖座,尤其是加入了爆炸场面的特效。

但是没有任何条件能使一部纪录片卖座。纪录片也许能启迪人,能感动人或者能鼓舞人。纪录片可以代表制片这个行当的最高水准。但是纪录片无法提供剧情片给人的那种东西。

剧情片可以使观众逃离现实生活,让他们在几个小时内充分愉悦。

佩勒姆走过曼哈顿下城区，向法院和拘留所形成的肮脏的游乐场走去。佩勒姆心想：他已经执导了四部独立电影，每一部都被推崇为经典，其中两部还得了奖。他从纽约大学和加州大学洛杉矶分校获得了电影制作学位。他帮《电影圈》和《独立电影月刊》写了几十篇文章，能背诵希区柯克电影里的台词。他的电影经历是无可挑剔的。

当他构思拍摄这部纪录片时，他曾和十八家电影公司和制片厂接触过，但所有厂家都不愿意合作。

哦，每个人都对《第八大道以西：地狱厨房的口述历史》的构思大加赞赏，但是没有一家公司肯花钱赞助。

在推销电影构思时，他解释说，地狱厨房混合了多种精彩的因素，有犯罪，有英雄事迹，有贪污，也有美丽。

"这些都是主题词，佩勒姆。"一个华纳兄弟电影公司开发部门的副总朋友告诉他，"好电影是不用主题词的。"

只有阿兰·里夫科维兹表示出对影片有兴趣，但是他却连片子的主题都没搞清楚。

但佩勒姆仍然对影片抱有极大希望，他相信这部片子有望冲击奥斯卡——信心的建立很大程度上是由于去年六月在三十六街上的一次偶遇。

"对不起，"他问，"你住在这幢楼里吗？"

"是的。年轻人。"黑人老妇回答，眼神自信而好奇，没有一点警觉。

他前前后后观察了这条街道。"这里是这条街上仅剩的一幢经济型公寓了。"

"以前这里只有经济型公寓。我住了四十年的公寓就在那里，看到那块空地没？那儿，我在这里住了大约五年。怎么样？在这条街上差不多住了半个世纪。老天，太不可思议了。"

"你的家人也一直住在这附近吗?"

老妇人放下了薄薄的塑料购物袋,里面有两个罐头,两个橘子和半加仑酒。

"当然了。我外公莱特贝特一八六二年从罗利市来这里。他乘坐的火车晚上十点到站,走出车站看见几十个小男孩在巷子里,就问他们:'你们怎么不回家?'他们回答:'你说什么呢?我们就住这里。赶紧走吧,老头。'他对那些男孩的感觉很不好。那时候睡在外面被称为'流落街头',数以千计的儿童都睡在外面。除了巷子,他们没有家。"

她说话不带口音,声音低沉悦耳——后来他才知道这是歌手的声音。

"那幢房子不错吧?"佩勒姆凝视着那块空地问。空地上满是杂草,老妇人曾经居住的公寓应该就盖在这块地上。

"你是说我住的那幢老公寓吗?"她笑了起来,"倒塌的时候很丑陋!你知道有的事很可笑,反正我是觉得很可笑。房子被拆的时候,一大群人来抱怨。你也知道,就是那种喜欢抗议的人。'不许抢走我们的家,'他们叫喊着,'不许抢走我们的家。'这些人大部分我都不认识,我想他们应该是来自晨区高地或村子里的学生,因为学生喜欢抗议。明白了吗?就是那种人。

"言归正传。很多年前,我认识一个女人,很久以前的事了。那时候她将近九十岁,当初嫁的男人比她大很多,经营着一家马房,卖马给军队。地狱厨房曾经是纽约的马厩。现在这里还有停放双轮马车的地方。言归正传,这个女人就出生在他们正在拆的那幢公寓里,她叫艾尼塔·琼斯。不是你想的阿妮塔,是艾尼塔,读上去像'我需要'①。

---

①艾尼塔的英文是 Ineeda,与"我需要"的英文"I need a"发音相近。

那是个南方人的名字,她是卡罗来纳人。她原先在哈莱姆区住了好多年,后来回到了地狱厨房,和我一样穷。从摇篮到坟墓,摇篮到坟墓。对了,先生,我不介意你笑,但是你在笑什么呢?"

"可以请问您的姓名吗?"

"我叫艾蒂·华盛顿。"

"哦,华盛顿夫人,我叫约翰·佩勒姆。你想不想参演电影?"

"电影?天哪。上楼去好吗?喝点酒。"

此后的一个星期,采访就正式开始了。佩勒姆先要爬上六楼到她房间,然后打开摄像机开始让艾蒂畅谈。

她畅谈她的家庭,她的童年和她的一生。

六岁的时候,她坐在窗边的一块偷来的希尔斯地毯上,听着妈妈和外婆轮流讲着本世纪初时地狱厨房的故事,有关于欧尼·马登[①]的,也有关于纽约最臭名昭著的地鼠帮的。

"……我外公莱特贝特常常用一些他年轻时在街头学来的俚语。他会说警察是'波利狗'。他说一个人'平'就是说他容易受骗,比如打牌的时候。'蓝色废墟'是杜松子酒。'筹码'就是钱。我哥哥本经常笑他:'外公,已经没有人用这些俚语了。'但是他错了。外公经常说'窝',指你住的地方,你懂吗?结果人们现在一直用这个俚语。"

艾蒂十岁时,开始了她的第一份工作——是在一家肉店扫锯木屑,以及帮人打包肉食。

十二岁时在学校里,她觉得数学容易,文学很难,但是常常得A。她常去餐厅垃圾桶偷剩菜当午餐。由于经济上的压力,同学们纷纷退学。

[①]欧尼·马登(Owney Madden, 1891—1965),曼哈顿地区黑社会头目,也是拳击运动推广人。

十四岁那年,她又爱又恨的外婆和她一起坐在沙发上时突然死了,那是一个炎热的星期日下午,离她九十九岁生日只有一个星期。

十五岁时,艾蒂也辍学了。开始了一个小时两毛钱的工作,在一家硬纸板厂里负责用长的旋转皮条将刀头和凿子打磨锋利。有些男人给她额外薪水,因为她干活卖力,有些男人把她叫到储藏室里摸她的胸部,告诉她不要说出去。有个男的把手伸进了她两腿之间,还没来得及告诉她不要说出去,就被自己的刀深深扎进了大腿。男人包扎好后,放了一天假,工资照发,而艾蒂却被解雇了。

十七岁那年,她溜进五十二街上的俱乐部去听贝西·史密斯[①]唱歌。

"……地狱厨房的娱乐方式并不多,但如果我爸妈有闲钱的话,他们会去东区的鲍威尔街,也就是他们说的'博物馆',不是你想得那样。那里是个娱乐场所,有怪人秀、综艺节目和舞蹈表演。歌舞杂耍表演。如果我爸妈想玩得更高兴,他们就会去五十三街的马绍尔。你肯定从来没听说过这个名字,这是个黑人喜欢去的旅馆和夜总会。那可是个豪华的场所。艾达·欧瓦顿·沃克[②]在那里驻唱,威尔·迪克森也是。"

三十八岁时,艾蒂已经在夜总会驻唱了十年,而歌唱演出的机会也越来越少。她那时候爱上了一位英俊的爱尔兰人比利·多伊尔,他很迷人,而且有犯罪前科。(佩勒姆一直在等着听艾蒂讲那段故事。)

四十二岁的时候,他们的婚姻出现了问题。她安定不下来,仍然想着去演唱。比利也安定不下来,梦想着飞黄腾达,寻找他自己的商机。最后他告诉艾蒂,他想去找份更好的工作,等定下来后把她也接

[①] 贝西·史密斯(Bessie Smith, 1894—1937),美国著名黑人女歌手。
[②] 艾达·欧瓦顿·沃克(Ada Overton Walker, 1880–1914),美国著名黑人歌舞表演者,被称为"步态舞女王"。

过去。当然他再也没有回来,这深深地伤害了艾蒂的心。最后她只收到他寄来的一封短信,信里夹带着内华达州的离婚判决书。

四十四时,她和哈罗德·华盛顿结了婚,没过几年,哈罗德就因为醉酒跌入哈得逊河淹死了。他在很多方面都算得上是个好男人,工作努力,可死后还是留下了一屁股赌债,而对他这么个从来不赌马的人来说,欠下这么多债似乎有点荒唐。

一段段这样的故事,五小时,十小时,二十小时。

"你对这些真的全都有兴趣吗?"艾蒂曾经问佩勒姆。

"继续讲,艾蒂。你讲得越来越溜了。"佩勒姆告诉她,自己要出去采访一些其他居民——他也确实采访了一些,但是艾蒂·华盛顿仍然是《第八大道以西》的核心人物。比利·多伊尔、莱特贝特外公、威克斯夫妇、华盛顿夫妇、禁酒时代、工会、帮派、传染病、经济大萧条、二战、牲畜围场、远洋邮轮、公寓楼、地主。

艾蒂确实是越讲越溜。溜得都停不下来。

直到她因谋杀和纵火被捕。

现在,一个炎热的下午,一名身穿制服的狱警递给佩勒姆一本通行证,带他穿过阴冷潮湿的走廊,佩勒姆闻到一阵阵的来苏消毒液的味道,伴随着尿骚味。他通过金属检测仪的检测后,来到了会客室等候。

拘留所今天很混乱。远处传来吵闹声,有一两个人在哀号。

"我喉咙痛!"

"喂,臭婊子……"

"我病了!"

"喂,臭婊子,你再不闭嘴我就过来揍你。"

五分钟后,绿色的金属门打开了,伴随着两下吱吱声。一名狱警进来瞥了他一眼。"你来看华盛顿?她不在这儿。"

佩勒姆问她在哪里。

"你最好去二楼问问。"

"她还好吗?"

"二楼。"

"你没有回答我。"

但是狱警走了。

他走过凄凉的过道,最后经人指引来到了一个阴暗的凹室。这里并不干净,但是比较凉快也比较安静。一名狱警扫了一眼他的通行证,放他走进另一道门。他推门进去,惊讶地发现艾蒂坐在一张桌子边,双手紧握在一起。脸上多了一块绷带。

"艾蒂,发生什么了?你为什么会来楼上?"

"隔离室。"她低声说,"她们要杀我。"

"谁?"

"楼下牢房里的几个女孩。她们听说托列斯死了。她们骗我骗得好苦。我把她们当朋友,她们却一直计划要杀了我。路易斯律师申请了法院令或者别的什么,把我换到了这里。那几个女孩要烧死我的时候正好狱警进来,她们在我脸上喷了什么东西,想要烧毁我的脸,约翰。那些东西洒在我皮肤上好痛。"

"你现在感觉怎么样?"

她没有回答,只是说:"哦,我从来没想到小朱安会死掉。把我吓了一跳。哎,可怜的孩子。那么可爱的一个孩子。如果他去了外婆家,现在还活得好好的呢……我为他做过祷告。真的!你了解我的……我不会浪费时间去信教。"

佩勒姆把手放在艾蒂那只没有受伤的手臂上。他想说"他死得很安详",或者"他走得很快",但事实上,他并不知道朱安死前经历了多大的痛苦，也不知道他死得有多快。

最后艾蒂瞥了一眼佩勒姆没有笑容的脸。"我看到你在法庭上的神态了。当你听到我曾被捕过的时候……你很想知道那件事吧，我打赌。"

"那次发生了什么？"

"你还记不记得和我一起在厂里上班的普里西拉·卡波特？那家服装厂？"

"他们开除了你。好多年前的事了。"

"对我来说那是一段绝望的日子，约翰。我妹妹那时候病了好久。我却一分钱都没有。我快急疯了。言归正传，普里西拉和我被开除的时候，一个同事也被开除了。他想出个办法，想去吓吓公司，让他们给我点钱。因为我们觉得公司亏欠我们的。于是我就和他们合作了。真不应该啊。我也不是真的想合作。但是不管怎样，他们给老板打了电话，告诉他如果不给我们钱的话，他的卡车就等着报废吧。其实我们没打算去干那事，至少我没有。而且我也不知道他们威胁说要烧了卡车。电话不是我打的，是普里西拉和那个男人干的。

"言归正传，那个老板表面上答应下来，但是马上报了警，于是我们一起被捕了，他们两个招供说是我出的主意。警察不相信我是主谋，但我还是被抓进去关了一段时间。此事我深以为耻，让我感到很惭愧……对不起，约翰。我隐瞒了这件事，我应该告诉你的。"

"你没有必要什么事都告诉我。"

"不，佩勒姆。我们也算是朋友。我不该骗你。我也应该告诉路易斯。没有在法庭上帮他。"

他们边上有几个人笑得歇斯底里，声音越来越高，最后变成了微弱的尖叫声，然后又安静下来。

"你有你的秘密,我也有。"佩勒姆说,"我也对你隐瞒了一件事。"

她靠近仔细地看着佩勒姆。在城里住惯的人有一双敏锐的眼睛。"什么事,约翰?"

他仔细盘算着。

"你有事想告诉我,对不对?"她问。

最后他说:"过失杀人。"

"什么?"

"我因过失杀人坐过牢。"

他的目光变得呆滞。这件事他没有兴趣说,也不希望揭开这个伤疤。不过他觉得很有必要和艾蒂来交流这件事。他说——这件事和他上一部剧情片的男主角有关——那部片子一直没有拍完(四卷底片还放在他加利福尼亚公寓的阁楼里),片名叫《中部标准时间》,男主角是汤米·伯恩斯坦,此人有亲和力,个性疯癫,狂妄不羁。拍到只剩六个场景时,还差第二摄像组拍四组特技镜头。一周,距离结束就剩一周了,男主角却说:"再给我点吧,约翰。让我能撑到杀青的时候。"

但是佩勒姆不止给了他一点点。佩勒姆曾给了他很多,使得他吸了毒连续两天神情恍惚。笑啊闹啊,喝酒呕吐。最后他在拍摄现场心脏病发作,死了。洛杉矶检察署认为他的死和毒品有关,于是决定起诉佩勒姆。检察署认为佩勒姆有罪,陪审团也赞成检察署的意见,于是佩勒姆被定罪,关进了加州圣昆丁监狱。

"对不起,约翰。"她笑了起来,"你觉得不好笑吗?你,我和比利·多伊尔。我们三个都坐过牢。"她又眯起眼。"你知道你让我想起了谁?我儿子詹姆斯。"

佩勒姆看过詹姆斯的照片。艾蒂的长子,是她和多伊尔唯一的孩子。照片是他二十多岁时拍的,他皮肤光亮——多伊尔皮肤非常白——而且很帅，体型较瘦。詹姆斯几年前辍学去西部赚钱。他寄过一张明信片给艾蒂，告诉她说他想去"环保领域"发展，此后便音讯全无。

那是十多年前的事了。

狱警看了眼手表，佩勒姆低声说："时间不多了。我来是要问你几个问题。警察说你买的那份保险上有你的支票账号，还有你的签名。怎么有人能搞到这些？"

"我的支票账号？哎，我也不知道。据我所知没有人知道我的账号。"

"你最近遗失过支票吗？"

"没有。"

"你平时开支票给谁？"

"我不知道……我和大家一样开支票。妈妈告诉过我，绝不要让别人占你便宜，她经常这么说。只要有钱，及时付清账单。"

"有没有给特别的人开过支票？"

"没有，我想不出来。哦，等下。几个月前政府要我给他们钱，由于他们的失误多给了我社会救济金。支票上多开了三百块，我明知道开错还是去领了。政府发现后要我还给他们。所以我才雇了路易斯帮我打官司。他帮我处理了，我只还了一半给他们。我给路易斯开了一张支票，让他送过去。你看看，这个政府，说不准就是他们想找我麻烦，约翰。也许社会保险局的人和警察联手想搞我。"

这种疯狂的阴谋论让佩勒姆听了很不安。但是佩勒姆决定随她说去。在这种情况下，她是会有些妄想症。

"那你的签名呢？谁能弄得到？"

"我不知道。"

"你最近有没有写信给平时不常联系的人?"

"写信?我想不起来。我给伊丽莎白写信,有时候给我住在弗列斯诺的妹妹的女儿寄张明信片。在她们生日的时候给她们寄些钱过去。仅此而已。"

"有人偷偷闯进过你公寓吗?"

"没有。我经常把窗户和门锁起来。对此我非常小心。住在地狱厨房的人必须小心。那是在地狱厨房需要学会的头等大事。"她玩弄着手臂上的石膏,顺着佩勒姆的签名滑动手指。她的回答虽然合理,但是不够有说服力。陪审团听了也许会认为是真的,也许觉得值得怀疑。正如地狱厨房的许多其他事一样,佩勒姆不知道该相信什么。

佩勒姆把笔记本放回口袋说:"你愿意帮我做一件事吗?"

"任何事都愿意,约翰。"

"告诉我比利·多伊尔那件事的结局。"

"哪件事?关于他坐牢那件吗?"

"对,就是那件事。"

"好的。我可怜的比利。事情是这样的。我不是跟你说过吗,他的人生目标就是有一块属于自己的土地。虽然他是一个漂泊成性的人,但每当经过一块空地或一幢建筑时,只要挂着出售的告示,他一定会停下来看个仔细,然后给主人打电话,询问情况。"

艾蒂的眼神闪闪发光。这是艾蒂擅长的,佩勒姆心想,掂量下回忆的分量,然后组织成一个故事。他知道讲故事的魅力所在,毕竟他是个电影导演。差别在于她的故事是真实的,因为她不求任何回报。不求影片得到好评,也不求能获得分红。

"你还记得我告诉过你关于我哥哥本的事吧。他和比利差不多岁数,大概小一两岁。本有次跑来找比利,说他有个赚钱的好机会,只要付一部分钱就能买地,他只是缺少一个合伙人来帮他。哎,其实这根本不是一个什么机会,只是一个骗局。本伪造了几份假合同,让他在工会总部的朋友趁老板不在的时候帮他放进去。本听多了莱特贝特外公讲的地鼠帮和帮派的故事,他想进帮派想疯了,而地狱厨房根本没有什么黑帮,无论那时还是现在。不过他真的对自己布的那个骗局非常得意。

"但是本并没有告诉比利关于骗局那部分内容。比利以为这些是真实的有关搬运和材料的合同,他们只是收取一些中介费。比利喜欢冒险,但他不笨。他或许骗过一些人,但不会去骗工会。后来工会主席勒米·科林斯发现少了钱,认为是本干的。他知道本和比利很有瓜葛,也知道爱尔兰人不会骗同胞的钱,而黑人骗爱尔兰人的钱却毫无顾忌。于是科林斯带了两个工会的人和一根棒球棒来找我哥哥。

"正当他们几个要打死我哥哥的时候,工会总部打来电话说,警察打来电话,说比利已经承认整件事都是他的主意。由于警方的介入,勒米不能再下毒手。工会拿回来了钱,而比利坐了一年牢。知道吗,比利知道由于他既是爱尔兰人又是白人,他承认了也不会有大事。如果本承认了,肯定会被打死。即便不死在地狱厨房,也会死在辛辛监狱里。"

"比利是替别人顶罪啊。"佩勒姆说。

"是为了我哥哥。"艾蒂说。

佩勒姆轻声补充:"他这么做是为了你,你明白吧。"

"我知道。"艾蒂沉思起来,"但是我想坐牢那年改变了他。我救了我哥哥,但却可能因此失去了我丈夫。他出狱一年后,有天晚上回家我发现了一张纸条。"

"对不起,先生,"狱警亲切地说,"会客时间到了。"

佩勒姆朝狱警点点头。"还有一件事,嘿,华盛顿女士,抬起头看这里。"

咔嚓一声,然后是小马达轻轻的转动声。

佩勒姆用拍立得相机给她拍照的时候,她被闪光愣了一下。

"你在干吗,约翰?你别这样拍我啊,至少让我先整理下头发。"

"不是我要拍,艾蒂。别担心,你的头发看起来不错。"

15

里夫成功了。

佩勒姆在他的"浴厨"里，脱掉靴子，听着留言。他坐在一块架在浴缸上的三夹板上，把浴缸变成了桌子。第一个电话没有留言，第二个也一样。最后阿兰·里夫科维兹以百米跑的语速告诉他，罗杰·麦金纳计划举办一场宴会，佩勒姆只需报勒夫的名字就可以进入"纽约商业圈圣地"，这是一句制片人经常讲的话，让人察觉不到有讽刺的意味。佩勒姆听了却直翻白眼，朝着墙狠狠踢了几下，吓跑了一只自作聪明停在他窗台上的鸽子。

冗长的留言还提到了相关细节，包括出席的衣着指示。

一小时后，佩勒姆搭配好了"盛装"（新的牛仔裤和锃亮的诺克那牛仔靴）走出门去，进入了令人窒息的热气中，随后上了地铁直奔花旗大厦。出站后，他走到第五大道，找到大厦后走进旋转门。一旦进去之后，谁都不知道佩勒姆是步行来的，而大多数的客人不是坐宾利，就是坐劳斯莱斯来的，再差一点的也是开着豪华游艇似的林肯大陆。

"看，又来了。"

一位妇女上气不接下气地说，而这群站在三户连体大楼楼顶的人正交头接耳，他们对此欣赏多于恐惧。

"哦，快看，可以看到火苗了。"

"哪里？"

"那儿，看见没？"

"罗尼，去问问有没有人带了相机。琼，快看！"

佩勒姆靠近窗户，这里距离人行道有六百英尺高，人行道边上是卡地亚、蒂芙尼和亨利·彭德专卖店在兜售商品。他朝西方望去。又是一起火灾，看到之后他很愤慨。那是地狱厨房某处的一幢建筑，就在路易斯·贝利律师那个街区的北面。不时可以看见火舌从浓烟中冒出来，浓烟上升到一千英尺的牛奶色天空中，膨胀得如同原子弹爆炸形成的蘑菇云。

"哦，天哪。"一个女人低声说，"是医院！曼哈顿医院！"

佩勒姆意识到，正是他和艾蒂接受治疗的那个医院，朱安·托列斯就死在那里。

"会是他吗？相机在哪里？我要拍张照。你知道我在说谁吗？就是早上我看《纽约时报》上写的那个疯子。"

"这是他放的第五场火了吧？还是第六场？"

火势大起来，现在可以清楚地看到了。

照相机没有找到。五分钟后，火灾变成了景观的一部分。宾客又三三两两地回到了宴会厅。

佩勒姆继续看了几分钟。火焰默默地跳着芭蕾,灰色烟雾形成的云朵笼罩在曼哈顿上空。

"嘿,你好吗?"身边一个男人打了个招呼,带着浓浓的长岛口音,"你穿得像个艺人,你是艺人吗?"

佩勒姆转过身,看到前面站着一个喝多了的年轻人。他身材高大,穿着燕尾服。

"不是。"

"啊。这地方真不错,是吗?"他用昏沉沉的头示意这两层楼的客厅,这楼位于第五大道上。"麦金纳的空中陋室。"

"不算太陋。"

就在这时,佩勒姆看见麦金纳出现在客厅的另一边,随后他又消失在人群中。

"你听说了吗?"佩勒姆的新朋友开始醉醺醺地笑起来,接着又喝了一口马爹利。

"听说什么?"佩勒姆反问道。

年轻人兴致勃勃地点点头,却没说什么。

佩勒姆提醒说:"是个幽默故事吗?"

年轻人皱起眉毛,摇摇头,然后继续醉醺醺地解释说这幢三户连体楼是怎样隔出一个个像兔子窝似的房间,麦金纳把这些房间弄成了书房、卧室、音乐房和娱乐空间。

"哦,哦。"佩勒姆不确定地回答,眼睛再次望向人群寻找麦金纳。

"这些其实就是卧室,看到没?"年轻人告诉佩勒姆,他不小心洒出一些伏特加滴到自己的漆皮皮鞋上,"总共有十五间,但是麦金纳一个朋友也没有,要十五间房有什么用?谁受得了他,愿意留下来过夜。"

年轻人笑得全身颠起来,他继续喝酒。一位穿着红色低胸装的金发女郎慢吞吞走过,佩勒姆和年轻人都把眼睛盯了过去,突然年轻人走开了,像跟屁虫一样跟着女郎走了。

佩勒姆再次凝视窗外,看着巨大的浓烟。

在这里的一个小时里,他了解到不少麦金纳的情况。大部分是像他刚刚听到的那种讽刺,没有什么特别有价值的。他四十四岁,身体强壮,看上去比实际要年轻,有点像罗伯特·雷德福①。据说他身价有二十亿。佩勒姆观察到他那万花筒般的表情:他能在几分之一秒内变换出调皮、贪婪、邪恶、冷漠的神态。

事实上最明显的一点是,佩勒姆发现没有人真正了解麦金纳。佩勒姆唯一可以得出的结论是:他有种无法言表的魅力,可以吸引两种宾客,一种是外表颇具魅力或有钱有势的人,另一种是迷恋外表颇具魅力或有钱有势的人。这两种宾客都会祈祷收到他的宴会邀请,在那里他们可以喝到美酒,希望能在他背后想办法侮辱他。

他慢慢靠近麦金纳,而麦金纳已经走开了,正慢慢穿过拥挤的房间。

一对年轻夫妇在白鲸桌边和他聊了起来。

"很好啊,罗杰。"丈夫边说边朝四周看,"非常好。你知道这房间让我想起了什么?安提贝斯那家旅馆。就在最顶尖那间,叫作幽居。我和贝丝经常过去住。"

"你听说过吗?"那个女人,应该就是贝丝,问麦金纳,"那里真棒。"

麦金纳微微嘟嘴,不赞同地说:"不好意思,没听过。"他这么说,他们听了很高兴。麦金纳接着又说,"我去那里时,通常和摩纳哥王子

---

① 罗伯特·雷德福(Robert Redford, 1936—),知名导演、演员,奥斯卡奖获得者。

一起住，那样比较方便。"

"同意。"丈夫口是心非地说。这对夫妇脸上洋溢着光鲜的笑容，很明显他们的内心已经被麦金纳套住了。

来宾群到处走动，有的在摆满了黑雪堆似的鱼子酱的桌边徘徊，桌上还有像白色珠宝般的寿司，一位身穿燕尾服的钢琴师在演奏胖子沃勒[①]。

"但是他没上过乔特中学[②]。"佩勒姆听到有人低声说，"仔细看一下，他给乔特中学捐款、演讲，但没在那儿上过学。他是在西区的教区学校上的学，就在他老家附近。"

"地狱厨房吗？"佩勒姆钻进圈子问。

"对，就是那儿。"那位妇女说，她的脸部拉皮做得相当不错。

原来麦金纳出身自地狱厨房。他肯定花了许多年来修身养性。

随后，佩勒姆突然发现自己变成了猎物。来宾们像红海般地分成了两堆，麦金纳在五十英尺远的地方直盯着他。佩勒姆回想起一件事：艾蒂公寓前的那辆豪车很有可能就是麦金纳的。

但麦金纳没有和他打招呼。人群再次合拢，麦金纳转身走进一群宾客中，注意力也转移到他们身上，就像在拍电影时用探照灯照过去一样。随后麦金纳又走动了，就像站在舞台上，不停地询问、打听、探测虚实。

野心是个婊子，不是吗？

当佩勒姆正准备过去时，从背后传来一个女人的声音，带着浓重的东北部口音说："你好啊，朋友。"

佩勒姆转过身，看到一位迷人的金发女郎，大约四十多岁，手里

---

①胖子沃勒（Fats Waller，1904—1943），爵士乐大师。
②乔特中学（Choate），美国最好的中学，位于康涅狄格州。

拿着一个香槟酒杯。她眼神慵懒,但不是酒醉,而是筋疲力尽。她用带着亮片的鞋子踢了踢佩勒姆的靴子,以此打招呼。

"嗨。"佩勒姆说。

她的眼角瞄向麦金纳。佩勒姆顺着她的视线望去。她说:"哪个?"

"什么?"佩勒姆问。

"你喜欢打赌吗?"

他说:"套用句马克·吐温的名言:人只在两种情况下不能赌博,一是当他输不起的时候,二是当他输得起的时候。"

"你没有回答我的问题。"

"是的,我喜欢打赌。"佩勒姆说。

"你看那两个女人。褐发和红发那两个。"

佩勒姆一眼就看到了,她们正站在气派的楼梯边和麦金纳聊天。都是三十岁不到的样子,身材曼妙,美丽动人。红发女郎看上去比褐发女郎性感丰满得多。褐发女郎脸色冰冷,似乎心不在焉,看起来很无聊。

"大约五分钟后,罗杰会上楼去。卧室就在那里。再过五分钟,其中一个女人会跟上去。你猜哪个会跟去?"

"那两个女人他都认识吗?"

"也许不认识。你赌不赌?"

佩勒姆端详了下红发女郎:她穿着极低胸的V领衣服,露出半个粉白的酥胸,长发披肩,笑容迷人,还长了雀斑。佩勒姆喜欢雀斑。

"红头发那个。"他边说边想:八个月,八个月。该死的八个月。

打赌的女人笑了。"你错了。"

"我们赌什么?"

"一杯香槟酒。马克·吐温也说过,拿别人的钱来赌远好过拿自己的钱来赌。"

他们碰了碰杯。

她叫乔莉,看来她是一个人来赴宴的。他跟着她来到房间角落的窗户边,这里比较安静。

"你是约翰·佩勒姆。"

他露出疑惑的笑容。

"我听到有人提到你的姓名。"

谁?他疑惑。地狱厨房的街头消息不大可能被吹到这种上层社会。

"我看过你拍的一部电影。"她说,"讲一个炼金术士的故事。很好。我不能说我完全看懂了。不过我这么说真的是在称赞。"

"是吗?"他看着乔莉沉稳的绿眼睛问道。

她继续说:"就说库布里克①那部《二〇〇一太空漫游》吧,那算不上是部非常好的电影。但为什么能成为经典呢?是由于蓝色多瑙河配上太空飞船吗?这种配法谁都想得出来。是猴子打架吗?不是。是特效?当然不是。最重要的是结局。没有人看懂结尾在讲什么。我们记不住讲得十分明白的,而能记住讲得含混不清的。"

他笑了。"我确实喜欢拍得模棱两可。"佩勒姆盯着麦金纳说,"好吧。我就当是你在赞美我。"

"你是想来这里拍电影吗?"

"是的。"他回答。

麦金纳在屋子另一边四处张望,极力装得很随意,然后匆匆忙忙地上楼去了。

也许他就是去小个便,佩勒姆心想。他们没有考虑到这场赌博有

---

①库布里克(Stanley Kubrick,1928—1999),美国著名导演,电影艺术家。

可能会平手。佩勒姆不在乎,他喜欢他的这位同伴。乔莉的 V 领足以媲美红发女郎的 V 领。佩勒姆甚至觉得自己看到了几个雀斑,就在雪白肌肤和黑色亮片的交接处。

"是关于什么的?"乔莉问,"你的新电影?"

"不是剧情片,是部纪录片。关于地狱厨房的。"

"那次火灾倒是个有趣的暗喻,是不是?"她朝着窗外点点头,脸上露出一丝微笑。"这会成为你这部电影一个不错的基调。"她用神秘的语气补充说,"其实电影主题是什么无关紧要。"

"你是怎么认识麦金纳的?"他问。然后他才反应过来"电影主题"的言外之意……

在屋子的另一边,那位心情不佳的褐发女郎掐掉烟头,把她那贴身的裙子又往上提了几英寸,小心地四处张望着。然后她沿着麦金纳的脚步走上了楼梯。

"你猜中了。"佩勒姆说。

"不用猜的。"乔莉回答,"我很了解我丈夫。既然输了,你赶紧去拿香槟来。给你自己也拿一杯。然后我们进那间屋去喝。"她朝着和客厅正对的一个小书房点点头。钢琴师开始演奏《暴风雨》,她微笑起来。

"你知道吗?我们雇用的清洁女工中有一个会把从垃圾中找到的有价值的资料卖给政府,比如国税局和证监会,也会卖给竞争对手。我确信这一点。罗杰喜欢把假资料混着卫生棉包装袋和安全套一起扔进垃圾桶。"

"国税局愿意买这些!"佩勒姆说。

"是的。"

"那些可是我缴的税金啊?"佩勒姆问。

"你不会真的缴税吧?"她惊讶地问,"如果你真的缴了,我会把我们家的会计师介绍给你认识。"

他们坐在一间柚木装饰的书房里,宴会和音乐的声音被墙挡住了大半。佩勒姆拿起一张照片,画面里麦金纳一手搂着一只大号的米老鼠。

"几年前,"乔莉一边说一边出神地看着香槟里的气泡,"他真的很迷恋欧洲迪士尼。结果输得很惨。我早就告诉他这不是个好主意。我就不相信法国佬会喜欢带两个黑耳朵的东西。"

"对你丈夫刚做的事,你怎么能这么冷静?"

"你是好莱坞人,我想你应该清楚平静和假装平静的区别。"

"一针见血。你是怎么判断出是褐发那个?"

"她很难上钩。更具挑战。罗杰从来不喜欢简单的事物。他的办公室在这幢大楼的七十层,他每天都从一楼走上去。"

"这里视野真不错。"佩勒姆边说边走到落地窗旁,凝视着窗外暮色中的曼哈顿。乔莉指着几幢麦金纳名下的建筑,还有几幢更老的建筑解释说,老的那几幢不是他名下就是由他公司掌管的。

佩勒姆抬起手,用手指按压着冰冷的窗玻璃。由于书房里的灯光微弱,他的影子就像窗外漂浮的天使,正用指尖碰着自己的指尖。

"你的电影是讲麦金纳的,是不是?"

"不。讲的是老西区。"

"那你为什么过来打探他?"

他没说话。

乔莉说:"我和罗杰正在办离婚。"

佩勒姆继续凝视着城市的灯光。这是个陷阱吗?她是不是在打探我?好莱坞的人为了工作会疑神疑鬼,而地狱厨房的人疑神疑鬼则是为了活命。

但他隐隐感觉到应该相信乔莉。他回想起她看到褐发女郎提裙上楼时的眼神。佩勒姆和很多演员合作过，有些很优秀，但是极少数才能演得出那种心痛欲绝的表情。

"是你引起的这些话题。"乔莉·麦金纳说。

远处西区的大火已经基本上被控制住了。现在仍然可以看到救护车和消防车的灯光闪烁，如同迪斯科舞厅里的镭射灯光一样。

"他说过什么吗？"佩勒姆朝楼上点点头，这才发现有些不妥，毕竟此时麦金纳正在那位陪着难追的褐发女郎。

"没有，但是他知道你。他一直在观察你。"

"那你为什么找我？告诉我。"

她喝了口香槟，哀伤地笑着。"罗杰和我彼此没有秘密，一点都没有。我甚至都知道他情妇的罩杯大小，但后来发生了一些事。"

"慢慢损耗？"

"你比喻得很好，佩勒姆。对，就是这样。感情一点一点地变坏。我们已经很长一段时间没有爱情了。哎，感觉有几世纪了。不过我们还是走得很近，还是朋友。但是后来连这些都变了，连朋友也做不成了。他开始跟我撒谎，破坏了彼此间的信任，因此我们决定离婚。"

她的意思是麦金纳决定要离婚的。

"你觉得他背叛了你。"

她想反驳，但想了想说："是的，我觉得他背叛了我。"

他凝视着窗外，视线穿过自己反射在窗户的身影。"听说了三十六街上的纵火案吗？火灾发生前，他公司的几个工人正在那幢楼附近。"

这句话引起了她的注意。

"看来你是肩负使命而来的？"

"也谈不上使命。我只是想查出幕后主使是谁。"

"我想罗杰绝不会干那种事。"

"那只是你'想'。"

他可以看出她并不太肯定。她把香槟端到鼻子下闻着。"你觉得我美吗?"

"美。"这是实话,和八个月的冰河期无关。

"想和我做爱吗?"

"换个时间,换个地点,我会想。"

这回答令她很满意。人的虚荣心是多么脆弱啊,但又随意地带在身上,任人摧毁。

"告诉我你到底在查什么,或许我能帮你。"

也许她能从膝盖处砍断我的腿。

"啊,你在犹豫。"她继续说,"你以为我会回去跟他报信,你认为我是奸细?"

"也许吧。"

"我却认为你是个赌徒。"

"赌注太高了。"

"多少?十亿?二十亿?"

"一名老妇人的十年光阴。"

她迟疑了一会儿。"我已经无法对他施压,不比以前了。"她朝宴会那边点点头,但是这动作就像狙击手用步枪瞄准房间里所有的褐发、红发和金发美女。"我再也无法像从前那样了。他赢了,我正式宣布,随便他在卧室,在我们家里乱来。我只有一个办法可以伤害到他,就是他的业务。"

他说:"我提到的那个老妇人,她是那幢被烧毁的公寓里的住户。

她因纵火嫌疑被捕了,但这不是她干的。"

"她姓华盛顿。"乔莉说,"我在报纸上看到过。好像是为了骗保。"

佩勒姆点点头。"是你丈夫指使人烧毁那幢公寓的吗?"

乔莉想了好久,再次凝视着如针头般的气泡。"以前那个罗杰肯定不会干。现在这个罗杰嘛……我只能说他已经变成了陌生人。他不再和我聊天,早已不是我以前嫁的那个男人。告诉你吧,他每周要出去两次,而且都是晚上。他以前从来不这样——我的意思是说他瞒着我溜出去。他过去从来不骗我。现在只要一接电话就出去。"

"你知道是谁打来的吗?"

"我试过电话回拨,星号再按六九,打过去是个律师事务所,而且是我从来没听说过的。"

"叫什么名称?"

"皮尔斯伯里,米尔本克和霍格律师事务所。"她说。佩勒姆听出她的语气中有情绪,但还算克制,带了点颤音。她继续说,"司机带他去第九大道和五十街的交界处。他去见个人,一个男的。这次会面很保密。"

"他的司机,"佩勒姆小心地问,"能提供更多有效信息吗?"

"他倒是乐意的,"她说,"可是麦金纳下车以后,要确信司机已经离开才会行动。"

佩勒姆记下了律师事务所的名称和地址。

她说:"你知道吗?他有很好的一面,他会捐款给慈善机构。"

一些连环杀人魔王也会捐款。至少他们需要减税。

乔莉从桌上拿起佩勒姆的酒杯喝了一口,因为她自己的酒已经喝光了。佩勒姆说:"你刚才告诉我的事情,可能让他损失很多。也可能让你自己损失很多。"

"我自己？"

"离婚的话，他不是会给你支付和解费和赡养费吗？"

乔莉大笑。"你真是天真，你还真会缴税，是吗？我只照管好我自己，不管麦金纳发生了什么，任何事都不会影响到我的财务。"

佩勒姆朝下看了一眼她那古铜色的紧致肌肤。八个月，地狱般漫长的日子。

"另一个时间，另一个地点。"她举起酒杯说。

他继续在窗边站了一会儿，凝视着光芒四射的曼哈顿大楼，然后走向门口，而门外的一切，都投映在窗上。佩勒姆的天使也跟着转身，放下幽灵似的手臂，消失在城市上空的夜色中。

火苗向上，不会向下。

火苗往上爬，不会往下落。

桑尼注视着地图。

医院那场火放得好，但不是最棒的。太多的好心市民保持警觉。太多的警察，太多的消防官，到处又看又戳。人人都随时准备拨九一一，人人都准备拿灭火器喷射二氧化碳。

大家都他妈的太认真了。

他也分心了——因为想到那个撒旦的牛仔佩勒姆。桑尼觉得似乎到处都有他的身影。在阴影里，在巷子里。他在追踪我……

他就是我不停流汗的原因。他就是我不停手抖的原因。

汗水不住地从桑尼的额头冒出来，浸湿了他的头发，使他原本浅橙色的发丝变深了。他的呼吸变得急促，时不时探出他那粉红色的鳗鱼般的舌头湿润嘴唇。

电影院是他的下一个目标。他在犹豫着是烧一家色情电影院还是一家普通电影院。

但是他首先需要更多补给。纵火狂比较幸运,和炸弹狂或狙击手不同,他所需要的工具完全合法。不过他们仍然需要十分小心,桑尼不停地换地方买原料,绝不会一个月内在同一个加油站出现一次以上。但是曼哈顿的加油站出奇地少——它们大部分建在新泽西或长岛——而且,由于他没有车,所以只能去他家步行范围内的加油站买油。

他现在正在去东村的路上,去一个已经一年多没去过的加油站。这段路很长,带着五加仑汽油走回来会更费劲。但他不敢冒险挑选离家更近的加油站。

他在考虑要准备多少瓶他的果汁才能烧毁一家电影院。

也许一瓶就够了。

有时候,桑尼会在一幢建筑外一蹲就是几个小时,试图推算出怎样才能最有效地去烧毁它。他很瘦,瘦得让人看了心疼,因此当他站在中央车站外面,盘算着需要多少瓶果汁时,路人会朝他脚边扔硬币,认为他无家可归或是艾滋病患者,或者只是心想:那男人怎么会瘦成这样。其实此时他口袋里有一千块,身体健康,坐在人行道上做着美梦,思考着如何以尽可能少的起火点来烧毁这座巴洛克风格的车站。

中央车站需要七个起火点,他判定。

洛克菲勒中心,十六个。帝国大厦,只要四个。世贸中心,每幢五个(疯狂的阿拉伯人全搞错了)。

桑尼此时走过一家加油站,装出漠不关心的样子,两眼却在仔细查看周围有没有警察或消防官。昨天,他看到车站周围的街道上有不少巡逻车。但是这里一辆也没看到,于是他返身走回加油站,走向离店员办公室最远的一个加油口。他打开油罐开始加油。

香甜的气味勾起许多精彩的回忆。

八年前,当桑尼第一次来到这座城市时,就知道自己会在这里住下来,并一直到死。纽约!他还能住在什么别的地方?柏油路很烫,蒸汽如同烟雾一般从上千个窨井盖下升起,每天都有建筑失火,而似乎没有人对此在意。全世界只有在纽约这座城市,即便有人纵火烧垃圾桶、汽车、空房子,路人最多看一眼火苗,然后继续赶路,好像火灾就是自然景观的一部分。

桑尼从青少年拘留所出来后就来到了纽约,他做过一些办公室工作,比如邮递员、收发室派件员和复印员。但是他每天上班的时间只占三分之一,其他时间则用来磨练技巧,服务对象包括房东和地产开发商,偶尔也接手黑手党的案子。汽油、天然气、硝酸盐、丙酮和他自己调制的果汁,就差申请专利了。他对此的热爱可以比得上巴赫[①]对钢琴的热爱。

果汁。火一旦上身,就不会离去。

他在纽约的最初几年住在西区,那时他还不是独行客。他会在上班时认识别人,甚至还和人约会过。但很快他就对人产生了厌倦。约会变得棘手,几次见面后,双方唯一的共识就是尽快甩掉对方。在餐厅约会时,他更愿意盯着蜡烛看,而不是对方的眼睛。

最后桑尼变成了自己最好的朋友。他住过几个整洁的小公寓。他的衣服熨得很挺,收支平衡,欣赏艺术电影,参加关于十九世纪纽约的演说,收看《老房子》和教育类的特别节目和情景喜剧。

他活着就是为了看着东西被烧成细致而静止的灰尘。

当柔和的玫瑰色液体慢慢装满汽油罐时,桑尼又想起了佩勒姆。

[①] 巴赫(Bach,1685—1750),德国作曲家。

那个高高的黑衣死神。那个撒旦。那个自寻死路的家伙。

啊，佩勒姆……我们俩的人生如此纠缠，很震惊吧？就像缠绕在一起的蜡烛芯。这样的命运是不是很奇妙？你在找我，我也在找你……你愿意成为我的终身伴侣吗？我们可以一起睡在火床上，一起化为纯粹的火光，永垂不朽……

三加仑。他瞄了一眼加油表，正好看到店员急匆匆走回狭小的收银台。

三又三分之一加仑……

桑尼移开加油嘴，走向收银台，看到店员正在打电话。店员回头看着加油区。哼，有问题，有问题。

我们该怎么办？

三辆巡逻车悄悄地开进了加油站，警察发现桑尼一动不动地站着，带着一脸不确定的表情看着店员，手中拿着加油嘴。

有问题……

"对不起，先生，"一位警察喊道，"请你挂上加油嘴到我这里来。"

警察从车里下来。

六名警察中的五名都手握着枪柄。

"出了什么事，警官？"

"挂上加油嘴，听到了吗？马上。"

"好的，警官，好的。"

他把能自测油量的加油嘴挂到了加油台上。

"你有什么证件吗，先生？"

"我没干什么事。我连车都没有。你想开罚单？"他把手伸进口袋。

"你走过来就行，先生。请出示证件。"

"好的，没问题。我做错什么事了吗？"桑尼没有动。

"先生,快走过来。"

"是,警官。我很乐意。"

"哦,天哪,不!"桑尼身后传来一个口音很重的声音。桑尼感到奇怪的是过了这么久店员才发现。"汽油!另一条汽油管被打开了。"

桑尼微笑着。当他看到加油台反射出警车的影子时,他就把打开的油管放到地上,然后拿起另一支能自测油量的加油嘴,按照指示挂上。至少二十加仑的汽油已经流出加油台,流向警察和警车,最后混入黑色的柏油路面。

转眼间,警察还没来得及掏枪,桑尼已经掏出了打火机,打着了火,一撮小火苗冒了出来。他弯下腰去。

"先生,别乱来。"一位警察举起双手说,"请放下打火机,没有人会伤害你。"

一时间没人敢动,但紧接着大家都明白过来要发生什么了。也许是桑尼的眼神,也许是他的笑容……也许是别的什么信息。六名警察调转身纷纷逃离这致命的汽油池。

桑尼站在一块干燥的柏油路面上,不过当他把打火机扔进流成河的汽油时,他已经快速地向后跳开,就像一只蟑螂。加油站变成了巨大的火球,他抓起汽油罐逃走了。

一声巨响之后,火焰冲到了警车底下,引燃了警车。着火的油河不断流过警车,流向豪斯顿大街,咆哮着,冒出阵阵浓烟,直冲云霄。尖叫声、喇叭声、撞击声到处都是,汽车纷纷停下,向后倒车离开火场。

桑尼跑了半个街区,忍不住停下来回望那一团混乱的场面。起初他发现主油罐没有炸毁,不免有点失望,不过他开导自己,知足常乐,欣赏这场火灾吧。

他心想:

火不是能量,而是一种动物,它有生命,能生长还能繁殖,可生可灭。它的脑子比谁都聪明。

火是告知变化的邮差。

太阳是火,但太阳并不特别烫。

火吞噬人类中的垃圾。火是最公道的正义。

火指向上帝。

16

"嘿,先生,你找到一个有名的律师为你服务。他告了纽约港务局,打赢了官司。你有没有听说过还有人能告赢市政府的吗?"

那人坐在路易斯·贝利的办公桌前,见到佩勒姆进来马上起身。他就是昨天那位穿绿夹克的赌徒。

"克雷格,你过奖了。"贝利谦虚地说。

"和他讲讲你告洛克菲勒那次。"

"克雷格。"

瘦弱的克雷格似乎原谅了佩勒姆赌马不听他建议的事。他说:"洛克菲勒剽窃了某人的发明,路易斯把他告上法庭,洛克菲勒后来认输了。路易斯把他吓坏了。嘿,先生,你看上去像个牛仔。有没有人这样说过?你有没有骑过野马?野马到底是什么马啊?我只知道杀妻案那个辛普森开的是野马汽车,一辆白色的旅行车。"

"野马就是还没被驯服的马。"佩勒姆说。

"是吗,真厉害。"克雷格惊讶地说。这位掌管赌马的人刚发现了一种不同的马。他从贝利那儿接过用于润滑齿轮的信封,离开了办公室。

"他是个很有意思的人。"这是佩勒姆对他评价。

"后面还有更厉害的。"贝利含糊地说。然后他打开今天的早报,拍了拍说,"你看。"头版新闻是关于东村加油站失火的事,"就是那个人干的。"

"那个纵火狂?"佩勒姆问。

"他们很确定。差一点就抓到他,结果还是让他跑了。两名警察和三名行人重伤,损失大约一百万美元。"

佩勒姆仔细看着现场的照片。

贝利吞了一口酒。"越来越像噩梦。引起公愤了。警察局和地检署为抓捕这小子承受了无法想象的压力。他们认为他真的疯了,好像艾蒂打开了他身上的按钮,他不肯停下来。全纽约的人都想阻止他。"

佩勒姆疲倦地弯腰读报。报道上附加了一张地狱厨房的地图。一个个小小的火焰标记了几次火灾的地点。这些点在艾蒂公寓以北地区似乎形成了一个半圆形。

贝利找到一张纸,递给了佩勒姆。"这就是艾蒂买保险那家。卖给她保险的人叫弗洛伦斯·爱泼斯坦。"

"她怎么说?"

贝利意味深长地看着佩勒姆,但佩勒姆完全不懂他的意思。

"什么意思?"佩勒姆问。

"我不能和她讲话,我是艾蒂的辩护律师。"

"哦,我明白了。但我可以。"

贝利叹了口气。"是的,不过……"

"不过什么?"

"你也知道,有时候……哎,穿着那么一身黑色外套,你看起来有点吓人,而且你从来不微笑。"

"那我就尽量装得有魅力一点。"佩勒姆说,"只要她不撒谎。"

"如果有一点恐吓的意思……"

"我看上去像会恐吓人的人吗?"

贝利突然感到很不安,赶紧更换了话题。"给你,我去过图书馆了。"他把一些剪报放在了佩勒姆面前。

"你自己去的?你不会贿赂了图书管理员才弄来这些吧?"

"哈。"贝利忙着打开一瓶没开封的酒,没空跟他开玩笑,"是些罗杰·麦金纳的背景资料。"

佩勒姆翻读着剪报。

《商业周刊》报道:

过去十年中,对于麦金纳来说最好的时光是在八十年代末期,当时股市正值崩盘,从繁荣走向破产,华尔街的工作都被搞没了(麦金纳的一句口头禅)。尽管市场如此惨淡,他却大放异彩。

《纽约杂志》报道:

……罗杰·麦金纳,进军纽约都市圈中如同第三世界的地段,在此建造了价格公道(也有利可图)的住宅。他也重建了房产信托投资,从外国人手里抢回了城中区的大半部分,还给了本地开发商。他以头脑聪明、生活奢华、做生意精明而出名,是他首创把"秃鹰"当动词来使用,意思是看中就要失败的交易,从管理人和董事会手里夺来取得经营权。

喜欢用过多隐喻的《人物》报道：

　　任何房产大亨，不论是特鲁姆普、泽肯多夫、海姆斯利，都能在市场繁荣时站在顶峰，但只有罗杰·麦金纳这样的天才才敢在市场低迷时，回应"起浪了"的呼声。

佩勒姆把剪报放在一边。

"报道把他写得既贪心又聪明，但怎么也看不出是个纵火狂。"贝利评论说。

"那我应该把我昨晚的约会情况告诉你。"

"他家那场宴会？"

"鱼子酱有点热。不过我和他老婆一起喝香槟来着。"

贝利来了兴致。和敌人交友或许是润滑齿轮的一种重要技巧。"然后呢？"

"她想把他当成《泰坦尼克号》给撞沉。"

佩勒姆告诉贝利，麦金纳在接到律师事务所的电话后偷偷溜出去约会的事。

"皮尔斯伯里、米尔本克和霍格律师事务所？"贝利问。

"我确定她说的就是这个。"

贝利从书架上取下厚厚一本马丁代尔·哈贝尔律师名录[①]翻了起来。他找到了这家事务所的条目，仔细读了起来，一边不住点头。"我

[①] 马丁代尔·哈贝尔（Martindale Hubbell）律师名录，由律师马丁代尔创立于一八六八年，为法律专业人士和客户提供美国权威可靠的律师及法律事务所目录，以及法律文摘和各市法庭工作日历等相关信息。

想我能联系到那边的人。"

能联系到。

佩勒姆准备掏钱包。

"这次不用。我想到另外一个办法。哦,我还有个好消息,忘记告诉你了。我一个朋友的朋友经常和一个资深消防官打牌。今晚有场牌局,我朋友想让他朋友多输点,再带瓶麦卡兰威士忌去大喝一场。我们可以借此套出本案的一些内幕。"

"有多老?"

"什么有多老?"贝利问。

"那瓶麦卡兰。"

"我不清楚。大概十二年吧,也许更老。"

"我在想,路易斯,"佩勒姆说,"也许我该为你拍部纪录片,片名叫作《润滑齿轮》。还有,你真的告过洛克菲勒?"

"哦,对,是的。我告过他。"贝利谦虚地低头凝视办公桌,然后他耸耸肩,"不过不是那个洛克菲勒。"

他背后的脚步声很近了,而且越来越近。

佩勒姆猛地转身,一手滑向腰间,那里有把柯尔特手枪,又重又热,贴着他的背脊。

他低头看去。

"喂,老兄。你去哪儿啦?"伊斯梅尔咧嘴笑着说,双手叉在纤细的腰上。他汗流浃背,但是仍旧穿着他心爱的非洲民族会议挡风夹克。

"就在这附近,你呢?"

"哟,你有枪,你带枪!"

"不，我没有。"

"有的！你刚才差点就拔枪了。让我看看，佩勒姆。是什么枪？克洛格，还是勃朗宁？是点三五七口径的吗？天哪，我想要沙漠之鹰。把你一枪打到天上，至少要五十口径的。"

"我是准备拿我的钱包。我以为你是强盗。"

"我不会抢你的，老兄。"伊斯梅尔看上去真的很受伤。

"你去哪儿了？"佩勒姆问他。

"到处瞎逛，就这样。"

佩勒姆笑道："你的牛仔裤还没有掉到膝盖边，老弟。如果你给我一些真正的帮派暗号，我就给你十块钱。"

谁知伊斯梅尔真的夸张地做手势给他看。佩勒姆不明白手势的意思，但是看上去应该是真的。在洛杉矶的帮派中，伊斯梅尔这种小孩会被看作很好的新鲜血液。佩勒姆递给他十块钱，但愿他能拿去买吃的。

"谢谢老兄。"

"你妈妈还好吗？"

"不知道，她走了，姐姐也是。"

"走了？什么意思？"

他耸耸肩。"走了。避难所周围再也找不到她们了。"

"你现在住哪儿？"

"没什么地方住。嘿，你看什么呢，佩勒姆？别那样看我。"

"过来。我给你介绍个人认识。"

"是吗？谁？"

"一个女的。"

"辣妹吗？"

"我觉得很辣，但不知道你感觉怎样。"

"你干吗把你喜欢的婊子介绍给我,佩勒姆?"

"注意用词。"

"不关你的事。"

"伊斯梅尔。"

"妈的,不要你管。"他嘟囔着。

佩勒姆用手奋力抓住伊斯梅尔的手臂,把他拉进了青少年辅导中心。

"伊斯梅尔,别再说粗话了。"

"喂,老兄,我知道那婊子想要什么。她就想拉扯我……"

"他叫什么?"卡罗尔·怀安道特问,面对面前这怒成一团的小孩毫无畏惧。

"伊斯梅尔。"

"你好,伊斯梅尔。我是卡罗尔。这边归我管。"

"喂,你这个臭婊子,我才不待在这儿呢……"

"住嘴,年轻人。"佩勒姆咆哮道。

他不友好地回应道:"你让那个白人婊子滚开。"

佩勒姆心想得来软的,于是平静地说:"伊斯梅尔,你要知道,有人认为你用的那些字眼不大好听。"

"行了,行了。"伊斯梅尔面露悔意,"我再不说'白人'了,好吧?"

"真有趣。"

"哦,他说'婊子'没有恶意的。"卡罗尔毫不在乎地说,继续凑上来打量他,"他只是用言语来逞强而已。"

"别来瞎讲我的话的意思,婊子。"

佩勒姆大怒。"你还想不想和我做朋友?嘴巴放干净点!"

男孩双手交叉,郁闷地坐在了窗台上。

"他妈妈和姐姐失踪了。"佩勒姆告诉她。

"失踪了？"

"从避难所出走的。"佩勒姆解释说。

"伊斯梅尔，发生什么了？"

"不知道。我回去的时候她们已经不见了。不知道去哪里了。"

男孩发现墙角有一堆漫画书，于是拿了一本过期的《X战警》翻看起来。

"你能帮帮他吗？"佩勒姆问。

卡罗尔耸耸肩。"我们可以给SSC打电话，也就是儿童特殊服务。他们会在二十四小时内给他安排住进紧急避难所，但他会在一个小时内跑掉。我想还是让他先在这里留住几天，看看他妈妈是否会出现……伊斯梅尔？"

男孩抬起头来。

"你有奶奶吗？"

"嘿，你懂个屁。每个人都有奶奶。"

"我是说你所知的奶奶。"

他耸耸肩。

"你奶奶住哪里？"

"不知道。"

"那外婆呢？阿姨呢？其他亲戚呢？"

"不知道。"

佩勒姆猛然醒悟过来，伊斯梅尔一个亲戚都不认识。但卡罗尔平静地说："你喜欢那些书？我们这里有很多。"

他哼了一声，叛逆地说："去死吧，我想看的话，可以抢一千本。"

佩勒姆走到男孩跟前，弯下腰。"你和我，我们是朋友，对不对?"

"可能是吧。我也不知道。"

"你愿意在这里留几天吗?而且别惹事。"

卡罗尔对他说:"我们会帮你找妈妈的。"

"我才不想找她呢。她是个爱吸毒的婊子。天天吸毒。她把那些男人迷得神魂颠倒,赚他们的钱。妈的,你懂我的意思吗?"

佩勒姆说:"在这里少住几天,就算给我个面子,好不?"

他放下书。"好吧,看在你的面子上,佩勒姆。我住下来。"他看了卡罗尔一眼,"但你给我听着,婊子……"

"伊斯梅尔!"佩勒姆大吼,"再说一次,我和你绝交!"

男孩被这爆发的怒气吓傻了。他不置可否地点点头。

卡罗尔对男孩说:"我们很希望你能住下来。这里有几个小朋友可以和你玩。到后面去找桑切斯小姐问问,她会给你在男生宿舍找张床。"

他看着佩勒姆。"我能去找你吗?"

"这里又不是监狱。"卡罗尔告诉他,"来去随你。"

他不睬卡罗尔,继续对佩勒姆说:"我们一起在这一带混怎么样,老兄?"

"我很乐意。"

伊斯梅尔眯起深色眼睛打量着阴暗的办公室。"好吧,"他喃喃地说,"不过大家最好不要鄙视我,懂我的意思吗?"

"这里没有人会鄙视你的。"卡罗尔说。

他用非常成人的眼神看着佩勒姆说:"再见,老兄。"

"再见。"

他像一个西部狂野枪手一样推开门,走进里间去。

卡罗尔笑了。"你到底在街头做什么?除了假装社工。"她低头看了看自己那印有哈佛大学字样的 T 恤，用胖嘟嘟的手指掸了掸灰尘。这动作让她看上去既坚强又脆弱。

"只是到处走走，寻找些拍摄角度，找些人聊聊天。你有阿莱克斯的消息吗？"

"没有，不好意思。他没回来过，也没人看到过他。我到处打听。"

两人沉默了一会儿。一个胖胖的少女走过大厅，双手抱着一只巴尼恐龙的布娃娃。

卡罗尔把眼镜往鼻梁上推了推，和少女讲了几句话。少女走后，佩勒姆问卡罗尔："你还想来一杯政治上不正确的咖啡吗？"

她稍稍犹豫了下。佩勒姆心想她肯定又惊又喜，但也可能都不是。

"好吧，可以。"

"如果你忙的话……"

"不忙。让我去换件衣服。等我两分钟。我这一整天都在搬箱子。"她略带歉意地说，又一次甩了甩袖子上的灰尘。

"没问题。"

她走进里间。一个年轻的拉丁裔女子走了出来，朝佩勒姆点点头，接过了值班的活儿。

过了几分钟，卡罗尔出来了，T 恤已经换成了宽松的绿色外套，黑色松紧裤也换成了牛仔裤。她脱掉了耐克运动鞋，换了双黑色短靴。代班的女子看到她这身打扮后露出惊讶的神色，卡罗尔告诉她过会儿回来，那女子含糊地回应了一句。

出门后她问："能否先去下我的公寓？只要过四个街区就到了。早上我忘记喂霍墨了。"

"是猫，蟒蛇，还是男朋友？"

"暹罗猫。我叫它霍墨·辛普森。不，不是你所想的那个。"

"我在想《蝗虫之日》里的角色。"佩勒姆说。

"是吗,"卡罗尔惊讶地说,"你知道?"

佩勒姆点头。

"我先帮猫取的名字,此后电视上才开始放卡通片《辛普森家庭》,真想给它改个名字。"

卡罗尔居然看过这部鲜为人知的电影,而且还很受感动,对此佩勒姆心中受到震撼。《蝗虫之日》他看了十二遍,而且可以再看上十二遍。所以说,卡罗尔和他心灵相通。"唐纳德·萨瑟兰饰演霍墨。很棒的片子。剧本是沃尔多·索尔①写的。"

"哦,"卡罗尔说。"已经拍成电影啦?我只读过书。"

佩勒姆一直没有机会读过原著。看来他们心灵仅仅有些许相通,但这也没关系。

他们转过弯向南走,下班时间车流挤满了街道,黄色出租车穿梭在破旧的大卡车和小汽车之间。喇叭按个不停。热气像间歇泉般释放出怒气,不时会有驾驶员对着另一名驾驶员做愤怒的手势。每个人看上去都筋疲力尽,而无法造成肢体伤害。

尽管热度刺痛身体,天空却很明净,轮廓的影子延伸到他们对面的马路上。两个街区之外的麦金纳大厦反射出最后一道阳光,就像抹了油的黑檀木般耀眼。焊接工焊接时掉下的火花如同一片片从黑玻璃上剪下来的阳光。

"你找到柯克伦了吗?"她问。

"就像我妈常说的,我们'胡侃了一会儿'。"

"你死里逃生了。"

---

① 沃尔多·索尔(Waldo Salt, 1914—1987),美国著名职业编剧。

"他本质上是个敏感的人,只是被人误解了。"

卡罗尔笑了起来。

"我不认为是他指使的,"佩勒姆说,"纵火的事。"

"你真的以为那个老妇人是清白的?"

"是的。"

"很不幸,我学到的一个教训就是无辜的人不一定能辩白。尤其是在地狱厨房。"

"我也逐渐有了同感。"

他们继续慢慢走在繁忙的第九大道上,躲闪着成群的来自邮局、折扣商店、时尚街区仓库和物美价廉餐馆的员工。在洛杉矶,上下班高峰时间路上水泄不通,但在这里,却是人行道上水泄不通。

"伊斯梅尔那个小孩看上去很聪明。"沉默片刻后卡罗尔说,"有灵气,但可惜的是来不及帮他了。"

"来不及?"佩勒姆笑了,"他才十岁。"

"确实太迟了。"

"你不能给他安排一些辅导什么的?"

卡罗尔显然认为他在开玩笑,于是大笑起来。"辅导?不行的,佩勒姆。已经无法辅导了。"他们在一家卖吉卜赛风情女装的店门口停了下来。穿着臃肿外衣的卡罗尔看着那些患有厌食症的假模特身上的衣服沉思起来。他们继续前行。"他爸爸是死了或者跑了吧?"

"死了。"

"他妈妈呢?他说她是个瘾君子,那就是说她吸毒上瘾了。没有其他亲戚。你对他表示出关心,因此他要黏着你。不过你无法给他想要的东西。没有人可以。现在是不可能了。他现在已经在接触帮派了,三年后他会通过入帮仪式。五年后他会成为一名街头毒贩,十年后他会进阿提卡监狱。"

佩勒姆对她这番评价感到很生气。"我觉得没那么悲观。"

"我知道你的感受。你想让他留在你身边,是吗?"

他点点头。

"我以前也乐观过。但是一个人的力量是有限的,没法照顾到他们的全部。试都别去试,这只会让你发狂。拯救那些你能拯救的——那些三四岁的孩子。其他的就别管了。虽说这样确实很遗憾,但反正你也帮不上什么忙。超出我们的能力范围了。种族问题有朝一日必定会搞垮这个城市。"

"我不知道,"佩勒姆说,"拍这部片子时,我见过很多愤怒的人。但不是愤怒的黑人或白人,是所有愤怒的人。那些人无法承担生计开支,也找不到好工作,所以才愤怒。"

卡罗尔用力地摇着头说:"不对,你错了。爱尔兰人、意大利人、波兰人、西印度群岛人、拉丁美洲人……他们都在某个时期遭受过歧视。但是他们和黑人之间有一项不可逾越的差异——他们的祖先是买票后坐统舱来新大陆的,而不是坐的黑奴船。"

佩勒姆不接受这个观点,但也随她说。这里是她的地盘,不是他的。

我是他的朋友……

他惊讶于自己竟然为了伊斯梅尔如此难过。

"我听过太多的修辞。"卡罗尔继续气愤地说,"'以黑人区为中心'、'破碎的家庭单位',总是听到这些不可信的鬼话。我们不需要口号,我们需要的是有人加入到黑人区中,和孩子们打成一片,也就是请社工进托儿所。等到他们长到伊斯梅尔那个年纪,想改也改不了了。"

她看着佩勒姆,冰冷的眼神软了下来。"对不起,对不起……我对你太凶了，还满嘴大道理。其实我的意思是，你是个局外人，你有权对此抱有乐观的想法。"

"我打赌你心中也留有一点乐观的想法，不然就不会站在这里，做你正在做的事了。"

"我真的觉得我帮不了太大的忙。"

"哦，你的邻居可不是这么说的。"

"说什么？"卡罗尔笑了。

佩勒姆努力回忆，终于想起了姓名。"乔斯·加西亚－阿尔瓦雷兹？"

卡罗尔摇摇头。

"我把他拍进了我的电影。就在上个星期。他每天下午都在克林顿公园里，和上千只鸽子分享他那神奇的面包。他提起过你。"

"大概是骂我是个臭脾气的婊子吧。"

"他说他会永远感激你，因为你挽救了他儿子。"

"我？"

佩勒姆说起了这件事。卡罗尔在一幢即将被拆毁而改建麦金纳大厦的旧公寓里发现了一个十六岁少年，那时他正吸毒吸昏了头。要不是她报警喊来救护车，那少年可能已经被推土机轧死了。

"哦，他啊？是的，我记得有这事。我倒不认为是什么英雄事迹。"她似乎有些不好意思，但其实她心里是高兴的，佩勒姆能看出来。她突然抓住佩勒姆的手臂在一家鞋店门口停了下来。这家店卖的是高档货，店里有乔安和大卫、肯尼斯科尔等品牌，单一双鞋就可能要花去普通人一个星期的薪水，因此没有什么生意。店老板指望这边能慢慢火起来，但也不能维持太久。

"下辈子吧。"卡罗尔说，但至于是她在说买不起那双她看上的镶了假钻的黑跟鞋，还是说这双鞋无法搭配她穿的衣服，佩勒姆无从知晓。

在街上走了一半时,卡罗尔问:"你结婚了吗?"

"离了。"

"有孩子吗?"

"没有。"

"有相好的吗?"她问。

"有一阵子没有了。"

确切地说是八个月。

如果可以把在大雪中的露营车上那个疯狂的夜晚称为"相好"的话。

"你呢?"他不知道该不该这么问,也不知道是否想问。

"也离婚了。"

他们走过一家化妆品折扣店。"喂,美女,我们能让你变得更美。"卡罗尔脸红地笑笑,快步走开。

又走过一个街区,卡罗尔朝一幢破旧的公寓点点头,这房子和佩勒姆住的公寓很像。

"我的温馨小家。"她说。

卡罗尔和一名叫尔尼的乞丐打了招呼,给了他两毛五分钱。他们在一家熟食店门口停下来,和店员简单聊了两句就向店内走去。她拿起一罐咖啡和六罐一包的啤酒。"要哪个?"她用口型说。

他指着啤酒,发现她也正有此意。

心灵相通的程度不算太差。

她的公寓就在隔壁,破旧的楼梯上浅褐色和棕色的油漆刷在几十层的旧油漆上。他们走了上去。佩勒姆闻道旧木头、发热的壁纸、油脂和大蒜的味道。他无意中想到,这又是个消防死角。

在楼道转弯处,她突然停了下来,把佩勒姆挡在了下一级台阶上。她迟疑片刻,思考着。然后转过身来,他们的脸在同一高度。她用力亲吻着佩勒姆,佩勒姆的双手从她肩头滑落到腰间,感到内心的欲火被点燃了,于是把她拉得更近。

"图瑞安帕戈。"她低声说道,一边用力地亲着。

他大笑,眉毛扬起来。

"这是苏格兰的盖尔语。猜猜是什么意思?"

"还是别猜的好。"

"'吻我。'"她说。

"好。"于是吻了起来。"好吧,到底是什么意思?"

"不对,不对,"她大笑。"就是'吻我'的意思。"她像小女生一样咯咯地笑,然后走到最靠近楼梯的一扇门前。他们再次热吻。她掏出了钥匙。

佩勒姆发现自己正看着她。她弯下腰,摘下眼镜,眯着近视眼开锁,与在时代广场奔波冷峻的社工卡罗尔·怀安道特完全不同。他看到糟糕的珍珠项链、T恤、失去弹性的棉质胸罩,还有那即便服用纤体药品也消不去的胖下巴。她平时晚上肯定坐在电视机前,房间里堆满了《大西洋月刊》和低卡百事可乐的空罐子。化妆台上的棉质短袜比黑吊带袜多。当有客人走进厨房时,她会不由自主地把阿齐威饼干袋藏起来,这是一个胖子的本能反应。

别为了同情而做这事,佩勒姆心想。

但最后他并不是因为同情,绝对不是。

八个月,毕竟是八个月。

他猛烈地吻她,最后一道门被打开时,他急忙用穿着靴子的脚踢开门进去了。

17

曼哈顿西侧靠近河边有块荒凉的三角形小街区,那里有七八幢旧建筑。

西边,太阳正在落山,那里有杂草丛生的空地、高速公路,更远处是褐色的哈得逊河。东边,圆石街道对面是一排低矮的公寓、一间同性恋酒吧和一家杂货店。杂货店的橱窗里摆放着不卫生的糕点、切好的猪肉和布丁。这里就是纽约的切尔西区,是地狱厨房南边和蔼而善良的近亲。

这个三角形街区的最北端有一幢三角楼,它的末端如同削尖的船头。这幢公寓看起来很破旧,但住在里面的住户却很少抱怨,不过他们不知道这幢公寓有个大问题——有人违反公寓规定,将数加仑的汽油、燃料油、轻油和丙酮藏在地下室里。这些液体爆炸的威力足以将整幢公寓夷为平地,后果不堪设想。

这件特别的屋子装修简朴,家具非常少——只有一把椅子、一张小床、两张桌子以及一张放满工具和抹布的旧书桌。这里没有空调也没有电扇。电视却是一台三十二英寸的索尼特丽珑,带有一个十英寸长的遥控器。此时屏幕上正在播放MTV频道的音乐电视,声音被关掉了。

桑尼坐在闪烁的屏幕前,漫不经心地看着电视,一边慢慢扎着他那头长长的金发。由于没有镜子,扎头发时间远远超过他的预期。他生气地心想,该死的,没有镜子。然而最大的问题是他那不停颤抖的双手。该死的汗,该死的手抖。

他忽地抬起头——面向电视,但却又不看电视——暂停手上的动作。他靠向一个约有五十五加仑的大油桶,里面装满丙酮。他敲了几下,听着声呐的回音,这使他心情稍微平静一些。

但还不够。

没有人愿意合作!

加油站这次意外事件把他吓坏了,他不习惯这种恐惧的感觉。对歹徒来说,纵火是最安全的犯罪。因为纵火是匿名的,又很隐蔽,而且绝大部分的证据也会一烧而光。但是现在人们已经认出他的模样。除此之外,他还听说那幢公寓里的小男妓阿莱克斯看到了他,想把他交给警方。

在最大的一场火之前,他还要放三次火。他从后袋里拿出破旧的地图,心不在焉地看了起来。

对,加油站这次很糟糕,但最令他不安的是医院那场火。因为那次没有给他带来快乐。火总能使他心情平静下来,但那次没有,一点也没有。当时他听着尖叫声,歪着头听见其中夹杂着大火的沙沙声,他的手抖个不停,高高的额头上不断冒汗。为什么?他很疑惑。为什么?也许因为这只是一场小火灾。也许因为只有一场火是他真正在意的，一场由他和乔①·佩勒姆·巴克共同主演的大火。也许因为人人都想抓到他。

但他感觉到，冒汗和焦虑的原因不止这些。

当他想到现在不得不花费更多的时间来躲避追兵，他的心跳变得更快了，在这段时间里，他可以策划那场最大的火灾，与撒旦共舞。

笃、砰。笃、砰。如同潜水艇发出的声呐波。

桑尼把他那扎了一半辫子的头靠在大油桶边，又用指关节敲了起来。笃、砰。

现在平静一点了吗？他想是的。也许是吧。

桑尼扎好了辫子，又花了半个小时混合肥皂水、汽油和燃料油。挥发出来的气味非常刺鼻——和果汁引起的火一样危险——他只能少量调制，不然会被熏晕的。调完后，他在桌上放了几个日光灯泡，用钻石锯条小心地切穿了玻璃灯泡和金属底座的相接部分，听见了空气进入真空后发出的吱吱声。他锯出了一个小缺口——刚好能把他的神奇果汁倒进去。别倒得太满。装得太满是业余纵火者常犯的一个错误，必须在灯泡里留一点空气。燃烧是一种氧化作用，就像动物需要空气维生一样。他用强力胶封住了Ｖ字形缺口。他一共制作了三个这样的特殊灯泡。

抚摸着光滑的玻璃，光滑得如同年轻男子臀部的肌肤……

他的双手开始颤抖，汗水如淋浴喷头中喷出的水一般从他脸上流下来。

桑尼站了起来，慌张地来回走动。

为什么我平静不下来？为什么？为什么？为什么？他的思绪混乱

---

①约翰的昵称。

起来。他们都在追捕他。他们想干掉他，制服他，把他绑起来，夺走他的火！阿莱克斯、消防官、佩勒姆常去找的那个老同性恋律师。尤其是佩勒姆，这个撒旦。

为什么人生总是不轻松？

桑尼必须躺在小床上，逼着自己想象最后一场大火的场景。一场超级火灾。这是现在唯一能使他放松心情、给他带来快乐的事。

他幻想着：在一个巨大的空间里，挤满了一两万人。这是这座常闹火灾的城市有史以来最严重的一场火灾。比华盛顿广场的三角女衫工厂的大火还严重，那场大火是由于老板不想让女工们上班时间上厕所而把门锁了起来。比英国水晶宫的大火更严重。比东河上的"斯落坎将军号"游轮火灾还惨重，那场火灾烧死了超过一千多德国移民妇孺。纽约的德国移民对此极为悲伤，以至于无法在原地继续住下去，集体迁居到了上东城区的约克威尔。

桑尼会超越历史。

桑尼把席卷而过的大火想象成发光的浪潮，包围着人们，抚摸着他们的脚趾。

火焰烧到脚跟，然后是他们的脚踝。

哦，你能看到优美的火焰吗？你能感觉到吗？

一旦想到这些问题，他发现心情就平静不下来。

结局比他预计的更近。

他爬进客厅，再次把头靠在了油桶上。

笃、砰。笃、砰。

他留下来过夜。

佩勒姆按照惯例行事，也就是说，当他们昨晚十点醒来后，感到又饿又渴，于是出去到第十大道的帝国快餐厅吃了煎蛋卷，然后他送她回家，再一次做爱，躺在床上聆听纽约的夜半声音：警报声、吵闹声、汽车排气管爆裂声或者枪声。当夜越来越深时，声音也越来越急促。

他甚至都没有过不告而别的想法。

是卡罗尔破坏了规则。

当他被逼罗猫的大叫声吵醒时，发现卡罗尔已经走了。过了一会儿，电话铃响起，他听到卡罗尔的答录机里传来她的声音，问他是否还在家里，解释说因为她今天必须早点去上班，待会儿会直接打电话到他家去。他找到电话时，发现她已经挂了。

佩勒姆穿着牛仔裤，光着脚，小心翼翼地走过斑驳的硬木地板，怕被刺到，朝浴室走去。他想到电话里她的声音听上去相当粗鲁，但谁又能猜到那是什么意思呢？像昨晚那样之后会发生什么，完全无法预料。也许她早就料定佩勒姆不会再打电话给她了。也许她承受着天主教罪恶的煎熬。或者也许她打电话时桌子对面站着一个高大的十八岁的杀人犯。

佩勒姆打开淋浴喷头试了下水温，发现冷得像冰水。不洗了吧。他穿好衣服出门，外面是明净的天空，暑气逼人。他叫了一辆出租车前往第十二街的公寓。他走上公寓台阶时发现有两个精力充沛的年轻人踩着滑板冲过去，头上有用剃刀刮出来的名字。

他决定洗个澡，再冲一杯热腾腾的纯咖啡。泡在浴缸里，忘记纵火案、纵火狂、拉丁流氓、爱尔兰帮派成员和态度不明的情人。

他慢慢爬上阴暗的楼梯。心里想着泡澡、肥皂水。这种做法很管用。他发现自己能忘掉一切——可以把地狱厨房的一切从他脑海中去除。当然，只是基本上。除了艾蒂·华盛顿，他无法忘掉她。

他想着这么多年来，艾蒂爬了多少次楼梯，她从来没有住过带电梯的公寓，都是靠双脚爬楼梯。她爬了七十年楼梯。背着小妹妹伊丽莎白，扶着莱特贝特外婆在阴暗的楼梯里走上走下。帮丈夫带吃的回家，直到第一任离去，第二任喝醉酒淹死在哈得逊河。此后又带着婴儿和孩子上下楼梯，直到他们被带走或离开纽约，然后又是为了自己上下楼。

"……有个词用在我们地狱厨房这里最贴切：默默无闻。天哪，更贴切的说法是'无人问津'。没有人关注我们。你知道那个艾尔·夏普顿①，如今他有时去本森赫斯特，有时去皇冠岗，惹出些麻烦来，然后人们就知道那些地方了。但是根本没人来地狱厨房，虽然这里住了那么多的爱尔兰人，可在过圣派第节时，游行队伍都不会走到这里来。我是无所谓了。我喜欢多些隐私的地方，不去接触外面的世界，这世界对我做过些什么好事？你说说看。"

艾蒂·华盛顿曾对着佩勒姆的镜头说过，她梦想过其他城市。梦想过拥有时髦的帽子、金项链和丝绸服装。梦想过成为酒店的驻唱，成为自大的地主比利·多伊尔的富太太。

但是艾蒂知道这些梦想很空洞，只能时不时地拿来幻想一下，这能给她带来乐趣、哀伤和轻蔑，然后再将之收起。她不指望人生能有所改变。她在地狱厨房过得很满足，这里的大部分人都因为生活而把梦想变小。不公平的是，她都已经被逼进了这么个微不足道的角落，现在却还不得不失去它。

他深吸了一口气，来到了他位于四楼的公寓。

泡个澡，真不错。对于长期住在露营车上的人来说，泡澡真是人

---

①艾尔·夏普顿（Al Sharpton，1954— ），美国黑人，民权运动领袖。

生一大乐事。尤其是泡泡浴，不过这是他的秘密嗜好。

泡个澡，喝杯咖啡。

快乐似天堂。

佩勒姆从黑色牛仔裤里掏出钥匙，走向门口。他眯起眼睛看着锁，锁扭曲了，歪在一边。

他推了下门，门是开着的。

有人闯进来了。他飞快地闪过一个念头：必须马上掉头下楼去邻居家借个电话报警。但接着怒火刺激了他，他一脚踢开门冲了进去，空荡荡的房间，门都敞开着，他伸手去开最靠门的电灯开关。

哦，该死，他心想，不，不行！不能开灯！但他还没来得及阻止自己，灯就打开了。

18

愚蠢,他心想。

佩勒姆从腰带中拔出柯尔特手枪,蹲了下去。

打开电灯就意味着告诉窃贼佩勒姆回来了。不应该开的。

他继续在门口一动不动地等了好久,聆听着有没有脚步声、有没有手枪扣扳机声。但一点声音也没有。

他慢慢地穿过被翻得乱七八糟的房间,打开衣柜的门,查看床底下,找遍了每个可能藏身的地方。窃贼已经走了。

他检查损失,一间间屋子看。那台打折买来的放映机和电视仍旧在,摄像机和底座也放在一眼就能看到的地方。即便是最不专业的窃贼也能看出摄像机值不少钱。

看见摄像机的时候,他才明白发生了什么。他感到震惊与失望,就如同烧毁艾蒂公寓的大火里冒出来的热气一般。他跪了下去,扯开帆布包,里面本来放着《第八大道以西》的主带。

不……

他翻遍了帆布包，按了连接到摄像机的底座上的退出键，统计损失。丢失了两卷录像带，都是最近拍的，一卷在摄像机里，一卷是他上周和上上周拍的。

录像带……谁会知道内容？实际上当他找不到艾蒂时，询问过很多人，这些人都应该知道他在拍什么，或者看到他扛着摄像机。拉米雷兹，难以捉摸的阿莱克斯。麦金纳。柯克伦。甚至是伊斯梅尔和他母亲，卡罗尔和路易斯·贝利，这些人都知道。就这件事来说，罗麦克斯和整个消防署都有嫌疑。也许整个西区的人都有嫌疑。

街头传闻。比因特网传得还快。

谁呢？这是一个问题。但是其原因同样有意思。难道无意之中佩勒姆把纵火犯拍进电影了？或是拍到了雇佣纵火犯的那个人？或是他拍到了罗麦克斯和调查官忽视了的证据？

他无法回答，这些问题和艾蒂的案情一样重要，但失窃的两卷带子还有一个含义。拍电影时，所有的片子都投过保，不是胶卷本身，而是拍摄过程的成本，一英尺胶卷的成本可能高达数千美元。如果一天的原片被烧掉，导演和演员也许会伤心，但是至少制片人没有什么损失。然而佩勒姆没有能力承担《第八大道以西》的保费。他想不起那二十多个小时拍了些什么，但是这段采访很有可能是整部电影的精髓。

他在吱吱作响的椅子里坐了一会儿，凝视着窗外。然后懒懒地拨了九一一，向警方报警。但是对方的口气告诉他，这样的盗窃案的侦办优先级很低。她问佩勒姆是否需要警察去现场侦办。

警察不应该主动来侦办吗？佩勒姆心想。他说："好的，但愿没麻烦任何人。"

对方没听出话中有话。

"我是说,我们一定会来人的。"她解释道。

"这样吧,"佩勒姆说,"如果小偷回来,我马上通知你。"

"那样最好。祝你今天快乐。"

"我会的。"

这是西区五十几街上一间布满灰尘的小办公室,距离他采访奥蒂斯·波姆的地方不远。那位一百〇三岁的老人跟他诉说着很久以前的地狱厨房。

……地狱厨房在禁酒时代是全盛时期。我看到过帮派首领欧尼·马登很多次。他是从英格兰来的,不过大家都不知道这事。我们会跟着他上街。你知道为什么吗?不是因为帮派的关系。我们只是希望听他说话,那样我们就能知道英国人是怎么发音的。这么做其实很愚蠢,因为他被称为杀手欧尼,他枪杀过不少身边的人。不过那时候我们年轻,要再过二三十年才会明白死亡的含义。

佩勒姆打量着这间办公室,先拟好了腹稿,然后推门进去。屋子里弥漫着纸张苦涩的气味。一只胖苍蝇从外面不停地撞向满是灰尘的窗户,希望能进到屋里来避暑。这里的空调和路易斯·贝利的是完全一样的。

"我想找一下弗洛伦斯·爱泼斯坦。"佩勒姆说。

一位弯下巴、长发盘在脑后的妇女走到柜台前。"我就是。"实在无法猜出她的年龄。

"你好吗?"佩勒姆问。

"很好,谢谢。"

约翰·佩勒姆穿着他唯一的一套西服,那是穿了十年的阿玛尼——年代久远的老东西。他拿出一只旧钱包,里面有一枚特别侦探的金色警徽,这是从四十二街的店里买来的玩具。他让爱泼斯坦看了个够。但她只看了一眼,便热切地注视着佩勒姆,他看得出爱泼斯坦这种女人喜欢当目击证人。他知道成名是最上瘾的毒药。

"罗麦克斯侦探上次来过这里。我欣赏他。他有点严肃。哦,不,应该说是严厉。"

"消防官,"佩勒姆纠正说。"他们不是侦探。"

不过他们都有逮捕权,带着比警察还大的枪,还能把一串美国硬币绕在手指上打人。

"对,对,对。"爱泼斯坦对说错的话皱起眉头。

"我们合作侦查的时候,"佩勒姆说,"我扮成好警察,他扮坏警察。哦不,他是消防官。我这次来只是做一些后续调查,你认出了嫌疑犯,是吧?"

"你这么说太直接了。"

"那要怎么说?"

"我已经学到够多的了,都可以自己当检察官了。"爱泼斯坦说,"我跟罗麦克斯消防官说的是,一个大约七十来岁的黑人妇女来这里要了住户保险申请书。我确认他们给我看的脸部照片就是她。就这样。我没有指认嫌犯。我为这事已经声明过两次了。"

"能看得出。"佩勒姆点头,"我们很高兴有你这样聪明的证人。那位女士在这里待了多久?"

"三分钟。"

"就这样？"

她耸耸肩。"就三分钟。如果是做爱，那几乎感觉不到，如果是生孩子，那就像过了一个世纪。"

"那要视参与者和婴儿而定吧，我猜。"佩勒姆匆匆写了几个无意义的字，"她给了你订金？"

"是的。我们把所有的资料和钱寄回公司，然后由公司来发保单。"

"她还说了什么吗？"

"没有了。"

佩勒姆合上速记本。"很有用。感谢你抽空给我的帮助。"他快速掏出了拍立得的照片，"我想确认一下是不是这个女人。"

"这和那张脸部照不一样。"

"对。这张是在女子拘留所拍的。"

爱泼斯坦瞥了一眼后，正要开口。

佩勒姆举起一只手。"别急，你先确认一下。"

她仔细看了那张光滑的黑脸，看着监狱的连衣裙，看着她交叠的双手，以及她灰白而僵硬的头发。"就是她。"

"你确信？"

"绝对。"她迟疑了一下。然后笑起来，"我原本想说我会到法庭上这么说。但是后来我想这下我还真得上法庭了，是不是？"

"也许吧。"佩勒姆说。然后继续把他的脸变得毫无表情，所有优秀的执法者都会装这种表情。

那天晚上，天气闷热，雾霭重重。佩勒姆站在一幢棕岩公寓对面的巷子里，手上拿着《纽约邮报》。

他心不在焉地看着报纸，心中想着：天竺葵？

这幢毫无特色的米黄色公寓和这座城市里上千幢经济型公寓没有区别。公寓前面种着天竺葵，橙红色一片如同火焰，假如种在别的公寓前也同样合适。

但偏偏种在这里？

他已经在巷子里站了个把小时，终于有扇门开了。出来一个人，四下张望着，然后走下台阶。他抱着一个大鞋盒。佩勒姆把报纸扔到一边，开始尽量不出声地走在滚烫的柏油路上，最后终于赶上了那个年轻人。

拉米雷兹头也不回地说："你在外面待了十五分钟，现在背后有两把枪瞄准了你，所以，你懂的，别做傻事。"

"谢谢你的建议，海克特。"

"你他妈来这里干吗？疯了吗？"

"箱子里是什么？"

"这是个鞋盒，你以为是什么？里面是鞋子。"

佩勒姆此时和拉米雷兹并排而行。他必须加快脚步才能跟上。

"好吧，你到底想干吗？"拉米雷兹问。

"我想知道你为什么骗我。"

"我没骗你，老兄。我不喜欢白人，也不喜欢你们记者。记者常撒白人的谎。"

佩勒姆笑道。"别废话，这是古巴之王的帮规？你在加入古巴之王前就背熟了？"

"少说屁话。我今天很忙。"

他们来到南北向的大道上。拉米雷兹四处张望然后转向北面。走了一分钟后他说："我不相信。你胆子也太大了。"

"什么?"

"在我们的地盘上晃荡,老兄。没人敢的,连警察都不敢。"

"这些天竺葵是你自己种的?"

"去你的。带了吗?"

"枪?"佩勒姆问,"没带。"

"天哪,你真是个疯子。不带枪都敢来我的地盘,糊里糊涂就会被爆头的。说我骗你,什么意思?"

"告诉我你阿姨的情况,海克特。原先住在四五八号公寓那位,听说她住进了新房子。"

拉米雷兹咧嘴笑着说:"我告诉过你我很会照顾家人。"

"她是什么时候搬过去的?"

"不知道。"

"火灾前吗?"

"差不多。具体日子记不清了。"

"你忘了?"

"对,我他妈忘记了。老兄,我很忙,你他妈为什么不去找柯克伦谈谈?"

"我已经找过他了。"

拉米雷兹抬起一边眉毛,尽量使自己看起来不表现得那样钦佩。

佩勒姆继续说:"你也忘记告诉我,看见某某杀了柯克伦的弟兄的人有多少?……八百个,而你阿姨也是其中之一。"

"斯皮尔·德瑞斯可和鲍比·弗林克。"

"那样说的话,柯克伦并没有因为你阿姨而要烧了公寓,你同意不同意?这不算是个白人的谎言吧?"

"滚吧,老兄。我忙着呢。"

"你和一个叫奥尼尔的人关系怎样？"

"我不认识什么叫奥尼尔的人。"

"不认识？他可认识你。"

拉米雷兹大骂："他妈的你干吗去找他？"刚才拉米雷兹是假装发怒，这下子是真怒了。

"谁说我去找他了？"佩勒姆摸摸耳朵，"我也听说一些事。我听说他可能有枪。或许他正在卖枪。"

拉米雷兹停了下来，抓住佩勒姆的手臂。"你听说了什么？"

佩勒姆甩开他的手。"听说上周你打了他一顿，因为他卖枪给柯克伦。"

拉米雷兹愣了下，接着大笑起来。"哦，老兄。"

"真的假的？"

"都有，老兄。"

"什么意思？"

"对，也不对。"他又开始走起来，"这样吧，我解释给你听，但你不许说出去，不然我只能杀了你。"

"告诉我。"

拉米雷兹说："奥尼尔和我一起做买卖。他给我供货，帮我搞到好东西。比如克洛格、MAC-10冲锋枪、斯迪尔冲锋枪。"

"你当众殴打你的供货商？"

"废话。是他自己的主意。他是爱尔兰人，我是拉丁人。你知道如果被柯克伦发现他卖枪给我，他还能活多久？柯克伦的一些小弟已经开始怀疑我们了，因此我们公开打架，奥尼尔输了。"拉米雷兹近距离看着佩勒姆，哈哈大笑起来。

"有什么好笑的？"

"我能从你脸上看出来,你几乎相信我了,老兄。"拉米雷兹又补充道,"我可以证明。是的,那幢楼里有枪。我花了钱,奥尼尔把它们藏在那里等我去拿,只是火灾发生前我没有派人去拿。那里有克洛格、勃朗宁和我心爱的几把漂亮的金牛小手枪,一共十三支。你可以去问问你的记者朋友,看看现场勘查人员在那边找到了什么。如果没说错的话,你应该相信不是我放的火。"

佩勒姆从后口袋里掏出一张纸条。"三支克洛格、四支金牛和六支勃朗宁。"

"老兄,很好。"

他们穿过四十二街,这里一度是纽约的高档区,但现在却变得如同郊区的带状购物中心一样危险和有趣。佩勒姆问:"我们这是去哪里?"

"我去做生意,我可不希望你跟着我。"

"你的帮派在做生意?"

"不是帮派,老兄。是俱乐部。"

"什么样的生意?"

拉米雷兹掀开盒子,里面是一双崭新的篮球鞋。

"我有一卡车的鞋子。"

"你买来再倒卖出去,对不对?"佩勒姆略带怀疑地问。

"是的,我买来再卖掉。这就是我的生意。"

"是怎么买的?你付钱然后收下这样一批送来的货?有收据、有提货单之类的东西吗?"

"对,我买的。"拉米雷兹顶了回来,"就和你们这些狗屁记者付钱买采访一样,你也干过吧?付钱让人接受采访?"

"没有,不过……"

"'没有，不过。'妈的。你们采访人家的生活，写下来，却一分钱也不给。"他嘲讽道，"哦，老兄，这种坏事还有谁能干得出来？"

又走过一个街区后，他们绕过一个韩国人的蔬菜摊。佩勒姆说："我想请你帮个忙。"

"是吗？"

"昨晚有人闯入我的公寓。你能帮我查一下是谁干的吗？"

"干吗找我？你认为这也是我干的？"

"如果我认为是你干的，就不会来找你了。"

拉米雷兹考虑了一下。"我在东村一带的关系网并不大，你知道的。"

"你怎么知道我住在东村？"

"我说我在那儿的关系网不大，但没有说我连一个朋友都不认识。"

"帮我问问。"

"好的。"

"谢谢。"

"不客气。"

他们沿着第九大道继续向北走，就快要走出地狱厨房了。佩勒姆靠在转角的一个路灯杆上，而拉米雷兹则走进一家小杂货店。出来时手里拿着一只厚厚的信封，接着塞进了紧身牛仔裤的口袋里。

附近的巷子里突然骚动起来。

"可恶。"拉米雷兹转过身，手伸进夹克。

佩勒姆半蹲下去，走向一辆停在路边的车子以求掩护。

"你他妈到底是谁？"拉米雷兹说。

佩勒姆眯着眼盯着阴暗的巷口，过来的人是伊斯梅尔。

"喂，老兄。"伊斯梅尔眼神不定地看着拉米雷兹，然后犹豫着走了过来。

拉米雷兹看了看他,就好像在看一只蟑螂。"老弟,怎么这样出来见人,害得我差点打死你。"

伊斯梅尔谨慎的目光扫过人行道。

他对佩勒姆说:"你认识他?"

"是啊,他是我朋友。"

伊斯梅尔脸上闪过一丝微笑。

"你朋友?"拉米雷兹脱口而出,"你怎么跟这种小滑头做朋友?"

"他人挺好。"

"他好?"拉米雷兹喃喃地说,"他要敢再这样出来,他就会变成你一个死掉的好朋友。"

"嘿,伊斯梅尔,你怎么不在青少年辅导中心?"

"不知道,我只是逛逛。"

"有你妈妈和妹妹的消息吗?"

他摇摇头,视线从拉米雷兹的臭脸转向佩勒姆的脸。一会儿工夫伊斯梅尔就像个普通小孩一样,害羞、不安、既害怕又向往。看到他如此脆弱,佩勒姆很心痛。相反,倒是街头耍泼的他比较容易接受。他想起卡罗尔对伊斯梅尔的评价。卡罗尔错了,伊斯梅尔还来得及拯救,绝对有希望。

佩勒姆弯下腰。"帮我个忙,回去青少年辅导中心,睡觉去。你吃过了吗?"

他耸耸肩。

"有没有?"佩勒姆追问道。

"我喝了些啤酒。"他得意地说,"我和一个黑人兄弟,喝了个精光。"

但佩勒姆没有闻到酒味,这小孩肯定在说大话。

佩勒姆给了他五块钱。"去麦当劳吧。"

"耶！嘿，你可以来看我吗，佩勒姆？我给你看些好东西。我们一起打篮球，我学了不少动作！"

"好的，我会去找你的。"

伊斯梅尔转身离去。

拉米雷兹粗鲁地喊道："嘿，小鬼……"

伊斯梅尔停下来，小心翼翼地回头看。

"你的脚大吗？"

圆圆的黑脸朝上盯着他。

"我问你个问题，你的脚大不大？"

"不知道。"他低下头看着他那双破运动鞋。

"给你。"拉米雷兹将那个装着篮球鞋的盒子扔给了伊斯梅尔。他别扭地接住，打开了看。

伊斯梅尔瞪大了眼睛。"哇哦，一定是乔丹的飞人鞋。哇哦。"

"现在还不合脚，不是太合脚。"拉米雷兹说，"不过，如果你不再从背后袭击别人，你应该能活到能穿上它的那一天。好了，听他的话去吧。"他朝佩勒姆那边点点头。"赶紧滚蛋。"

伊斯梅尔走后，拉米雷兹对佩勒姆说："我们去庆祝我的生意吧。"他拍拍口袋，那里有一个厚厚的白信封，"你喝龙舌兰酒吗？"

"我喝麦斯卡尔，还有撒杂。但我讨厌玛格丽特。"

拉米雷兹轻蔑地笑了一声。每当有人说了他意料之中的话，他就会报以这种笑声。他开始走路，不耐烦地打了个手势让佩勒姆跟上。显然今晚已经安排妥当。

* * *

他们分吃一条虫。

拉米雷兹用《西区故事》里那种弹簧刀把虫子切成两半，此时他们正坐在一家烟雾缭绕的古巴／中国料理小餐厅里，靠近哥伦布圆环。

佩勒姆说起他在墨西哥发掘场景的经历，在那下班后他常和灯光师、场务、特技演员一起喝酒，吹嘘着吃了胖白虫子后产生的幻觉。"我一点幻觉都没有。"

"不对，"拉米雷兹反驳道，"这种虫子会扰乱你的思维。"说完吞下了他那半条。

他们各自吃完两盘玉米面包馅卷后，走出餐厅散步。拉米雷兹走进一家卖酒商店，又买了一瓶麦斯卡尔酒。

他们朝下城区走去，拉米雷兹说："老兄，现在是周六晚上，但我连女人都没有，真可悲。"

"那个吧台的女服务员不是和你打情骂俏吗？"

"哪个？"

"那个西班牙人。"

"她？"他笑了，然后皱眉说，"嘿，佩勒姆，给你个建议，别说'西班牙人'。"

"为什么？"

"已经不适合这么叫了。"

"告诉我怎么称呼才正确？我可经常听某人说'爱尔兰人'和'黑鬼'。"

"那不一样，老兄。"

"是吗？"

"当然。"

"怎么说？"

"就是不一样。"拉米雷兹高声说,然后解释道,"你按照各人从哪国来的来称呼没错。比方说多米尼加人、波多黎各人。我是古巴人。如果你想用一个词来描述,就用'拉丁人'。"拉米雷兹拿起酒瓶喝了一口,开始背诵古巴独立宣言,然后又问,"你懂西班牙语吗?"

"懂一点,不过听不懂你刚才说的。"

"我刚才背的那些话刻在第六大道中央公园那个何塞·马蒂[①]雕像上,你没看过?"

"没有。"

"啊。"他冷笑道,"你怎么可能没看过?有三十英尺高呢。他的马翘起两条腿站着,马蒂眼睛盯着第六大道。他看上去有点可笑,好像信不过任何人。"

"马蒂是谁?"

"你不知道吗?"

除了艺术电影,历史在好莱坞仅仅局限于年代不算久远的西部片和战争片。

"他和西班牙人斗争,把他们赶出了古巴。他以前是个诗人,十五六岁开始流亡,为了古巴的独立周游全世界。他在纽约住了很久,是个伟大的人物。"

"你回过古巴吗?"

"回去?我从来没去过那儿。"

"从没去过?开玩笑吧。"

"没有,老兄。我干吗要去?哈瓦那交通拥挤,贫民窟和灰尘都很多,有美女也有啤酒,还有抽大麻的帮派成员,也许现在也吸克拉克。

---

①何塞·马蒂(Jose Marti, 1853—1895),古巴独立运动领导人。

和纽约很像。我想度假的话，会去巴哈马的拿骚，泡泡美女，下下赌注。比如迈德度假村。"

"可古巴是你的祖国。"

"不是我的祖国，老兄。"他一脸正经地说，"是我外公的国家，不是我的……有时候我把东西藏在一个仓库里，那边有个人叫什么先生……"拉米雷兹故意把"先生"这个词拖得很长以表示轻蔑，"他姓卜聂罗，脑子有点问题。他总喜欢别人喊他'先生'。'我现在不得已才住在美国，但我是古巴人。'他说，'我是流亡来的。'哦，老兄，他要再说一次我就揍他。他还说：'我们总有一天会回去的，重新住在蔗糖农场，再次发财，找几个黑鬼，对，黑鬼来给我们做全部的苦力。'老兄，我爸爸已经等不及要回去了。"

"你爸爸也是个革命者？"

"我爸？他不是。他一九四五年来美国的。你知道那时候人们怎么称呼我们这些来到美国的拉丁人？他们称我们是'穿冬衣的夏天人'。他离开古巴时还是个小孩，当时他们一家住在布朗克斯区，他也是个帮派成员。"

"你是指俱乐部。"

"那时候的帮派和现在不一样。你搬到一个新地方，需要一个个去拜码头。要用拳头去为自己争取地位。如果不那样做，你就什么都不是。所以当卡斯楚区人烧甘蔗田，枪毙巴蒂斯塔的部队时，我爸正在一百八十六街混，和一个大浑蛋打架，把他打得屁滚尿流。不过打完之后，他们一起去喝啤酒和朗姆酒，于是他加入了帮派。他们给他取了个绰号，叫作'死手'。就是那天他证明了他的心。那是他们的叫法。'证明你的心'。"

"你父亲现在在哪里？"

"他六七年前离开这里了。有天去上班,他叫我弟弟把装了一半工资的信封拿回家,说抽空会打电话回来。但是再也没打来过。"海克特·拉米雷兹大笑,"谁知道呢?或许他在哈瓦那。"

一群小蠕虫在佩勒姆的脑海里进行染色。其实他没喝多少,不过五六杯而已。

好吧,也许更多。

而且,好吧,也许这种小虫确实有迷幻作用。

两人向地狱厨房的黑暗中心地带走去,佩勒姆反应过来拉米雷兹正在和他说话。

"什么?"

"老兄,我问你来这里到底想干吗?"

"来干吗?来和一个罪犯喝龙舌兰酒。"

"嘿,你认为我是个罪犯?我有前科吗?"

"听说你有。"

他想了一下。"谁告诉你的?"

"街头的传闻。"佩勒姆以不吉利的语气喃喃说。

"你没有回答我的问题。你来这里干吗的?"

"我父亲。"佩勒姆回答道,对自己的坦诚感到惊讶。

"你父亲。他在哪儿?住在这里吗?"

"已经不住这里了。"佩勒姆将视线转向北方,看到至少一百万个亮度不同的灯光在闪烁。他把酒瓶拿过来。"几年前我在拍一部电影,叫作《浅坟》[①]。"

"我从来没听过。"

[①] 见本系列的第一部作品《法外行走》(新星出版社 2013 年 8 出版)。

"讲的是一个女人回家后发现她爸爸可能不是她的亲生父亲。我只负责找拍摄场地,不过我也改写了部分剧本。"

"她母亲是妓女吗?"

"不是,只不过有外遇。她很寂寞。"

拉米雷兹拿过酒瓶,吞了满满一口,点头示意佩勒姆继续走。

佩勒姆说:"我母亲住在纽约州北部,一个叫西蒙斯的小镇,你肯定没听过。两年前的圣诞节我曾去找过她。"

"你给她买礼物了吗?"

"当然买了。让我讲完。"佩勒姆说。

"真是孝顺。一定要记得妈妈。"

"让我讲完。每次我去那儿,我们就会开车去看看我爸爸的墓地。"佩勒姆又喝了一口,接着再喝一口,"我们下车后走到墓地,她哭了。"

他们现在已经走到地狱厨房的深处,然后转进一条铺着圆石的巷子,通往拉米雷兹的交易地点。

"她告诉我她有件事要坦白,她觉得她丈夫不是我爸爸。"

"老兄,这可是个惊人的消息。"

"她丈夫叫本杰明,我以为他就是我爸爸。他经常出差,为此我妈跟他大吵了一架,他气得出走去旅行去了。我妈爱上了情人,过了一段时间,情人把她甩了。本杰明回了家,两人重归于好。她怀孕了,算不出是哪天受孕的。但是她很肯定这孩子不是本杰明的。自打本杰明死后,她一直在犹豫要不要告诉我。最后她终于忍不住说了。"

"听了这些你头都大了吧。所以你才来这里?"

"我想找到亲生父亲。不想和他见面。但我想知道他是谁,从事什么行业,也许可以找到一张他的照片。"

"他仍旧住在这里?"

"早搬走了。"他解释说他是如何找到亲生父亲的最后住址,但他几年前就搬走了,再也找不到其他线索。佩勒姆和相关部门都取得了联系,找遍了纽约的五个区,还有相邻的新泽西州、康涅狄格州,但没有任何消息。

"消失了,是吧?和我爸一样。"

佩勒姆点点头。

"那你还留在这里干吗?"

"我想拍一部关于地狱厨房的电影。他的邻居。他在这里住过一段时间。"佩勒姆举起酒瓶,"敬你爸,狗娘养的。"他喝了起来。

"敬我们俩的爸。管他们去哪儿了。"

佩勒姆刚把酒瓶递还给拉米雷兹,脖子上就感到一股金属的寒意。这是几天来的第二次了。这次和上次一样,也是枪口。

拉米雷兹需要三个歹徒才能制服,而佩勒姆只需要一个就够了。

"妈的!"拉米雷兹骂道,肩膀被两人抓住,第三个人在仔细搜身,搜走了自动手枪和弹簧刀。另一个人抢走麦斯卡尔酒瓶,扔进巷子里去了。

"只有拉丁同性恋才喝这种东西。"

佩勒姆听到酒瓶砸碎的声音。

拉米雷兹咧嘴笑着,朝讲话的人点点头,然后对佩勒姆说:"这是西恩·麦克雷,我不知道他来这里干吗。大多数周六晚上他都有约会——在家里度春宵。"

这话招来一拳,重重地打在拉米雷兹的下巴上,让他差点站不稳。

佩勒姆认出麦克雷就是那天在柯克伦的酒吧里,坐在杰克·德鲁旁边那个人。

"我记得他。"佩勒姆说。

这句话也不知为何给佩勒姆招来了一拳,不过这拳打在他肚子上。他痛得弯下腰喘不过气来。押着他的那个壮汉穿了件类似德鲁穿的黑色皮外套,他把佩勒姆拖到巷子中间,丢在地上,转身走向拉米雷兹。

年轻的拉米雷兹挣扎着,想踢开其中一个人。但是他们开始打他,停下来后,拉米雷兹喘着气说:"好啊,你们这些愚蠢的爱尔兰人。"似乎最令他生气的是他们的举止行为。

"闭嘴。"

麦克雷靠近身来。"我跟奥尼尔说过了,他告诉我你们两个在做生意。我也不觉得惊讶。"

另一个人说:"告诉他奥尼尔碰到什么情况了。"

"哦,他去游泳了?"押着佩勒姆的人说。

"对。"

麦克雷说:"奥尼尔去哈得逊河游泳了,就在伊丽莎白女王二号旁边,还没上岸呢。"

拉米雷兹摇摇头。"哦,你们真够聪明的。你们杀了地狱厨房唯一的枪贩……吉米也从他那儿买枪,你们知道的吧。现在我们都只能去哈莱姆区和东纽约,黑鬼不诈你才怪呢。哦,你们真是太他妈的聪明了。我打赌吉米还不知道这件事。伙计们,你们干的好事。"他吐了口血痰。

歹徒们沉默了一会儿,其中一人不安地看着麦克雷。

"可恶,"拉米雷兹骂道,"你们知道如果杀了我会发生什么?桑切斯会接替我,把你们统统赶走。我们有MAC-10冲锋枪和伍兹,还有沙漠之鹰。"

"哦，我们好害怕哦。"

"如果柯克伦发现你们开战了，如果桑切斯没有打死你们，柯克伦也会。还不快滚蛋。"

"老兄，你真会说啊，拉米雷兹。"

"去你的……"

麦克雷猛地一击，打中拉米雷兹的下巴。佩勒姆挣扎着想站起来，肚子上却又被踹了一脚。他倒在地上，手捂着肚子呻吟。

几个爱尔兰人大笑起来。

"你的女朋友身体感觉不大好呢，海克特。"

看管佩勒姆那人紧紧抓住他的衣领，而另外三人把拉米雷兹按进一个墙洞里。

"不如朝他尿一泡？"其中一人问。

"闭嘴。"麦克雷咆哮道，"不是闹着玩的！"

佩勒姆干呕着，一边跪了下去。

"他快吐了。"看管佩勒姆的人边说边笑。

但他们对佩勒姆已经失去了兴趣，而专注于殴打拉米雷兹。他奋力反抗，但打不过强壮的爱尔兰人，最后跪倒在地上。麦克雷在巷子里来回看了下，然后对他的打手点点头，打手向后拉下手枪的枪栓，然后对着拉米雷兹。另外两人远远走开，其中一人眯起眼睛。

拉米雷兹叹口气，停止了挣扎。他凝视着枪手，心情平静，摇摇头。"上帝啊……好吧，快点动手。"他朝麦克雷笑了笑。

别无选择，佩勒姆心想，安慰着自己。毫无选择了。他停止了假装干呕，半蹲起来，打掉了看管人的手，然后拔出了腰间的柯尔特手枪，用拇指拉下了手枪的枪栓。他向枪手的腿开了一枪，在子弹的冲击力下，他劈开腿，手枪也放了下来，身体扭成一团，痛苦地叫着，倒在了圆石路面上。

看管佩勒姆的那人想要掏枪，但佩勒姆用枪管啪的一声把他的鼻梁打折了。佩勒姆从那个喊疼的人手中夺过了枪，吓得他举起手倒退几步。"不要，老兄，不要，别开枪，求你了。"

麦克雷此时早已冲到一个垃圾箱边以求掩护。另一个在拉米雷兹身边的爱尔兰人正要转身，被拉米雷兹三记快拳击中，他惨叫一声仰面倒下去，又喘又呕。

佩勒姆躲到角落后面，又开了一枪——朝着麦克雷的方向但没对着他，而是对着他脚下的砖，因为他担心流弹不小心打到无辜的人。这枪逼得麦克雷躲到了垃圾箱后面。

中枪的歹徒惨叫道："哦，天哪，哦，可恶。我的腿，我的腿！"

没人理他。看管佩勒姆那人已经跑进巷子里的岔路上去了，消失得无影无踪。麦克雷和剩下那个爱尔兰人对着拉米雷兹盲射。拉米雷兹无法站起来，只好躲在一堆垃圾袋后面。

"喂！"佩勒姆喊道，麦克雷的一颗子弹擦肩而过。他把那支黑色的自动手枪扔给拉米雷兹，拉米雷兹单手接住，拉下滑套后连开了几枪。那个中枪的男人不断啜泣，双手掩脸，一步步地爬向同伙。

拉米雷兹大笑起来。他是个神枪手，那两个爱尔兰人只能偷偷探出一两秒随便开几枪，然后赶紧缩回去。

交火持续了不超过三十秒，佩勒姆停止射击。他确信警报声会响彻夜空，警灯也会亮起，上百名警察会赶来。但他却没有听到周围传来任何声音。

这里就是地狱厨房，一场小小的枪战算什么？

一只手从砖墙后面伸出来,抓走了受伤的男子。几分钟后,三个爱尔兰人跌跌撞撞地跑出了巷子,跳上汽车,呼啸而去。

佩勒姆站起来,仍然气喘吁吁。拉米雷兹也一样,还笑了起来。他检查了枪内的子弹,然后放进了口袋里,又捡回了自己的自动手枪。

"狗娘养的。"拉米雷兹说。

"我们去……"

一阵震耳欲聋的枪声响起。佩勒姆感觉到脸颊上一阵灼痛。

拉米雷兹转过身,从腰间开枪,连开了三四枪,打中了看管佩勒姆的那个男的,他偷偷溜回来躲在阴暗处开枪,拉米雷兹打得他向后飞起来。

佩勒姆看着那人的身体抽动着死去了,双手不停颤抖。

拉米雷兹急切地问:"天哪,老兄,你没事吧?"

佩勒姆举起手放在脸颊上,摸到一条开裂的伤口。然后看到手指上的血。

疼痛难当。不过痛比不痛好。他还记得在他担当特技演员那会儿,如果特技演员受伤时麻木就坏了,疼痛反而没事。无论什么时候出了问题,演员手脚麻木,特技指导就会急得团团转。

远处传来第一声警笛声。

"听着,"佩勒姆焦虑地说,"我可不能被警察看到在这里。"

"老兄,你是正当防卫。"

"不行,你不懂。我不能被人看到带了枪。"

拉米雷兹皱皱眉,明白过来,点点头。然后望着第九大道。"这样吧,老兄,你走到那条街上,慢慢走,就像上街买东西,遮住那里。"他指着佩勒姆受伤的脸颊,"弄点绷带之类的,到第八或第九大道上去,往北走。记住:慢慢走。这样你就隐身了,慢慢走。把枪给我,我们有地方藏。"

佩勒姆把手枪交给他。

拉米雷兹说:"我以为你没有带枪。"

"白人的谎言。"佩勒姆低声说,然后走出巷子。

19

"路易斯,"佩勒姆推开办公室门,"我带了些东西给你看看。"

现在是早上十点不到,有点清醒的贝利还没有变成有点醉酒的贝利。办公区的灯没开,贝利穿着浴袍从卧室走出来,两只脚上穿着不同的拖鞋。

空调虽然费劲地运转着,但只能把一些热灰尘送进贝利的办公室。

"你的脸怎么啦?"

"刮胡子刮的。"佩勒姆回答。

"下次试试刮胡刀,比弯刀好用。"贝利律师接着说,"我听说昨晚发生了枪战,吉米·柯克伦的手下死了一个。"

"是吗?"

"佩勒姆……"

"我可什么都不知道,路易斯。"

"据说有两人涉嫌此案,一个白人,一个西班牙人。"

"'拉丁人'。"佩勒姆纠正道,"你不能说'西班牙人'。"他把立拍得相机放到桌上。"你看看。"

律师的目光在佩勒姆脸上又停留了片刻。

"昨天我去保险公司把照片给弗洛伦斯·爱泼斯坦看了。"他举起双手,"没有恐吓,就是给她看照片。"

贝利仔细看了看照片。"来点葡萄酒吗?不要?你确定?"

佩勒姆继续说:"我在拘留所给艾蒂拍了张照片,把它给爱泼斯坦看了,问她是不是这个人。"

"然后呢?"

"她说是的。"

"是吗。"贝利继续眯着眼睛看照片,然后拿起照片笑着说,"太厉害了,你是怎么做到的?"

"电脑合成的。用我后期制作室里的电脑图像软件。"

照片确实是在女子拘留所给艾蒂拍的,身体、头发、衣服都是。不过头像被换成了艾拉·菲兹杰拉德[①]。佩勒姆用电脑将两张照片合成起来,然后再用立拍得拍了一张。

"令人振奋啊。"律师说。但佩勒姆看不出他真的有那么振奋。

佩勒姆打开小冰箱的门,有几大瓶葡萄酒,没有水,没有饮料,没有果汁。他抬头看看。"你烦什么呢,路易斯?"

"我不是和你说过那场牌局吗?和消防官那场?"

"没有打成吗?"

"打成了。"

佩勒姆接过了贝利用不稳的双手递给他的一张纸。

---

①艾拉·菲兹杰拉德(Ella Fitzgerald, 1917—1996),美国著名黑人女歌手,被称为"爵士女王"。

亲爱的路易斯:

我照你的意思找了斯丹、索比、佛莱德和老鼠打牌,还记得他吗?已经好多年没见了。我帮你输了六十块,但斯丹让我带走一瓶德沃牌威士忌,差不多是满瓶的,等它不那么满时我会给你送过去。

我得到一些可能会令你不大高兴的消息。罗麦克斯找到一本艾蒂从来没对人说过的银行账本,里面有超过一万块钱。而且,她在火灾前一天提取了两千块。他们还说你也是个浑蛋,因为你没有在申请保释时提到这笔钱。不过他们很开心,因为他们这回赢定了。

乔伊

一万?

佩勒姆惊呆了。艾蒂从哪里搞来这么多钱?她从来没和他提起过有任何存款。贝利问她能拿出多少钱来给保释代理时,她说最多只有八九百。他还记得前些天,她说她没钱,所以根本不可能从爱泼斯坦那里买保险。

他望着窗外,看着推土机正在拆毁艾蒂公寓留存的部分。一个拿着大铁锤的工人击打着星状凿,想把烤焦的斗牛犬石像凿碎。

他脑海中回响起艾蒂的声音:

"……我尽量回忆起这个街区以前有多少幢楼。都和这幢一样是经济型公寓。但大部分都被拆掉了。这幢是一八七六年由一个移民盖的,他叫亨里克·杜特,德国人。门口不是有两只斗牛犬雕像吗?摆在台阶两边。他那时找了一个石匠帮他雕刻的,因为他儿时在德国养过一只斗牛犬。我好几年前认识了他的曾孙。人家说拆了老房子盖新房子很令人伤心，我说拆了又怎样？一百年前不也是有人拆了老房子盖了这些房子，对吗？旧的不去新的不来。就和你的生活一样，一个道理。"

佩勒姆半天说不出话来。他从贝利桌上拿起一大把钥匙，仔细研究，然后又放了回去。"警察是怎么查出她这个账户的？"

"我也不知道。"

"银行柜台人员指认她就是提款人吗？"

"我找人去问了，警方已经冻结了账户。"

"情况不妙，是不是？"

"对，当然不妙。"

电话响起，铃声很老式，听起来刺耳。贝利拿起话筒。

佩勒姆看着一辆汽车慢慢开过。他又听见同一首嘻哈歌的重低音。这首歌肯定在RAP榜单上称霸过。"……老大有话带给你，他要杀了你兄弟，还有姐妹。"

歌声渐渐远去。当他回头时看到贝利若有所失地拿着话筒，他想要挂掉电话，却挂了两次才放回原位。"天哪，"他低声说。"天哪。"

"怎么了，路易斯？是艾蒂吗？"

"半小时前上西区又发生火灾了。"他深吸一口气，"是那家保险公司。两名员工死了。弗洛伦斯·爱泼斯坦是其中之一。就是他干的，佩勒姆。有人认出了他，就是从加油站逃走的那个年轻人。他使用了特制的凝固汽油。他把两名员工烧死了，天哪……"

佩勒姆被这消息惊得愣住了。他心想：纵火狂跟着他去保险公司。他先闯进佩勒姆家里偷走录像带，然后跟踪他去了上城区。他没有在佩勒姆家里杀了佩勒姆，可能是想让佩勒姆去找到目击证人。

"就三分钟。如果是做爱，那几乎感觉不到，如果是生小孩，那就像过了一个世纪。"

如果是被活活烧死……

贝利说："她指认艾蒂后签了口供书，受到法院认可，但你拿着合成照片让她指认的事，口说无凭。"

佩勒姆朝窗外望去，看着原先艾蒂公寓旁的一块土地，在晴朗阳光的照射下显得非常红润。佩勒姆此时才想到，由于楼房被拆除，阳光才能照射到一百多年照不到的地方。这对佩勒姆来说，重建天日好像可以改变现在和过去，仿佛是死于子弹、疾病和困难生活的居民，在变成鬼魂后再次受到威胁。

"你想让她认罪，对吗？"佩勒姆问律师。

他点点头。

佩勒姆说："你一直以来都这么打算，对不对？"

贝利伸出手指，苍白的手腕从脏兮兮的白袖口出露出来，"在地狱厨房，通过认罪来获得减刑就被认为是打赢官司了。"

"那对无辜的人呢？"

"这和有罪还是无罪无关。这就好比是社会保险，或者卖血买酒或食物。以认罪来获取减刑，这在地狱厨房可以使生活过得容易一点。"

"如果我没有插手，"佩勒姆说，"你都不会帮忙，对不对？早就让她认罪了？"

"在他们逮捕她的半个小时之内。"贝利回答。

佩勒姆点点头。他什么都没说，走出门来到人行道上。挖土机从艾蒂公寓的废墟里挖起一堆东西，其中大部分是手工雕刻斗牛犬石像的碎块。碎块被随便倒进了路边的大垃圾桶里。

"旧的不去新的不来。就和你的生活一样，一个道理。"

＊　＊　＊

　　除了直接问之外，没有别的方法。

　　佩勒姆看着艾蒂如僵尸般走进女子拘留所的会客室。她黯淡的笑容消退下去，然后问道："有什么事，约翰？"她眯着眼看着佩勒姆脸上的伤痕，"发生了什么……"但当她观察到佩勒姆的表情后，声音渐渐小了下去。

　　"警察发现了你的银行账户。"

　　"银行？"

　　"在哈莱姆区开的户。里面有一万块钱。"

　　老妇人拼命摇头，用那只没受伤的手揉着太阳穴，那只手的无名指很久以前断过，骨头接得不好。她脸上露出了约一秒钟的悔恨之情，然后大骂："我没跟任何人讲过存款的事，警察是怎么找到的？"她看上去愁眉苦脸，神秘兮兮。

　　"你没有告诉任何人，也没有告诉法院或者保释代理人，没有告诉贝利，这样对你很不利。"

　　"没有理由让全世界都知道一个女人的秘密吧，"她发怒了，"男人带走了她的东西，孩子带走了她的东西，大家都来她这里拿东西！警察能查出什么来？"

　　"我不知道。"

　　她气愤地问："好吧，我存点钱怎么了？"

　　"艾蒂……"

　　"这是我自己的事，和别人无关。"

　　"警察说你或者某人，在火灾前一天取过钱。"

　　"什么？我没有取过钱。"她的双眼由于警觉和愤怒而瞪得滚圆。

　　"两千块。"

她站起身,瘸着腿转了个圈,好像想去街上追回那被盗领的存款。"有人偷了我的钱?我的钱!有人告诉他们我存了钱!谁背叛了我?"

这次对话似乎太顺利,像是早已做过准备,仿佛一旦存的钱被发现,她就能用这个借口来搪塞。佩勒姆疲倦地想着,她又要说阴谋论了。艾蒂皱起脸看着他,佩勒姆把视线投向窗外。他怀疑艾蒂是否对他起了疑心。她说的叛徒指的是他吗?最后他问:"存折在哪里?"

"在我公寓里。我估计被烧掉了。怎么可能有人没有存折就能领走我的钱?我该怎么办?"

"警察已经冻结了账户。"

"什么?"艾蒂惊呼。

"没有人能再领钱了。"

"我不能领自己的钱?"她小声问,"我需要那些钱,我需要我的每一分钱。"

为什么?佩勒姆疑惑。要那笔钱干吗?

他问:"你没有把这笔钱用于保释。别那样看着我,艾蒂。我只想告诉你他们会怎么说。这很值得怀疑。"

"他们认为我付钱给纵火狂?"她讽刺似的笑了。

"也许他们是这样想的。"佩勒姆想了一下说。

"你也这样认为。"

"不,我没有。"

艾蒂走到窗边。"有人背叛了我,有人害得我好惨。"话说得很刻薄,她无法直视佩勒姆的眼睛。艾蒂再次如石头般静止下来。然后把头抬起几英寸,刚好够她看到昏暗的窗台。"你走吧,谢谢。我不想再见任何人。别,别说了,约翰。请走吧。"

* * *

这次落在他们手里,他们仔细地对他进行搜身。

哦,老兄,不是现在。我现在不需要。

佩勒姆刚走进他在东村的公寓大厅,脑子里全是关于艾蒂和她那秘密账户的事,突然六只手从身后抓来,把他重重地推到了墙上。

上次和拉米雷兹一起时,这些爱尔兰人只打了佩勒姆一拳,而没有搜身找手枪,这次他们翻遍了所有口袋,确信他没有带枪才满意,然后押着他转过身来。

小个子杰克·德鲁的两个同伙,一个是高个子,外表有点像吉米·柯克伦,另一个是个红头发男人。大厅并不大,但足够让这三人打到他吐。

佩勒姆从德鲁的眼神中可以看出,这不是他的主意,因此佩勒姆有点同情这个年轻人。

让我想想。这算是什么场景?按照好莱坞动作或冒险电影脚本来看,差不多接近第二幕的尾声。好人被养牛大户的弟兄们包抄,英勇的记者被石油公司的警卫拦住。突击队员闯入陷阱,被敌军擒获。

坏人得了一分,为英雄的凯旋埋下伏笔。观众喜欢这种让主角先吃亏的场面。

"我本可邀你们上楼的,"佩勒姆说,由于被紧紧地抓着手臂,他痛得眉头紧蹙,"但我实在是不想。"

那个高个子歹徒——可能是柯克伦的弟弟——挥起拳头,但德鲁摇头制止了。他对佩勒姆说:"吉米听说了昨晚发生的事,麦克雷自作主张去对付拉米雷兹。听说你拜了那个拉丁人做老大……好吧,你也许听说了,吉米不想出风头,最近地狱厨房引起的关注太多了。因此他不想干掉你和拉米雷兹,本来也许干掉你们更好些。但因为你们杀了我们一个兄弟,我们必须过来表示一下。这就叫回报。"

"等等,为什么找我?"佩勒姆问,"干吗不找拉米雷兹?"

"嗯,吉米不想惹事,不想演变成帮派斗争,因此他觉得找你练练可以使大家都比较开心。"

"不,不是大家。"佩勒姆喃喃说,"我可没什么开心的。"

"是吧,很好,事情就是这样,又不是我定的规矩。"

而我前几天刚给过他五百块钱,见鬼。

"等等,你想让我道歉,我就道个歉吧。对不起。"

红发男人说:"道歉有屁用。"他上前一步。佩勒姆转过身面对着他,但德鲁举起一只手阻止了他兄弟。

"冷静点。他归我处理,行不行?"身高五英尺二英寸的德鲁转过来面对佩勒姆。

佩勒姆心情放松下来。他现在明白了。为什么杰克要抢着打他。杰克就和奥尼尔、拉米雷兹一样。假装一下。德鲁打几下,佩勒姆痛得倒在地上,不到三分钟就结束了。佩勒姆当特技演员时学到怎么表演拳脚戏。他甩开另外两个爱尔兰人,向前走去。"好,你们要是敢的话就过来。"他举起双臂,紧握拳头。

德鲁第一拳就差点把他打倒。这只瘦骨嶙峋的拳头重重打在佩勒姆的下巴上,他眨了下眼皮往后退去,头撞在了黄铜做的邮箱上。德鲁跟着又是一记左拳打在他肚子上,佩勒姆跪了下去,干呕起来。

"可恶……"

"闭上你的狗嘴。"德鲁喃喃说。他握住双手,用力朝佩勒姆的脖子砸去。两秒钟之后,佩勒姆已经平躺在肮脏的瓷砖上了。

德鲁要命的一击是用穿着工作靴的脚踹他的腰和肚子。天哪……

"你现在没有枪了吧,浑蛋。"德鲁背诵着,仿佛这句话背了一整天。他比佩勒姆猜测的演技更为拙劣。"你整错人了。"

佩勒姆挣扎着想站起来,对德鲁挥了一拳,根本没打着,结果肚子上又挨了重重的三拳。

小个子德鲁在佩勒姆耳边轻声说:"我表演得怎样?"

佩勒姆说不出话来。他随时可能呕吐。

德鲁小声说:"打我啊。别看起来太假了。"

佩勒姆爬开去,挣扎着想要站起来。他转过身猛地挥了一拳,无力地打中了德鲁的脸颊。

德鲁傻了,惊呼道:"你这个浑蛋!"红发男和另一人控制住佩勒姆,德鲁猛击他的肚子和脸。佩勒姆彻底放弃了反抗,他用双手捂住脸,再次翻倒在地上。

"不敢嘴硬了吧。"红发男人说道,哈哈大笑。

"你真行,杰克。"

接着德鲁拔出手枪,用枪顶在佩勒姆脸上。而佩勒姆想到,他从来不相信枪的扳机零件,因为扳机经常出故障。小个子德鲁弯腰靠近他,轻声说:"看到没,你让我来演电影的话,打斗等场面我都可以自己来,不用替身。而且我自己有枪。"

佩勒姆嘟囔着。

"射他的脚或膝盖或别的什么地方,杰克。"

"好。就打他的手。砰,砰。"

德鲁似乎有点犹豫。"算了,他已经吃够苦头了。这些该死的从好莱坞来的娘娘腔,禁不起打。"

德鲁再次弯腰向前,低声说:"你不是想打听阿莱克斯那小子吗?他住在第九大道的伊格尔顿旅馆,四三四房间。"

佩勒姆喃喃说了几句,德鲁以为是"谢谢",而实际上佩勒姆说出来的是骂人的脏话。

德鲁友善地踢了他的肋骨一下，算作道别，然后带着其他两个人走了。"嘿，汤米，"他对红发男说，"你还记得我跟你讲过那部电影中的一幕吗？……你以为我说的是哪一部？……"

门弹回原位。佩勒姆吐出嘴里掉落的牙齿，牙齿在瓷砖地上滚了几下，似乎滚了好几分钟才停下来。

20

一群疲惫的法国游客正在西区这家俗气的旅馆门口排队等待登记住宿,这时电梯回到了一楼,然后门打开来。

"天哪!"

电梯里着火的液体熔化了塑料容器,如同燃烧的海啸般涌入大厅。

"天哪!"有人尖叫。

"哦,可恶……"

火焰像变魔术般冒出来随着液体流向地板,引燃了地毯、椅子、金色斑点的壁纸、假橡胶树和桌子。

尖锐的警报声四处响起,这种老式的铃声让人觉得这种警报装置早就该淘汰了。斑驳的走廊里充斥着尖叫声,人们开始逃命。

比火焰更恐怖的是浓烟,它充满了整个旅馆,似乎是用高压方式灌输进来。停电以及近似固体的浓烟使得大厅和走廊漆黑一片,甚至连红色的逃生标记都无法看清。

比尖叫声和警报声更响的是一种慌张的踏板声——火焰的咆哮声。

伊格尔顿旅馆就要被毁灭了。

大火吞噬着廉价地毯，只用几秒钟就把绿色的地毯烧成了黑炭。火焰轻易熔化塑料，也能轻易烤焦皮肤。大火蹿上墙面，把石膏熔成奶油状。火焰冒出的浓烟如浑水一般，六七名外国游客挤进一个没有出口的小房间，被浓烟熏得窒息。

火焰亲吻着人们，杀死了他们。

"可恶！天哪！快跑！基瑟尔，你在哪里？"

在楼下的宴会厅里，三名身穿白色外套的服务员躲在那里。突然一阵火光，整个大厅温度升高并起火，就像点燃了一支大火柴的头。

楼上一个年轻人穿着一身衣服就跳进了一口放满水的浴缸里，自作聪明地认为这样可以保护自己。结果两个小时后，搜救人员发现他时，水仍旧滚烫，而他的身体已被煮得不成样子。

一个女人由于惊恐，打开了自家房门，外面的火朝房内的氧气扑了过去，吞噬了她。她发出的最后一声惨叫听上去不像是人类的声音，而像是从她嘴里冒出来的火的声音。

一个男人耐不住逼近的火墙，从五楼窗户跳了下去。他以优雅的姿势静静地在空中翻了几个跟斗，掉在一辆黄色出租车的顶上。出租车的六扇玻璃窗顿时变得灰白，就像蒙了一层冬霜。

另一个男人爬上救生梯，但救生梯已被火焰烧得滚烫，将他的跑鞋瞬间熔化。他边爬边叫，爬到屋顶时双脚已被烧得鲜血淋漓。

在高层的屋子里，有些房客以为不会受到大火影响，他们只注意到身旁飘来一阵青烟。他们镇静地阅读着紧急疏散指示，那些令人心安的词汇指示他们只要用湿毛巾捂住脸就不会有事。于是他们平静地坐在地板上等待救援，而却因一氧化碳中毒而安详地在睡梦中死去。

在大厅里，又发生了一次瞬间引燃。一张沙发爆发出橙色的火焰，随之躺在地毯上的一位游客的身体也着了火。他被烧得像拳击手一样，双膝缩起，拳头紧握，手臂弯曲成直角。在他身前，一部百事可乐售卖机被烧熔化，汽水罐被炸到了大厅的另一侧，铝罐着地之前汽水早已化成了蒸汽。

桑尼把这所有的花絮都看在眼里，因为他把一瓶燃烧果汁放进六楼电梯里后，便悠闲地走下救生梯，徘徊，观望。为谨慎起见，他告诉自己快跑。但他无法控制自己的本性，他的手不抖了，汗也不流了。

纽约消防局的消防车开始聚拢。桑尼钻进马路对面的一条巷子里继续观望，美滋滋地看着这场大火已经达到"全面警戒"的程度。这是他值得夸耀的一项成果。各个消防中队派出了云梯车、水车和无水消防车。天哪，这是一场引来整个大部队的大火！他这几个月都没放过这么大的火了。他听着无线电，听见这场大火的代号是一〇四五，一级火警。

已经出人命了。

不过他早已知道。

消防车不断抵达。数十辆西格雷夫和麦克型消防车、水车和云梯车。有些是红的，有些是带荧光的黄绿色。过马路时喇叭按得刺耳地响。救护车、警车，有的带有标识，有的没有。男女救生员穿着防热装备，背着氧气罐，戴上防毒面具，急匆匆地冲进火场。又来了救护车，又来了警车，到处是灯光和噪声，水柱像瀑布一样洒下来。到处都是蒸汽，就像魂灵一样。违章乱停的汽车被撬开拖走，给水管让路。

街上聚集了大量人群，想打劫的人估算着风险。

旅馆变成了一阵橙色火焰风暴，一直冲到了八楼的阁楼上。

大火基本受到控制后，急救人员开始搬出尸体。一些因为缺氧而发青，一些被火焰和热量蒸得通红如龙虾，一些被烤成碳色，严重变形。

又有一些窗户向外爆裂。一片片黑色的玻璃如雨点般落下，掉在地面上，如公鸡尾巴般的水柱从巨型喷嘴中喷出，聚集在渐渐削弱的火焰上，然后变成了高温蒸汽。

桑尼从附近小巷子里看着整个过程。

他一直看，一直看，最后他看到了他等待的那个人。

他母亲曾经说过，他父亲过去喜欢打猎。经常带着一条叫波斯科的拉布拉多犬去赶鸟。桑尼的父亲是个好猎手，但桑尼认为他不该花费这么多时间在打猎上，因为当他和波斯科出去时，他老婆就会和任何来到他家门口的男人苟合。

桑尼母亲的最后一个情人从没打过猎，除了火灾时他急匆匆寻找逃出卧室的路线。但他始终没有找到，因为桑尼已经用一卷非常实用的铁丝将门锁了起来。

而现在，在濒临灭亡的伊格尔顿旅馆里浓烟滚滚，桑尼看到被他驱赶出来的小鸟（和父亲用来赶鸟的活泼的黑色猎犬不同，他用的是全面警戒的大火）：阿莱克斯，这个牙齿缺了一块的同性恋，右肩胛骨上有颗像小树叶一样的痣。

阿莱克斯靠在路灯杆上，盯着旅馆，不停地喘着气。他也许在想这种情况下人们必定会想的事：差点就困在里面了，差点就被烧死……

"没错，你这个小同性恋，"桑尼低声说，"你差点死了。"他的头靠近阿莱克斯的耳朵。

阿莱克斯转过身："你……我……"

"你什么意思？"桑尼皱起眉头问，"'你……我……'同性恋都这样说吗？"

瘦小的阿莱克斯转身想跑，桑尼却用螳螂般的手抓住他，用手枪敲了敲他脑袋的侧面，四下张望后把他拖进了巷子深处。

"给我听着！"

桑尼把枪移到阿莱克斯的耳朵后面，低声说："你死定了。"

佩勒姆上气不接下气地狂奔过来，又停住了，靠在伊格尔顿旅馆对面工地边的铁丝围网上。

哦，不，不……

旅馆烧毁了。可以从高楼层的窗户里直接看到天空，灰褐色的烟从大楼死亡的心脏部位冒出来。身边走过一位急救人员，满头大汗，脸上全是灰尘，佩勒姆对他说："我在找一个少年，金发男孩，很瘦小。他就住在旅馆里，名字可能叫阿莱克斯。"

那位疲惫不堪的救援人员说："对不起，先生。我没碰到过那样一位男孩，不过我们一共抬出了八个BBR。"

佩勒姆摇摇头，不懂他的意思。

救援人员解释说："就是'无法辨认的焦尸[①]'。"

佩勒姆穿过麻木的人群，到处询问阿莱克斯的下落。有人说他好像看到那男孩从救生梯上爬下去，但无法确定。有个游客竟然拿出尼康相机，站在大楼前要求佩勒姆帮他拍照留念。佩勒姆难以置信地盯着他看了一会儿，然后走开了。

他离开人群来到靠近大楼的地方，差点撞到消防官罗麦克斯。消防官瞥了一眼佩勒姆，没说什么。他的视线转到放在地上的四具尸体

[①] 即 burned beyond recognition，缩写为 BBR。

上，死者的手脚都缩成拳击手的样子，上面随意地盖了条床单。罗麦克斯的无线电响了，他拿起来说："队长报告大火已于十八点被扑灭。"

"再说一遍，消防官二五八。"

罗麦克斯又说了一遍，然后补充道："着火点很可疑，请派案件现场侦察车过来。"

"好的，消防官二五八。"

他把无线电放回腰带。他原来就衣服皱皱的，现在看上去更是乱成一团糟。衬衣上沾满灰尘，被汗水浸湿，长裤破了个洞。额头上被划伤。他戴上橡胶手套，弯下腰翻开其中一个死难者身上的床单，检查焦尸，佩勒姆不得不转开视线。罗麦克斯头也不抬地以平静的语气说："我讲个故事给你听，幸运先生。"

"我……"

"几年前我在布朗克斯区工作。那里的南大街上有家社交俱乐部。你知道社交俱乐部的吧？就是个人们聚在一起闲聊的地方，喝喝酒，跳跳舞。那家俱乐部叫'快乐地'。有天晚上，那里聚集了差不多一百人，玩得很开心。那里是洪都拉斯人的居住地，他们都是好人，都是工人。没有吸毒的，也没有枪，就是普通人……玩得很开心。"

佩勒姆什么都没说。他视线向下落到了恐怖的尸体上。他尽量想移开视线却无法控制自己。

"那里有个男人，"罗麦克斯用他那诡异而无生气的语气说，"他原先和那俱乐部衣帽间的女招待交朋友，后来女的把他甩了。他喝醉了酒，出门买了一美元的汽油回来，把它倒在了大厅里，点燃后回家去了。就这样：放把火然后回家。我不知道他回家是不是看电视，或者吃顿晚餐。我不知道。"

"我希望他被抓住，关进监狱。"佩勒姆说。

"哦,是的,他被抓了。不过这不是重点,重点是那场大火导致八十七人被烧死。这是美国历史上最大的纵火案。而我是那场火灾的死者身份鉴定小组成员。但鉴定身份是个大问题,因为他们都在跳舞。"

"跳舞?"

"对。大多数妇女身上都没带皮包,而男人们的皮夹留在外衣口袋里,外套挂在椅子上。因此判断不出谁是谁。我们能做的就是把尸体摆在街头,然后心想,天哪,总不能让八十七个家庭在街上来来回回地走着认尸吧。于是我们用立拍得拍了照,每具尸体两张,把所有照片放到一个相册里,供亲属认尸。我就是那个负责拿相册给亲属看的人,这些亲属是快乐的死者们的父母或兄弟姐妹,我永远忘不了那场面。"

他盖上尸体,抬起头。"放火的就是一个人。一个人用一块钱的汽油烧死了那么多人。我只想告诉你,待会儿我就给地检署打电话,让他们把艾蒂·华盛顿转移出隔离保护区。"

佩勒姆刚要说话。但一举一动都显出疲态的罗麦克斯站起来了,走向第二具尸体。他说:"她杀死了一个小孩。拘留所每个人都知道了,我最多再给她一到两天。"

说完他弯腰掀起另一条床单。

21

贝利律师办公室里的百叶窗拉了下来。也许是为了阻挡热气,佩勒姆猜想。随后他发现,把房间遮得这么暗或许是这位客户的要求。这位紧张的客户坐在吱吱作响的椅子前面,对面是律师。他不停地调整姿势,四下打量房间,好像马路对面有个刺客正瞄准着他的后背。

佩勒姆没怎么关注这位客户,他对贝利说:"我发现了阿莱克斯的住处,但被纵火狂抢先了。"

"发生火灾的那个伊格尔顿旅馆?"贝利问道,点点头表示会意。

"是的。"

"他死了?"

佩勒姆耸耸肩。"他也许死了。也许跑了。我不知道。现场还有几具无法辨认的尸体。"

"哦,我的天哪。"客户说道。他看上去像是那种如果没有椅子把手可以握紧就会拼命拧手的人。

然后佩勒姆把罗麦克斯说的隔离保护区的事跟律师说了一下。

"不行！"贝利轻声说，"那就坏了。如果关进普通牢房，她活不过一个小时。"

"可恶，居然用这种黑招。"佩勒姆喃喃说，"你能阻止他吗？"

"我只能尽量拖延，但是如果他们认为把她放回普通牢房能迫使她说出纵火狂身份的话，地检署一定会答应。"他在一张褪色的纸上写了几句话，然后把注意力转向坐在他对面那个不安的男子身上。这人身材瘦小，中年，戴着精巧的假发，穿着喇叭形的长裤。这是二十世纪七十年代迪斯科的造型。贝利向佩勒姆介绍了这个男子。

这位叫牛顿·克拉克的男子微微起身，和佩勒姆握了握手，然后像只泄气的皮球一样坐回吱吱作响的椅子上。他和佩勒姆的眼光接触不超过一秒钟。

"牛顿来这里是想告诉我们几件很有意思的事，从头开始说吧。要不要来点葡萄酒，佩勒姆？不要？你戒酒成习惯啦。好吧，牛顿，说给我们听听。告诉我们你在哪里工作？"

"皮尔斯伯里，米尔本克和霍格律师事务所。"

"罗杰·麦金纳找过的律师事务所，也就是他太太告诉我的那家。"

"对。"

看上去牛顿的工作是事务所的总经理秘书。

贝利解释说："秘书负责安排日程、出庭协调审判、处理档案等事，大概就是这些。他们不是律师。但牛顿其实也能算是个律师，对不对？你对法律了如指掌。"他瞥了一眼佩勒姆，"不过他想干诚实的职业。"

克拉克不安地笑了笑，他的视线转向窗外，正好有个路人经过，影子投射在满是灰尘的百叶窗上。

贝利又喝了一口酒。"说说你对罗杰·麦金纳的看法。"

"好吧，不说别的，他对地狱厨房发生的事情了如指掌。"

"就像圣诞老人那样，对吧？记下他的礼物清单……你别担心，牛顿，你来这里很安全。走的时候我们会帮你粘上浓眉和假鼻子。"

克拉克把肩膀往后伸了伸，坐直身子，似笑非笑地说："天哪，贝利，他的大楼就在马路对面。我们该找个安全的地方见面。"

"苏黎世，还是大开曼？"贝利一反常态，刻薄地问道，"现在还是先说说麦金纳的事吧。"

牛顿开始讲故事，他有着标准小职员的个性，有条不紊，描述精确，强调细节。佩勒姆认为，如果拍纪录片的话，碰到这样的受访者是最理想的了，但最后不能过多采用这样的镜头。尽管牛顿叙述得非常精确，但毫无热情，也不生动。佩勒姆已经逐渐相信，说谎话的人要比叙述平淡事实的人说得精彩。

"我应该……"

"从头开始，"贝利说，"从最开始说起。"

"好，好。麦金纳先生在地狱厨房长大，他家里很穷，没什么教养……当他二十几岁时，他决定改造自身。他和未婚妻解除婚约，因为她是个犹太人。"克拉克看了一眼佩勒姆的相貌，以掂量这话说得是否合适。然后继续说道，"他雇了一名语言及着装专家来帮助他提升形象，并开始在纽约房地产市场打拼。二十三岁时他就在弗莱布买了第一幢楼，然后在景观公园区又买了一幢，接着是阿斯托利亚，再是皇冠岗和公园坡，各买了一幢。到了二十九岁时，他已经买了九幢楼。

"然后他把九幢楼全部做了抵押，开始进军曼哈顿。在二十四街买了一幢。那时没人愿意买那个地段的房产，那地方太差了。市里的高端商业区从南到华尔街为止，他却买了这幢。但最后纽约人寿从他手里买了过去，而且用的是现金，成交迅速。他拿到钱后又买了两幢，然后是三幢，六幢。后来他自己盖了一幢，他自己盖的第一幢楼。随后又买下两幢，一直这样。如今他在东北区有六七十幢楼了。"

佩勒姆失去了耐心。问："他和纵火狂有关系吗？"

"不愧是优秀的电影人，"贝利跟佩勒姆点点头，"直接切换到飞车追逐的场景。"

克拉克回答："这个……"

但他才说了几个字，又垂头丧气了，贝利鼓励说："继续啊，牛顿，佩勒姆是朋友。"

"好，好……这个，没人确信。因为无法证明。但是最近发生了几起意外事件。有几个工会的人，其中一个从莱星顿大楼的三十层楼上跳下来。还有个建筑工地安检员不愿收封口费，结果被一堆木头砸中了头。当然两件事都没有发生在麦金纳的工地，但从某些方面看，都和麦金纳有关。有供货商想勒索他，结果卡车被劫持了。另外，有两个地方被人放了火——卖方把价格定得高得离谱，麦金纳先生抱怨这些人不肯谈判。他倒是不介意协商，也不介意让对方占便宜。但他痛恨对方连坐下来谈判都不愿意，这对麦金纳先生来说是最重要的。可以不公平，但是你至少得陪他玩玩。"

佩勒姆回想起晚宴中那位褐发女郎无情的眼神。强劲的对手，陪他玩玩。"你是从哪里得来这些内幕的？"

"佩勒姆怀疑得很对，牛顿。"贝利转向他，"但我们不用担心，牛顿消息来源可靠。"说完又喝了一口葡萄酒，"他来这里的动机也就是帮我们，对吧？"

佩勒姆说明了那天晚上乔莉的话，然后问："他究竟有多绝望？"

"他的赌场都亏大了。离破产只差一步。我说的是彻底破产，如同世界末日一般。"

"现在终于说到精华了，是不是，牛顿？"

他把假发挪开，拱挠着头皮。"麦金纳先生需要这幢大楼。"他朝窗户点点头，窗外是高耸入云的高楼，"这是他最后的机会。"他以平板的语调说。

克拉克解释说，麦金纳在大楼落成前就已经安排几家公司入驻，但其中只有一家是他真正在意的，那就是RAS广告与公关公司。RAS的部门分散在各地，公司希望能把所有的部门集中起来在一个地方，他们看中了大厦的第十五层楼，想签下十年的租约，每年还会按照物价涨幅来调整租金。RAS每年会支付超过两千四百万美元的租金。

然而，广告公司员工对于从城中搬到这里非常不安，因为他们上下班都要路过地狱厨房，感觉很危险。于是公司签约前提出要求，让麦金纳必须自掏腰包建一条贯穿四个街区的地下通道，连接大厦和长岛铁路在宾州的车站，那里同时还有个地铁站。

租约最后签了下来，麦金纳的公司像食人鱼一般开始吞噬地下施工权来建设通道。公司和地道经过的所有楼房都谈妥了地下施工权，唯独就差一幢楼，那是三十七街上的一小块地，正好位于艾蒂公寓楼的后面。

"巧合得出奇的是，"贝利挖苦地说，"就在麦金纳的公司联系上这块地的老主人的三天前，地被人买走了。"

"也就是说，有人得到了麦金纳需要那块地的内幕消息，那人是谁？"

"吉米·柯克伦。"贝利说，"这人厉害吧？"

"柯克伦？"佩勒姆回忆起杰克·德鲁告诉过他吉米和他弟弟正计划一桩大买卖。而且他还回忆起乔莉说过的话——麦金纳的深夜约会。

柯克伦和罗杰·麦金纳谈生意……这可真是太奇怪了。

贝利继续说:"吉米其实是在敲诈麦金纳,因为如果那块地买不下来,麦金纳就无法建设地道,无法得到广告公司的租约,也就意味着将在法庭上宣告破产。"

"最后双方的谈判结果是,"克拉克终于露出些活泼的气色,"柯克伦拥有麦金纳需要的那块地,对吧?好,他同意租借给麦金纳先生用,但柯克伦有个附带要求——他不让麦金纳买断,而要从租金里抽成,他想抽取那幢大厦楼产生的租金的百分之一。柯克伦很精明,因为看样子,麦金纳的大厦一年的租金有将近一亿两千万。"

"那个精神不正常的地痞,他想一年收一百二十万。"贝利说。

克拉克继续说:"麦金纳先生以前从没有给人百分之一的抽成,他是真的孤注一掷了。"

佩勒姆思考着他说的话。然后说:"艾蒂的公寓——被烧毁的那幢——正好就在大厦和柯克伦那块地中间。"

"对。"贝利证实道。

"因此麦金纳需要它来建完地道。这是最后一块地。"

"看来是这样。"贝利律师说。

"试想一下,"佩勒姆沉思着,"他跟那块地的主人——圣奥古斯都基金会——谈妥了,他们让麦金纳修地道。只是麦金纳发现他无法在那幢公寓下挖地道。也许是公寓楼太老了,也许是地基有问题。因此他雇佣了纵火狂来烧大楼,并安排得像是艾蒂干的。麦金纳最后建成了地道,基金会也盖起了新楼。"

克拉克耸耸肩。"能说的我都说了,我从没见他这么急过。"

佩勒姆问:"如果大厦亏本的话,究竟会发生什么?"

"十几家银行会打电话追讨麦金纳先生的贷款。这些钱是以个人信誉担保的。"克拉克低声说,好像是在揭露一种社会病,"他将破产。

他要还清至少还差十五亿。"

"真是太不幸了。"佩勒姆说。

贝利问克拉克："你在办公室有没有找到什么关于那幢被烧毁房子的地下施工权的资料吗？"

"什么都没有。但是麦金纳经常秘密行事。他的合作伙伴常常抱怨说他有事都不告知他们。"

贝利冷笑道："这人很难对付，是不是？行，没关系，牛顿。回去继续干你的苦力活儿吧。"

克拉克迟疑片刻，双眼盯着满是灰尘、磨损不堪的地板。

"有什么事？"佩勒姆问他。

但他开口时却是在对贝利说话："麦金纳先生经常伤害别人。经常因为部下没有按照他的意图去做而大骂或者开除他们，即使最后证明他是错的。他经常发脾气，有仇必报。"最后他的双眼瞥向佩勒姆片刻，"千万……小心。他是个非常记仇的人，一个恶霸。"

克拉克的话算是警告，但其实真正的意思是：忘掉牛顿·克拉克这个名字。

他站起身，匆匆地走了，那双迪斯科靴踩在油地毡地板上几乎没有发出声响。

"这么看来，我们掌握了动机。"佩勒姆说。

"贪婪——自古以来最常见的动机，也是最恰当的一个。"贝利倒满酒，拉开百叶窗，朝窗外的建筑工地望去。

佩勒姆说："我们一定要查出麦金纳是否拥有艾蒂公寓地下的施工权。基金会理事长会告诉我们的。叫什么神父来着，他给你回过电话没？"

"没有。"

"那再打个试试。"

但是贝利摇摇头。"我觉得我们不能相信他,不过我可以查查。"

"那克雷格呢?"佩勒姆问。那个瘦弱的赌马人,抱着个酒瓶。

"不行,"贝利边考虑边说,"我这次自己来干。我们晚上在这里碰头,八点怎么样?"

"没问题。"

贝利抬头看到佩勒姆正注视着他。"你认为我对牛顿太凶了点,是吧?"

佩勒姆耸耸肩。"我终于揪出你的秘密了。知道你是怎样润滑齿轮的了。路易斯。"

"是吗?"

"你在养债。"

贝利律师呷了一口葡萄酒,咯咯地笑着点头说:"我很久以前就学会了使用债务。怎样才能使一个人拥有权力?总统、国王、企业主管?他们让别人亏欠他们——欠性命、工作、自由。这就是我的秘诀。一个懂得使用债务的人,才是能拥有权力最长久的人。"

棱角融化了的冰块在柠檬色的葡萄酒表面发出声响。

"克拉克欠了你什么?"

"牛顿?哦,用粗鲁的方式说,大约三万块钱。他以前是中介商,好几年前他来找我,想跟我合伙搞房地产,我投入了大量积蓄,到后来发现这完全是个骗局。联邦检察署和证监会抓到了他,而我的钱全没了。"

"那现在他就用这种方式来给你还债?"

"对我来说,情报信息就是流通货币。只是他其他的债权人不懂。"

"他还有多久才能还清?"

贝利笑了。"哦，他差不多已经还清了。好几年前就还清了。不过他当然不相信，他永远不会相信。这就是债务神奇的地方，即便你已经还清了钱，人情的债却永远还不清。"

没有人注意到，一个年轻工人将一只装有五十五加仑洗洁剂的大桶推上公寓的斜坡。这会儿是七点半，黄昏时分，但是三十六街上却灯火辉煌，如同游园会一般，工人们来去匆匆，忙着准备麦金纳大厦的落成典礼。

桑尼身穿白色连体工作服，用推车把桶推到了门前。他看了看脏兮兮的牌子：路易斯·贝利律师。他听了听，没听见什么声音。接着他敲了几下门，也没人回应。他轻而易举地撬开了锁——这项技能在他进少年感化院之前不会，而离开时却已学会了——然后把大桶推了进去。

桑尼这会儿正忧心忡忡。伊格尔顿旅馆的火灾震惊了警局和消防署。他从来没在西区见过这么多警察和消防官。他们在街上见车就拦，对驾驶员进行搜身。警方越来越近了，他得阻止他们。他的素描像已经在晚间新闻中播出了。

双手发抖，满脸冒汗。

还有眼泪。他既沮丧又害怕，在推着大桶从自己公寓走到第九大道时，他不由自主地哭了一两回。

走进办公室后，他把大桶停放在律师的办公桌边。他在旋转椅上坐了下来。人造革的，他不屑地想。斯考莉警官的室内装饰品位比这里好多了。比起当时她看不起他的时候，现在身高也变矮，脸也更具死相了。不过这间办公室仍然令他感到快乐。因为这里有好多纸。他从来没烧过律师事务所，但他心想这里一定会烧得非常快，因为到处都是纸。

桑尼从书架上抽出几本书，翻开来看，低头看着灰色部分的印刷字，他不明白这些词的含义。桑尼以前经常读书（但他比较喜欢听母亲给他读）。不过这是好多年前的事了，现在他才发现已经对书没有兴趣了。他困惑为什么会这样。他记不清自己读过的最后一本书是什么，好多年前了，叫什么名字？

手中拿着的书垂了下去……

对了，他想起来。是一本讲述真人真事的书，讲的是一九四四年在哈特福德发生的"林林兄弟马戏团"火灾事件。那场大火在几分钟内烧毁了大帐篷，导致一百五十多人丧生。指挥演奏了传统的灾难伴奏曲——星条旗进行曲，以告诫所有的演员和工作人员，但这也无法拯救那么多人的生命。桑尼特别记得书中有个关于"一五六五号小女孩"的故事，她死于逃生观众的踩踏。她外貌清晰可辨，但始终没有人来认领尸体。

桑尼在读完书后心想，为什么自己一点都不为小女孩感到难过？

他停止思考，继续他的任务。

他发现桌上有张写了佩勒姆姓名和电话号码的黄纸。午夜牛仔乔巴克同性恋撒旦……桑尼的双手又开始颤抖，汗水早已挂满额头，他再次感觉到想哭的冲动。

别哭别哭别哭别哭！

他必须暂停片刻以平复心情。开始吧，别停下。他旋下老律师台灯里的灯泡，小心翼翼地打开背包取出一个他的特制灯泡，沉沉的里面装满了乳状黏液。他小心地将灯泡放在桌上，然后转向油桶，从口袋里取出扳手，开始动手打开桶盖。

22

火花从麦金纳大厦顶上倾泻下来,在佩勒姆头上八分之一英里的空中飞翔,他看到十多支焊枪烧成的小太阳。

他想起卡罗尔·怀安道特,回忆起那晚在去她家过夜的路上看见过同样一幢高得惊人的大楼。

他刚从青少年辅导中心回来,是去找她的,但她已经下班。卡罗尔的助手说她整天都在法院。辅导中心的一名少年在进行毒品交易时拔刀刺向便衣警察,被警察逮捕,卡罗尔花了六个小时劝说助理检察长相信他是由于受了惊吓才拔刀的,并不是真的要杀警察。

助手告诉佩勒姆,今天她很不顺,心情非常烦躁。她没有给佩勒姆留言,回家后,家里电话的答录机上也没有任何留言。

佩勒姆按计划赶回贝利办公室与他会面,路上他抬头看看大厦楼顶,再次注视那块广告牌,在去采访艾蒂的路上已经看过十多次了。这是麦金纳大厦的广告牌。他注意到大厦效果图下方有几个小点,分别列出了大厦的特点。这幢六十层高的建筑将会由电脑控制（所谓的"智慧"大楼），有一个一万平方英尺的大厅，自动化气压式垃圾处理，定制景观，有五千个座位的百老汇剧场，一家美食餐厅，多家精品店，高绝缘的隔热板、节水马桶，自动控制的电梯……

然而比这些特色更令他印象深刻的是这里很多不公开的事实——路易斯·贝利告诉过他的事实：麦金纳和众多单位谈妥的错综复杂的生意，这些单位包括市政府、土地规划署、地价估算部、古迹保护委员会、纽约地铁局、税收署、工会、克林顿社区协会、西城区民主社。谈妥的生意中，这幢大厦的每一寸空间或者被买走，或者被卖掉，或者被用作提高减税额、承包权、公共设施改造、修葺人行道、增加就业机会，哦，对了，还有被塞入忙着放进口袋的一只只手里的钞票，你可以把这种钱叫作捐款，或者随便什么。在这整个刺激的交易过程中，大厦的建造过程显得那么平淡乏味。

也许某天他会以这种高楼为主题拍部纪录片。

片名就叫作《摩天大楼》。

随电影再出本书，请购买。

佩勒姆从大厦边转身离去，走进了贝利那幢楼。他惊讶地发现门没锁，还半开着——房间里漆黑一片。佩勒姆眯起眼看到贝利趴在办公桌上。他的头上还放着一本法律书。佩勒姆心想，见鬼，喝醉了吧。他闻到了酒味。

也闻到了其他的气味，那是什么味道？洗洁剂？闻上去很刺鼻，像是化学品。

"嘿，路易斯，"佩勒姆喊道，"起来洗洗吧，要不要开个灯？"

他按下了墙上的开关。

爆炸非常轻微，不比塑料袋爆炸的声音响多少，但从台灯里蹦出的液态火球却很大。

天哪!

着了火的液体洒满了桌面,包住了律师,他被烫得向后挣扎,样子吓人。他的脸和胸部都是白色的火焰,喉咙里发出动物版绝望的哀号。他倒在办公桌后面,双脚开始乱踹,脚跟踢在地板上发出巨响,双手疯狂地想去扑灭火焰。

佩勒姆冲进卧室,想要找条毛巾或毛毯来灭火。等他找来一条旧棉被时,烟雾已经充满了整个办公室,散发着浓重的恶臭,夹杂着焦肉的气味。

"路易斯!"佩勒姆把棉被盖在律师身上,但棉被却一下子被引燃,反而加大了火势。佩勒姆抓过话筒拨了九一一。但电话不通,因为电线已经被熔化了。佩勒姆放下话筒,冲进走廊,按下了墙上的火警报警器,抱起老式的灭火器冲回办公室,把灭火器颠倒过来,一道咝咝作响的水柱朝火焰喷去。

当佩勒姆站在办公室里灭火时,要命的浓烟已经包围了他,钻进了他的肺部。他开始气喘吁吁,视线中全是黑色的小石子。他继续捧着灭火器灭火,用灰色的水柱喷向贝利颤抖的黑色身体。

办公桌和一个书架仍旧在燃烧,佩勒姆把灭火器转过去朝着它们喷。火势开始减弱,但房间里被浓烟弄得越来越暗。

佩勒姆吐了口黑痰,放下已经用尽的灭火器,踉跄着跑回门口去找另外一瓶。外面十几个人纷纷逃出大楼。他想喊他们救命却无法喊出声,他感觉到自己开始窒息。他倒在了地板上。地面的空气稍好些,但依然充满了浓烟和火场幽灵的恶臭。

他的肺不行了。他转身跌跌撞撞地走向门口,见到了一位消防员。

"在这里。"佩勒姆说完就晕倒在了地上。

* * *

佩勒姆戴着氧气面罩深深吸了口气,烟雾导致的头昏眼花变成了纯氧带来的眩晕。

十几盏紧急信号灯在他身边闪烁,有消防车、救护车、警车。刺眼的白光,还有红的和蓝的。

"你没事了。"紧急救护人员鼓励他说,这是个年轻男子,留着一道淡淡的金色胡须。腰上挂着笨重的医疗器械和用品,口袋里也塞满了。"吸气。快啊,大块头。继续吸气。"

那位医护人员在夹板上的纸上写了几个字,然后用细电筒照向佩勒姆的眼睛,还给他量了血压。

"看上去还不错。"他提高声音证实道。

佩勒姆回想起可怕的大火。"他死了,是不是?"

"他?很遗憾。一点活命的机会都没有。但他还算运气好的,相信我。我见过很多烧伤病例,他这样死得快,比忍受败血症和皮肤移植的痛苦要好得多。"

他看着一旁地上躺着的尸体,上面盖了一条床单。

把贝利死去的消息告诉艾蒂成了他脑海里沉重的负担,这时一只手落在佩勒姆的肩膀上,有人走来蹲在他的身旁。

"感觉怎样?"那人问。

佩勒姆擦去了眼睛里被烟熏出来的泪水。视线一片模糊。最后总算看清了对方的脸。他惊讶地轻声说:"你在这里,你没事。"

"我?"路易斯·贝利问。

"那人不是你。我还以为是你呢。"佩勒姆朝尸体点头示意。

贝利说。"差点就是我了。是他,那个纵火狂。"

"那个纵火狂?"

贝利点点头。"消防官说，他阴谋设计了个陷阱，想把我们两个都干掉。"

"我开了灯，引燃了汽油弹，"佩勒姆轻声说。他剧烈地咳嗽了一会儿。

"狗娘养的东西，他应该先拔掉台灯的插头。"一个声音低吼道，是罗麦克斯，他正朝两人走来，"纵火狂通常越来越大意。和连环杀人狂一样。做了几次之后就欲望熏心，不再担心细节了。"他朝那个袋子点头说，"他把你办公室里所有的窗户都关死了，通风不畅，那桶他制造的凝固汽油散发出毒气，把他自己熏晕了。后来你到了那里，幸运先生，打开了灯，轰隆！"

"他是谁啊？"佩勒姆问。

消防官举起一只被烧坏的钱包，裹在一只塑料袋里。

"小乔纳森·斯蒂里普。哦，我们听说过他。他有个绰号叫桑尼。他小时候放火烧掉过他母亲在纽约州北部的房子，正好他母亲的情夫被关在楼上的卧室里。这符合典型的纵火狂背景。从小受母亲溺爱，在学校里特立独行，无处发泄性欲。在大学里曾为了虚荣而纵火——你懂的，自己放火自己救火来装英雄。从那以后他为了找乐子去放火，或是收人钱去放火。他是我们调查最近火灾需要讯问的对象之一，但他不久前躲起来了，我们找不到他。我们从他后口袋里找到这些，你们还能看得清楚。"

佩勒姆看着被烧过的纽约地图，打了叉的地方又被圈起来，表示最近发生过火灾的地方：第八大道地铁站、百货公司。有两个打叉的地方没有圈起来，佩勒姆猜测这两个地方是他选择的目标。一个是贝利的办公室，另外一个是贾维兹会议中心。

"我的天哪。"贝利低声说。贾维兹是纽约最大的会议中心。

罗麦克斯说:"明天按预定有个时装展,大约两万两千人会来,那绝对会成为世界上有史以来最惨痛的火灾。"

"还好,他死了。"佩勒姆说,接着又补充道,"我猜他也无法指证是谁出钱雇用他的。"

突然他看到贝利和消防官互使眼色。

"什么情况,路易斯?"佩勒姆问。

罗麦克斯指着一位身穿制服的警察,正向他走来,递给他一个塑料袋。

"这也是从他钱包里找到的。"

塑料袋里有一张纸,塑料袋擦出咝咝声,佩勒姆听得很不舒服。这令他想起他刚扑灭的火,他想到桑尼那颤抖的身体,还有那种气味。

佩勒姆接过塑料袋,读起纸上的内容。

> 照我们约定的,这里是两千块钱。尽量别伤害任何人,我会把后门开着。等我收到理赔金后我会把剩下的钱给你。
>
> 艾蒂

23

佩勒姆不安地站着,氧气面罩掉在了人行道上。

"这是伪造的。"佩勒姆赶忙说,"都是……"

"我已经和她谈过了,佩勒姆。"贝利解释说,"我和她通了十分钟电话。"

"和艾蒂?"

"她承认了,约翰。"贝利轻声说。

佩勒姆无法将视线从桑尼的尸体上转移开,而且盖了床单的尸体反而比没有盖的焦尸看上去更可怕。

贝利继续说:"她说她从来没想过有人会受伤。她也没想任何人被烧死。我相信她。"

"她承认了?"佩勒姆低声说。他猛地咳嗽了几下,吐了口痰。又咳嗽了一会儿,吐了口痰。竭力喘着气。"我想见她,路易斯。"

"我觉得不妥吧。"

佩勒姆说:"他们威胁她,或者恐吓她。"他朝站在路边,正和大块头助手说话的罗麦克斯点头。消防官旁听到佩勒姆的话,但没说什么。何必呢?他已经抓到纵火狂了,也已经让雇佣纵火狂的女人认罪了。罗麦克斯似乎都为佩勒姆那些口无遮拦的话感到难为情。

老律师贝利疲惫地说:"约翰,没有人强迫她。"

"银行柜员?提款的人是谁?我们去找到他。"

"柜员指认了艾蒂的照片。"

"你不也用过合成艾蒂照片的办法吗?"

贝利沉默了。

佩勒姆问:"你去市政府发现什么了?"

"关于地道的事?"贝利耸耸肩,"没发现什么。艾蒂公寓地下的施工权或租约都没有相关记录。"

"麦金纳一定是……"

"约翰,已经结束了。"

一阵响亮的喇叭声从街上传来。佩勒姆纳闷这代表什么。工人们对此毫无反应。这样的深夜几百名工人仍旧在工作。

"让她坐牢去吧,"贝利继续说,"她不会有事的。会被安排去中等保护的监狱,在保护隔离区。"

这意味着:独立监禁。至少依据加州监狱署的规定,在圣昆丁监狱服刑就相当于独立监禁。独立监禁是最痛苦的一种坐牢,即便人的肉体挺过来了,精神也会被折磨得死去。

"她会出狱的,"贝利继续说,"到时候就没事了。"

"会吗?"他问,"她已经七十二岁了。要坐上几年牢才能申请假释?"

"八年。也许吧。"

"天哪。"

"佩勒姆，"贝利说，"你干吗不休息会儿？去放个假吧。"

尽管并非情愿，但他确实即将放长假。《第八大道以西》现在永远不会再拍了。

"你告诉她女儿了吗？"

贝利偏着头问："谁的女儿？"

"艾蒂的……你干吗那样看我？"佩勒姆问。

"艾蒂已经好多年没有伊丽莎白的消息了。她也不知道女儿住在哪里。"

"不对啊，她前几天才和女儿通过电话。她住在迈阿密。"

"佩勒姆……"贝利慢慢地揉搓着手掌，"艾蒂的母亲在八十年代去世后，伊丽莎白偷走了外婆的珠宝和艾蒂所有的存款。她跟着一个来自布鲁克林区的男人跑了。他们是想去迈阿密，但没人知道最后他们在哪里落脚了。艾蒂从此以后没有听到过她的消息。"

"艾蒂告诉我……"

"伊丽莎白开了一家小旅馆？或者经营几家连锁餐饮店？"

佩勒姆看着头戴施工帽的工人扛着四乘八英尺见方的石膏板绕到大厦后面。石膏板像翅膀一样忽上忽下。他对贝利说："说她是个房地产中介。"

"哦。艾蒂也说过这个。"

"这不是真的吗？"

"我以为你早就知道了。因此我非常怀疑她的动机是想骗取理赔金。去年艾蒂找到我，要我帮她雇个私家侦探去找女儿。她以为女儿在美国的某个地方，只是不清楚具体地点。我告诉她请侦探找人的话要一万五或者更多。她说她能弄到钱。不管怎么样她都得找到女儿。"

"这么说,你的律师费不是伊丽莎白付的?"

"我的律师费?"贝利轻轻笑道,"这案子我没问艾蒂要钱,当然不要。"

佩勒姆揉揉被刺痛的眼睛。他回想起他在酒吧遇到贝利那天。酒吧是他在上城区的分部。

"你确信要插手这个案子?"

他以为律师当时只是简单地警告他地狱厨房很危险,但显然他话中带话,贝利对艾蒂的了解远超过佩勒姆的想象。

佩勒姆走过艾蒂公寓的废墟旁,打量着这片地。这里已经基本被铲平了。一辆小破卡车开到路边停下来,里面出来两个男人。他们走到一小堆瓦砾边,拉出一块石灰岩的狮头檐口。他们掸去上面的土,合力将它搬回卡车。他们的目的地也许是下城区的某家古董店。像这样的古董在那里会被标到一千美元。两个男人观察了下废墟,没有其他什么值钱的东西,就开车走了。

贝利喊道:"别放在心上,佩勒姆。回家吧,别放在心上。"

> 由于警方在执行任务,第八大道地铁线暂时停止运营。
> 对于造成的不便我们深表歉意。
> 建议乘客……

约翰·佩勒姆考虑等车,但正如地铁站里大多数乘客一样,他知道人生的主要推动者是命运之神,他决心走向下城区,去一个十字路口,在那里搭乘东行回家的公交车。

他走出肮脏的车厢,爬上地铁站的楼梯回到路面上。

第八大道以西,商店已经关门,橱窗上的铁栅栏也拉上了。

夜色已深，天空中充满着假夕阳——河面上映出的都市的灯光，火红的天幕会持续到黎明。

"喂，帅哥，要不要人陪啊？"

第八大道以西，孩子们已经上床了。男人们吃过热气腾腾的晚饭，坐在破旧的扶手椅上，他们在UPS、邮局、仓库或餐厅忙了一天，筋骨酸痛。或者是昏昏沉沉地躺在扶手椅上，因为在酒吧鬼混了一天，不停地和人聊天、争吵、欢笑，纳闷着为何自己的生活总是漫无目标。有些人在和吵闹的孩子以及沉默的妻子吃过晚饭后，现在又回到了酒吧。

在狭小的公寓里，女人在洗塑料盘子，哄着子女，担忧着食物的开销，对电视上名人的身材、服装和境遇大为惊叹。

这个晚上如同炎热的石头，但是这里的老建筑都没有装空调。电风扇的嗡嗡声充斥着大多数公寓，有些甚至连电扇都没有。

"我不大舒服。我想找工作，真的。"

第八大道以西，一群群的人坐在门前的台阶上，一个个烟头在嘴边拿来拿去。过往车辆的灯光在啤酒瓶上反射出琥珀色。随着瓶子里液体的减少，碰撞到水泥台阶上的声音也不断变化。交谈声响得超过了西区高速公路上的车流声，即便在这样的深夜，还有成千上万辆车子匆匆离开市区。

"给我两毛五买东西吃吧。给我根香烟。祝你晚安，愿上帝保佑你。"

公寓里的窗户上闪烁着灯光，电视机发出的通常是蓝光，但这里却是黑白电视机发出的淡灰色光。许多窗户漆黑。有些窗户里只有一盏没有灯罩的灯泡，发出耀眼的光，一个一动不动的脑袋戳在窗外，向外望去。

"要不要毒品、冰块、白粉、吹喇叭？要不要要不要要不要？要不要乐透彩票？有没有两毛五？有没有一块钱？要不要小姐？喂，我有艾滋病，无家可归。对不起，先生。快点交出钱包……"

第八大道以西，年轻男子和帮派成员一起混迹街头，他们攻无不克，在这里，他们长生不死。在这里，子弹穿过他们瘦弱的身体但伤不到心脏。他们在人行道上滑行，随身带着自己的音乐。

这里是白人的世界，别再装瞎。
睁开眼睛，看到了什么？
老大有话带给你——
他要毙了你的兄弟，还有你的姐妹。
这里是白人的世界
这里是白人的世界……

有个帮派看到马路对面的另一个帮派，把手提音响的声音调低，对视几眼，然后互做手势，掌心向上，手指摊开。接下去虚张声势可能会变成相互鄙视，最后双方会拔出手枪，可能会有人因此丧命。

第八大道以西，人人都有枪。

不过今晚双方转过身，重新调高音量，各自往自己的方向走去，身边围绕着音乐。

这里是白人的世界，这里是白人的世界……

情侣们在车上爱抚，老纽约中央铁路凹陷的路基边，靠近第十一大道处，男人跪在其他男人面前。

已经是午夜时分。年轻的舞娘离开空空荡荡的酒吧和偷窥秀，匆匆赶回家去。百老汇的男女演员们也正疲惫地回家去。坐在台阶上的人们纷纷熄灭烟头，互道晚安，啤酒瓶被留在人行道上，很快就会被人捡走。

警报声哀号,玻璃破碎声响起,一个坏脾气人的正在怒吼。

是该离开街头了。

这里是白人的世界,这里是白人的世界……

第八大道以西,男女躺在廉价的床上,倾听窗外街上传来的歌声,或是从隔壁公寓传入卧室的重低音。音乐到处都是,但大部分人对此毫不关心。他们精疲力竭地躺着,盯着肮脏的天花板想:再过几个小时新的一天又开始了,让我睡会儿。拜托了,让我凉快点,让我睡一会儿。

24

"你掉了颗牙,老兄。你不知道怎么打架是吧?"

"我一个打三个。"佩勒姆告诉海克特·拉米雷兹。

"那又怎样?"

第二天中午,拉米雷兹坐在古巴之王聚会屋前的台阶上抽烟。

"好热啊,"佩勒姆说,"你有啤酒吗?"

"老兄,还真有。你要哪种?"

"随便,只要够冰就行。"

拉米雷兹站起来,示意他走到他们公寓前门。他对着佩勒姆淤青的脸点了点头问:"谁干的?"

"柯克伦的几个弟兄。他们听说那晚我们对付麦克雷的事。他们抽签看揍谁比较好,我还是你。结果抽到了我。"

"嘿,如果你想的话我去干掉他们,或者打断他们的腿?我可以帮你,老兄,我干这个容易得很。"

"没关系。"佩勒姆说。

"真的不麻烦。"

"下次再说吧。"

拉米雷兹耸耸肩,那样子好像佩勒姆疯了。他推开门走进去,佩勒姆注意到一个拉丁青年站在门内拐角的阴影处。皮带上挂了把手枪。

他用西班牙语和拉米雷兹说了句话,结果他咆哮着回答。他看着佩勒姆的脸笑起来。佩勒姆宁愿相信这是他表示敬意的方式。

拉米雷兹敲了敲一楼公寓的门,没人答应,他打开锁,推门让佩勒姆先进去。

这间公寓又大又宽敞,摆满了新家具。沙发还裹在塑料袋里。厨房里堆积着几箱食品和几袋大米。有间卧室摆了五张盖着床单的弹簧床垫。另一间卧室里摆满了一箱箱的烟酒。佩勒姆懒得去问这些物品的来源。

"好吧,你要喝多士还是特卡特?"

"多士。"

拉米雷兹从冰箱里拿出两瓶啤酒,放在桌上,用手掌一劈,打掉了两个瓶盖。他递了一瓶给佩勒姆,佩勒姆一口气就喝了将近一半。

这个房间很闷热。前后窗户各装了一台空调,但没有开动。热浪通过百叶窗吹进满是灰尘的热空气。

拉米雷兹在厨房的桌上找到一个鞋盒。他拿出一双运动鞋,开始系鞋带。这双鞋很像那天他送给伊斯梅尔那双。"嘿,老兄。给你一双。"

"收受赃物会判什么罪?"佩勒姆问。

"见鬼,是我捡来的鞋子。"他跳了下,低头满意地看着鞋子。

"我不喜欢穿跑步鞋。"

"对,你喜欢穿牛仔靴。老兄,你干吗穿那种鸟鞋?脚不痛吗?好吧,你说你来这里是干吗的,佩勒姆?你干吗来找我?"

"我要离开纽约了。"佩勒姆说,"想来拿我的枪。"

"我听说,那个女黑鬼认罪了。老兄,她是你朋友,你一定很难过吧?不过谁都不该烧掉这边的老房子。那样不对。"

拉米雷兹拉住鞋带,调了下松紧。他慢慢站起身,享受着运动鞋的感觉。他再次跳了一下,然后脚跟落地。他向右做了个假动作,又向左做了一个,接着上篮,手指碰到了天花板,碰下了几片白漆。

佩勒姆注意到墙上有张手写的标语,边上有张科维特跑车的广告海报,车上靠着一位穿比基尼的模特。

> 你站在古巴之王的地盘上,
> 如果不是朋友就必死无疑。

拉米雷兹顺着他的视线看过去,说:"好吧,好吧,你想说我们拼写错了吧。"

"不,我想说那海报真棒。"

"你打篮球吗?"拉米雷兹问。

"偶尔。"

佩勒姆上一次打篮球是一对一,对手是坐轮椅的人,佩勒姆以二比六输给对手。可惜他没有机会和伊斯梅尔打一场,也许能赢那个小孩。

"我今天去东村打了半场球。几个大块头黑鬼在那儿。老兄,那些黑鬼真会打……你跟我去。"

"谢谢,不过我要走了。"佩勒姆说。

"你的意思是不回来了?"

佩勒姆点头。"开着我的露营车回西海岸去。我要干些正事了。还有些债主可能再过六十天就要找上门了。"

"要不要我去帮你跟他们谈谈?我可以……"

佩勒姆摇摇手指。"不用。"

拉米雷兹耸耸肩,掀起厨房油地毯的一角,然后拉起地板。他拿出佩勒姆的柯尔特手枪扔给他。"老兄,你疯了。带那么老的一把枪。我给你一把金牛的好枪,那才酷。你会喜欢的。砰,砰,砰。现在的男人需要一把能装十五发子弹的手枪。"

"我可没有你那么多机会用枪。"

拉米雷兹合上地板,说:"我很少看电视,不过如果你的电影上映,我会看的,佩勒姆。什么时候播?"

"我会通知你的。"佩勒姆喃喃地说。

门被推开,进来一个拉丁青年,他用怀疑的目光盯着佩勒姆。他走到拉米雷兹跟前,和他轻声说了几句话。拉米雷兹点点头,年轻人便走出厨房。

佩勒姆起身走向门口,拉米雷兹说:"嘿,别急着走啊。他有些消息要告诉你。"

"他是谁?"

"我弟弟。"他朝刚出去那个年轻人的方向点点头。

"消息?"

"是的。你想知道是谁闯进你家的?"

"我知道是谁。那个纵火狂。被火烧死那个。我想是火灾后那天,我在拍电影时拍到了他。"

拉米雷兹又跳了起来,然后摇摇头。"你错了。错得离谱。"

* * *

"嗨,老兄。"

"嘿,伊斯梅尔。"

佩勒姆站在青少年辅导中心前。天气炎热,尘土漫天,旁边的大楼反射过来一束刺眼的光。

"最近还好吗,兄弟?"

"不错。"佩勒姆回答,"你最近好吗?"

"到处混呗。你懂的。你拿的是什么?"

"礼物。"

"真棒,老兄。"小男孩睁大眼睛盯着那个大购物袋。佩勒姆递给他。他打开后取出一个篮球。"哟,你太棒了,佩勒姆!太帅了!喂,兄弟们,过来看啊。"

其他两个年纪比他大点的男孩走过来欣赏,然后他们开始传球。

"这边怎样?"佩勒姆朝辅导中心点点头。

"还不错吧。不会瞧不起我们。不过他们会逼我们坐着听牧师、辅导员讲话,他们讲个不停,耳朵都要掉了,还要问我们一些连他自己都搞不清楚的问题。"他做了一个像大人样的耸肩动作,"但人生不就是这样吗?"

佩勒姆无法辩驳。

"还有,老兄,那个叫卡罗尔的贱货。"他环顾四周,轻声说,"可别惹她。她问我今天为什么凌晨三点才回来,骂得很凶。我建议那个贱货去干一件事。"

"真的吗?"

"当然……嗯,我试过了。但跟那女人讲什么都没用。"

"你为什么在外面玩到凌晨三点?"

"我是去……"

"鬼混。"

"你说对了，佩勒姆。"他对他的兄弟们说，"我们去打篮球吧。"他们钻进巷子里，快活得如同世界各地的十岁小孩。

佩勒姆推开吱吱作响的门走进去。

卡罗尔坐在办公桌前抬头看了下，一看到佩勒姆的表情立刻收起了无力的笑容。

"嗨。"她说。

"你好。"

"对不起，你最近不太容易找到我，"她说，"我们这些天忙得要命。"她语气沉重。

沉默。灰尘漂浮在两人中间，变成了被残酷日光照出的变形虫。

"好吧。"她最后说，"我没给你打电话是因为我害怕，因为我已经很久没跟人约会了。而且我跟男人的约会史也不值得夸耀。"

佩勒姆将手臂交叉在胸前。他低头看卡罗尔在忙什么。一沓纸，政府机关的表格。密密麻麻看得令人头晕。

卡罗尔坐在椅子的后部，"这跟约会无关，是不是？"

"是。"

"那是什么事？"

"我刚听说一些让我觉得好奇的事。"

"比如？"

"火灾那天你到处找我。"

街头传闻。

"嘿，一个穿着牛仔靴的帅哥，我当然要打听啦。"她虽然笑了，但无法带来活跃的气氛。她抬起双手摸摸珍珠项链，然后摸摸眼镜，忍不住捏了捏镜框上用胶布粘住的地方。

佩勒姆说:"你找到了我住的地方。趁我还在你床上睡觉的那天早上闯进了我家。"

卡罗尔点点头,既不承认也不否认,没有传递任何信息,仅仅是条件反射。她四周看了看,放下笔,脸上浮现出阴沉的面具,思索着什么。"可以上楼去吗?上面比较隐蔽。"

他们走进电梯,卡罗尔把头靠在电梯壁上,一脸严肃。她向下瞥了一眼,漫不经心地掸去运动衣上的灰尘,灰尘弄脏了衣服上"真理"两个粗体拉丁字。

卡罗尔用毫无意义的话敷衍着佩勒姆,避免视线与他接触。她用轻快的语调告诉他一家电梯公司准备捐赠一部新电梯给辅导中心,里面会挂一块大大的"某某企业捐赠"的牌子。好像那些儿童看了以后会自己去买电梯一样。"这些公司为了出名真是疯狂。"佩勒姆没有接话,她也沉默了。

电梯门打开后,卡罗尔领着他走到一条无人的走廊里,墙上贴着脏兮兮的瓷砖,日光灯黯淡。"这边。"卡罗尔推开门,佩勒姆走了进去。他原以为卡罗尔会带他去餐厅或办公室,这才发现是个阴暗的储藏室。

卡罗尔关上门,举止中显出早有准备,眼神变得冷漠。在房间的深处,她推开箱子,弯下腰去找什么东西。

"对不起,佩勒姆。"

她停了下来。深吸一口气。佩勒姆没看清楚她手上拿的是什么。

他的思绪停留在腰带上的柯尔特上。佩勒姆不会愚蠢到认为她会伤害他,但这里是地狱厨房。

正午时分,当你走过移动公寓前的小花园,心想,嘿,这些花真漂亮,而紧接着你就躺在地上了,腿上多了颗子弹,或是背上被插了支冰锥。

然后她的眼神……她那冷酷的淡蓝色的眼珠。

"哦,太乱了。"卡罗尔嘴唇紧闭。然后突然转过身,举起一只手,握着一样深色的物品。佩勒姆伸手到身后去掏枪。但她肥短的手指只捏了两盘从他公寓偷来的录像带。

"过去一周,我其实一直想逃走。去其他某个地方开始新生活,一个字都不留,就此消失。"

"告诉我。"

"不是有个男人提起过我救了他儿子一命吗?"

佩勒姆点点头。他回忆起有个青年躺在一幢即将被拆除的公寓里,若不是卡罗尔及时救治,他已经死了。

她说:"我是怕你把我拍进去了。上镜的代价我可承担不起。"

他记得卡罗尔不信任记者。

"为什么?"

"我不是你想象得那种人。"

这是反复在地狱厨房出现的基调。

"那你到底是什么人?"佩勒姆呵斥道。

卡罗尔把一条手臂搭在架子的支柱上,把头低下来。"几年前我从马萨诸塞州的监狱出来,因为贩毒,我还犯有……"她的声音颤抖起来,"……犯有加害未成年人罪,因为我卖毒品给几个十五岁的少年。其中一个吸毒过量,差点死了。我怎么跟你说呢,佩勒姆?我身上发生过的事多无聊,像电视一样……我辍学后,跟了坏人,在街头贩毒,吸毒,为了几块钱卖淫……哦,老兄,我什么坏事都干了。"

"这和录像带有什么关系?"佩勒姆用冰冷的语气问。

她下意识地开始叠起一堆薄毛巾。"我知道你在拍一部关于地狱厨房的电影,而且听说有人提到了我,我想你会把我放进故事里。我担心波士顿的人看到,风言风语传回辅导中心就惨了。我不想露脸。佩勒姆,我已经把前途都毁了……我已经堕过几次胎,现在生不出孩子了……我是一个有案底的重犯。"

卡罗尔不满地笑笑。"你知道我前几天听说什么了?有个抢银行的从阿提卡监狱出来了,一直找不到工作。有人说他有前科,他很生气。他说他患有'社会障碍'病。"

佩勒姆不笑了。

"好吧,我就是这样的人。因为有前科,我无法在政府的社工单位找到工作。全世界没有一家托儿所愿意给我工作。还好青少年辅导中心急着招人,也没有对我仔细调查。我给他们看了我的社工证,和一份乱填的履历,他们就雇用了我。如果他们发现我是什么人,一定会炒掉我。"

"为了辅导中心的儿童着想……你干吗骗我?"

"我不信任你。我都不知道你是谁。我对记者的了解就是专门收集垃圾。那是他们最爱干的事。"

"好吧,你怎么会知道我在干吗?你都没给我机会。"

"请别生气,佩勒姆。我在这里干的工作对我来说很重要。我生命中就剩下这件事了。我不能丢掉它。认识你时我就欺骗了你,没错。我希望你走开,但我又希望你能留下来。"

佩勒姆低头看了一眼录像带。"我对如今的地狱厨房不感兴趣,我只是想拍口述的历史,我甚至不会提到青少年辅导中心。如果当初你问我,我一定会告诉你。"

"不,别这样就走了,给我个机会……"

但佩勒姆慢慢推开门,不带任何戏剧效果。他走下楼梯,继续穿过辅导中心的大厅,走进烈日当头的城中区,到处都是引擎声、喇叭声、叫喊声。他认为卡罗尔的叫喊声也混杂在里面,但决定不去理会。

他朝东面的时装区走去,前往地铁站。

佩勒姆心想,这一带的名称取得太疯狂了。这里是整个纽约最不时尚的地区,卡车并排或三排停放。楼房又高又脏,窗户也很脏。精力旺盛的工人系着腰带,穿着无袖T恤,推着一车车明年的春装。

一个女人站在电话亭里,挂上话筒后开始把纸撕成十几张碎片。佩勒姆心想:这是个素材。很快他就忘掉了这一幕。

他停留在第三十九街的一处建筑工地旁,让一辆砂土车倒车出来,车子发出的警告声吵得他心烦。

……三十九街——以前叫战斗区,是地鼠帮的老巢。整个纽约城治安最糟糕的地方。外公莱特贝特说警察甚至都不敢来第八大道以西。他们不愿意给自己找麻烦。外公有只靴子上面有道弹痕,在脚趾的地方,他说是小时候在战斗区遇到枪战时被打中的。小时候他经常跟我们说这些。我不大相信。但也许是真的,因为他直到死都留着那只靴子。

两声尖锐的哨声从工地挖的坑里传出来。这声音引来更多的观众来围观。人行道边工地搭起的三夹板围墙上被人挖了洞,可以欣赏施工过程。佩勒姆停下来,从一个洞里看过去。一声巨大的爆炸声,把佩勒姆震得跳了一下,防爆网也随着震动,又有五十吨岩石被炸药炸成了碎石头。

艾蒂的话始终在他脑海里浮现，一次次地重复。

　　这里经常施工。爸爸做过一种很有趣的工作，做了一段时间。他把自己称作建筑安葬员。他们把拆毁的公寓搬运到布鲁克林区的"门把地"，几百幢老楼倒进水里去，形成了一个浅滩，鱼喜欢那里。他回来时经常带来鲑鱼或大比目鱼，可以吃好几天。现在给我再多钱我也不吃鱼了。

又是三声响亮的哨声。显然爆破小组已经完成任务。头戴安全帽的工人出现了，一辆推土车朝前开去。佩勒姆继续在人行道上走，又看到了另外一幅开发商的广告牌。

他停下来，感受到的震撼不亚于刚才的爆破。他仔细阅读广告牌，以确定上面的内容。然后他又开始慢慢走。尽管八月天气炎热，他一走到转角就开始以百米速度冲刺。

25

"那是个建筑工地。"

贝利问:"哪里?"

"圣奥古斯都基金会。我记得地址是西三十九街五百号。在教堂对面,不过现在变成了地下的一个洞。"

他们在贝利的卧室里——他的临时办公室因为大房间被大火烧过了。这房间看起来和办公室没什么区别,最明显的差别是存放葡萄酒的冰柜放在床边,而不是办公桌边。卧室里的空调也比办公室的好,虽然不怎么冷,但至少空气不闷。烧焦的气味让人无法忍受,但贝利似乎毫不介意。

"也许基金会搬家了。"贝利说。

"越来越妙了。"佩勒姆说,"我去教会办公室问过了,根本没人听说过什么圣奥古斯都基金会。"他走到布满灰尘的窗户边,窗外的起重机正吊起一座大雕像,阴影投射到窗户上。这座雕像将被摆放到麦金纳大厦前的开放广场上。

雕像被厚厚的牛皮纸包裹着，外形像条鱼，起重机动作非常慢，佩勒姆猜测这个雕像一定有几吨重。工人们在四周清理地面，为大厦的落成典礼钉上旗帜和标语。

"不过是有个圣奥古斯都基金会。"贝利说完到床上找文件，找到了一沓被烧坏的盖了纽约州法务部章的复印件，"已经按照非盈利公司法成立法人了，确实存在的，理事会有八名成员。"

佩勒姆浏览名单，上面的男男女女理事们都住在附近。他点中其中一个，叫詹姆斯·坎普尔的人住在三十九街，离这里一个街区。

"我们找他问问。"贝利拿起电话，但佩勒姆抓住他的手臂制止了。

"不如上门突袭一下。"

正如佩勒姆所料，他们没有突袭成功。坎普尔先生的地址只是一片空地，两个月后将会动工。

"全都是假的。"回到他办公室时贝利嘟囔道。

"你打电话给那个神父时，也就是那个理事，是谁接的电话？"

"留言公司。"

"我们怎么才能查出幕后指使人？"佩勒姆问，"又不露出本意？"由于来自电影圈，佩勒姆深知企业之间的暧昧关系非常复杂。

"这是家非盈利基金会，查起来比遵照企业法规的公司要困难得多。"

在贝利的卧室里，佩勒姆偶然瞥见一张同样烧焦的纸，放在企业档案边。这是一份艾蒂笔迹的鉴定报告，和保单申请书上的签名作的对比。

他曾问过艾蒂最近有没有给人写过信，他以为可能有人偷走了她的笔迹样本。但他和艾蒂都忘记了她刚和麦金纳的公司签了份约：同意麦金纳大厦建造得超过法律规定的高度。

"是麦金纳。"佩勒姆大声说。接着,他看到贝利的表情,于是举起一只手,"我知道,你不认为像他那样的顶级开发商会去放火烧经济型公寓,也不会是为了诈取理赔金。但是,如果大厦的成败跟通往宾州车站的通道是否建成密切相关的话,他就会去干。牛顿·克拉克和麦金纳的老婆都说过他有多着急。"

"但是……"贝利举起手,吃惊地说,"你管那么多干吗?就算麦金纳是基金会的幕后指使,艾蒂也已经承认纵火了。"

"那就没有问题了。"佩勒姆说。

"但是——"

"我来处理吧。现在最大的问题是我们如何证明麦金纳和基金会之间有关联。"

贝利律师的脸上露出困惑的表情。"开发商最会玩这种把戏,而且麦金纳还是其中的佼佼者。我们必须追查海外公司、账户……要花不少时间。"

"多久?"

"两周吧。"

"艾蒂什么时候审判?"

他停顿了一下。"后天。"

"这么说我们没有两周时间了,是吗?"佩勒姆看着马路对面的建筑工地,牛皮纸包着的雕像随意放在地上,像大梁一样。几位路人盯着它看,猜测里面包的是什么。但是工人没有打开包装就走了。

约翰·佩勒姆又穿上阿玛尼西装,斜戴着偷来的安全帽,若无其事地走进麦金纳大厦的大厅。大厦的这部分已经基本完工,已经有几家公司搬进来了,包括麦金纳的两家开发公司,还有负责出租大厦中未完工的办公室的代理公司。

佩勒姆悠闲的步伐告诉办公室的每个人他是这边的人,而且有事要办,别人不要阻碍他。

确实也没人来拦他。

他手中拿着夹纸板,走过坐成一排的秘书,大胆地穿过一道橡木门,走进一间办公室。这间办公室装修豪华,肯定是麦金纳的办公室,五分钟前他看见麦金纳从这间房里走出来。佩勒姆准备了几套说辞,遇到麦金纳手下时可以使用,不过他的演技没用上,因为办公室里空无一人。

他走到办公桌边,桌上放着两张带相框的照片,一张是麦金纳的妻子和一个孩子,乔莉从贵重的相框向外凝视,脸上是一副灿烂的笑容。另一张照片里的男孩和女孩面无表情。

佩勒姆先从档案柜下手,经过十五分钟在数百封信件、财务报表、法律文件中的搜索后,没有找到一份资料提到过圣奥古斯都基金会或三十六街上的建筑。

办公桌后面的书柜上了锁,佩勒姆采用最直接的方式——他想找一把拆信刀来撬锁。他刚在右手边的抽屉里找到一把,就听见一个沉重而洪亮的声音。"穿得很像。"听上去带一点爱尔兰口音,佩勒姆愣住了,"但不太适合你。不瞒你说,你适合穿牛仔面料的。"

佩勒姆慢慢站起身。

罗杰·麦金纳站在门口,在他身边是表情严肃的保镖,他一只手伸在外套里。佩勒姆怕进大厦碰到金属探测器,因此把柯尔特手枪留在贝利的办公室里了。

他的视线在麦金纳和保镖身上游走。

"我们一直在找你，"麦金纳说，"怎么你自己送上门来了？"他朝保镖点点头，保镖拿起一个东西放在桌上。是佩勒姆的摄像机。几个小时前，摄像机还被他藏在卧室的衣柜里。他怀疑剩下的录像带都被毁了。

麦金纳说："我们出去兜兜风。"他打开侧门，走进黑暗的车库，里面停了辆豪华礼宾车。

保镖拿起摄像机，用头朝侧门做了个动作。

佩勒姆正要说话，麦金纳伸出长手指制止了。"你还想说什么？想说你在寻找真理？想挠挠痒使自己舒服？我打赌你已经得到你要的所有答案了。不过我不想听，先上车吧。"

26

  他们默默地开着车,开过了八条街。

  礼宾车停在了西区四十几街的一幢破旧的楼房前。房子上的油漆开始剥落,看上去像脏兮兮的白色碎纸。木质的装饰条已经腐烂,在侧门边堆了十几袋垃圾。

  麦金纳朝侧门做了个手势。"阿蒂。"

  保镖打开车门,紧紧抓住佩勒姆的手臂,将他带向侧门。他打开门后将佩勒姆推了进去,然后在里面等待麦金纳进来。

  他们走进一条长长的黑暗过道,麦金纳带路,佩勒姆紧随,断后的是阿蒂,他把摄像机当枪一样提着。

  佩勒姆眯着眼环顾四周,等着眼睛调节到适应黑暗。他手缩进袖子里,抓住刚才从麦金纳办公室里偷来的拆信刀。这把刀感觉有点薄,但佩勒姆从监狱里学到,即便再弱的武器也能造成相当大的伤害。

  走廊里只有一盏低瓦数的裸灯泡。霉味和尿骚味把他熏得直咳嗽。

他们脚边有一团东西，麦金纳轻声说："天哪。"一只大老鼠优哉游哉地从他们身边走过。佩勒姆假装没看到，再次握紧拆信刀，感觉到刀尖顶着手臂。他试图以此来使自己安心，但没有效果。

接着，传来一阵响声。

佩勒姆听到微弱的高频率的哭叫声，便放慢了脚步。听起来像是女人的尖叫声，是电视里的吗？不是，是现实中的人声。佩勒姆感觉后脖子发凉。

"继续走。"麦金纳命令道，他们一直走到走廊尽头，然后停了下来。令人惊悚的哭叫声越来越响。

他把这恐怖的声音排除在思绪之外，专心想着准备做的动作，双腿紧绷着。就在这时，他把右手伸进了左袖口。

麦金纳又朝阿蒂点点头。

哭叫声变得更响。两个，或是三个人，正痛得哇哇大叫。保镖粗暴地将佩勒姆推向前方。佩勒姆咬咬牙，向前迈了一步，从袖口中掏出了拆信刀。

阿蒂推开门，走了进去。

他会先对准阿蒂的眼睛划一刀，然后去夺他的枪，他会……

佩勒姆刚刚跨过门槛就愣住了，手里仍然抓着拆信刀。

怎么回事？

他回头看到麦金纳和他的保镖。麦金纳不耐烦地催促他前进，佩勒姆照着他无声的指令往前走，但十分小心。这里遍地是婴儿。房间的一侧有位脸色苍白又肥胖的女人，身穿肮脏的蓝背心和褐色的短裤，抱着一个哭声最大的婴儿坐在那里摇来摇去。佩勒姆在走廊里听到的就是这个婴儿的哭声。胖女人正在给婴儿喂玉米脆片，看到有人进来，生气地瞪眼问："你们他妈的是谁？"

麦金纳朝佩勒姆点点头，然后对保镖说："好了，给他吧。"

保镖把摄像机还给了佩勒姆。

"拍吧！"麦金纳催促道。佩勒姆摇头表示不理解。

一半的婴儿躺在纸板箱里，另一半有的在地上乱爬，有的在乱走，玩着破旧的玩具或积木。地板上放着几瓶橙汁汽水和可口可乐，有几瓶倒翻后流了一地。两个小孩拼命想打开一瓶，就像小动物想打开椰子一样。脏尿布的氨水气味充满屋内。

"你们究竟是什么人？"那女人再问了一次，随后大骂，"是不是想让我喊警察来？"

麦金纳发脾气说："可以，你叫吧。"然后不耐烦地对佩勒姆说，"快点啊，你还在等什么？"

佩勒姆问："快点干吗？"

"还能干什么？学查尔斯·库拉尔特[①]。快拍啊！"麦金纳按捺不住内心的怒火。

"滚你的！"胖女人骂道，"给我滚出去！"

一个婴儿快速爬过肮脏的地板，开始玩佩勒姆的靴子。佩勒姆抱起婴儿，掸去他黑手和黑膝盖上的灰尘，然后把他放在地毯上。"你为什么不照顾好这些孩子？"

"滚你的。"

好，就按你的方式去做。佩勒姆扛起摄像机，开始拍摄。"这位女士，你能否重复一下刚才的话？"

"我要报警了。"但胖女人仍旧坐着，不理会这几个闯入者，沉浸在小电视机上播放的连续剧《年少轻狂》中。

[①]查尔斯·库拉尔特（Charles Kuralt，1934—1997），美国著名电视记者。

佩勒姆的镜头慢慢扫过整个房间，也不知道拍这些有什么用，那些蠕动的婴儿、零食和竖起中指的胖女人，这些画面和口述历史扯不上什么关系。

透过目镜，佩勒姆问麦金纳："你能告诉我带我来这里的目的吗？"

"这是一家没有执照的托儿中心。地狱厨房的多数人都没钱送小孩去公立托儿所，只能把他们丢在这样的猪圈里。虽然很丢脸，但是如果父母想上班的话只能这样做。"

一个婴儿刚开始哭，胖女人就扔了一把玉米脆片给他，佩勒姆逮到了这个镜头。

麦金纳大加赞赏。"一定会得普利策奖！加油，加油，加油！"

二十分钟后他们出来了，深深吸着新鲜空气。佩勒姆问："带我来这里到底是为了什么？"

麦金纳指着那幢楼。"我试图铲除纽约市里像这样的地方，太丢人了……对不起，你不会在冷笑吧？奇怪为什么罗杰·麦金纳怎么会想做好事？哎，我又不是特蕾莎修女，即便像她那样的修女做好事也帮不了什么人。在这一带办一个便宜又高质量的托儿所，对我有很大的好处。"

"托儿所？"

"再建几个干净的公园和游泳池。我希望家长对把小孩放在这里感到安全，然后去我的大厦里上班。我希望青少年在高质量的场地上打篮球，在干净的游泳池里游泳，那样他们就不会在夜里去抢劫我的房客。个人利益？当然，随你怎么说。我在大学里读过安·兰德[①]的书，

[①] 安·兰德（Ayn Rand, 1905—1982），俄裔美国作家、哲学家。

再也没能忘记。"

"你带我来这里到底为了什么?"

"因为我调查过你,你是来这里拍纪录片的,而且你和其他人一样想丑化我。"

"你凭什么这么认为?"

"我最能吸引八卦记者,因此非常痛恨记者。我想确认你做的是全面的报道,没有人理解我对这一带做的贡献。"

"什么样的贡献?"

"比如我在四十五街用个人资金修的那个公园。我还帮公园和会所修缮了游泳池,保证明年暑假之前完工。还有三十六街上那家新建的托儿所,还有……"

"等一下,三十六街和第十大道交界处那家?"

路易斯·贝利那幢楼。

传言是麦金纳金屋藏娇的地方。

"是的,就是那里。我正准备把那幢三层楼改造成全国最好的托儿中心。父母只要能证明有稳定收入或在找工作,就能把子女送来,一天只要五块钱,所有的都包。有吃有喝,还有玩,还有书……"

"我想隔壁那幢楼烧了是个巧合吧?跟麦金纳大厦毫无关系?"

麦金纳脾气又冒了上来。"听着,就算你是好莱坞的大人物,你这么说也是诽谤!别怪我告你!我一辈子从来没有放过火烧房子,你可以尽管去查,我每一幢盖的房子都有记录。你可以一幢幢去查,我奉陪到底。"

"那地道呢?你不是为了挖地道而去放火烧楼吗?"

麦金纳皱起眉头。"你知道地道的事?"

"我还知道你和吉米·柯克伦谈过条件。"

麦金纳惊讶地眨眨眼。然后说:"好吧,你知道的也不算太多,那条地道没有经过被烧掉那幢楼下面。因为那里有个爱迪生公司的变电房,所以往西转了个弯,经过托儿所那幢楼,而那幢楼恰好在我的名下。"

哦,和贝利那幢是同一幢楼。

"是的,我跟柯克伦租用了地下施工权,但我对其他土地没什么兴趣,你如果对地契和公开资料那么熟悉,为什么不查清土地的主人,然后去监视他?"

佩勒姆解释了圣奥古斯都基金会的事情。"基金会是个骗局。我原先以为你是幕后指使,所以我才去你办公室找相关资料。"

麦金纳的气消了大半。他点点头,沉思着说:"利用非盈利来隐藏所有权,真是太聪明了。这样利润就没有机会通过账户,法务部也不会去关注。"他用钦佩的语气说道,好像记下了这个方法,准备以后使用。

"基金会的理事也是假的,但是与我合作的律师说,要花几个星期才能找到真正的幕后指使人。"

麦金纳大笑起来。"找个别的律师吧。"

"你能帮我查出来吗?"

"当然行。我两个钟头就够了,不过,我干吗要帮你查?我有什么好处?"

对麦金纳先生来说这是最重要的,不管是否公平,但必须要陪他玩。

"我们来谈谈条件吧。"佩勒姆说。

"继续讲。"

"你公司有内贼,对吗?"

"我怎么知道?"

"我知道所有关于你和柯克伦谈的生意,不是吗?"

麦金纳沉默片刻，仔细端详佩勒姆。"你能告诉我是谁？"

"你帮我查，"佩勒姆说，"我就告诉你。"

没有人说话，一路沉默着让电梯将他们送上直入云霄的高楼。

麦金纳这幢旗舰大厦位于上东区，电梯到达七十一层后，麦金纳带他走过迷宫般的办公室，把他介绍给一位头发浓密、穿着考究、神情不安的男子，名叫艾默尔·帕佛尼。他不自在地点点头，因为他意识到自己下垂的肩膀将要扛起另一付重担。但这是麦金纳亲自压给他的重担，因此在他解决这个难题前，会一直紧紧压在他肩上。

麦金纳对帕佛尼说明了纵火案和圣奥古斯都基金会，帕佛尼似乎也对非营利机构干这种事感到佩服。

佩勒姆说："我猜测基金会的幕后指使是柯克伦。"

麦金纳和帕佛尼都大笑起来。

麦金纳说："这种事太超出柯克伦的能力范围了。他就是个傻子。'小虾米'这种形容词就是为他造的。"

佩勒姆抬了抬眉毛。"是吗？我听说他和你私下协商过。"

"是吗？"

"关于地道的事。他答应你挖地道，但要给他分成。"

麦金纳惊讶地直眨眼。"你到底是怎么知道这些事的？"

街头传闻。

佩勒姆问："是不是真的？"

麦金纳微笑着说："是的，柯克伦想分成。不过合同上写的是他只分得他自己那块地产生的利润的百分之一。也就是说，他分到的只是我从地道赚来的钱，不是大厦的租金。我和市政府的合同是，我把地道租给纽约运输署,收一点租金,一年只有十美元。因此吉米·柯克伦一年只有一毛钱的分成。"

麦金纳继续说:"我总有办法制服柯克伦这种小毛贼。你也知道我在地狱厨房的爱尔兰帮混过,和他不同的是,我已经毕业了。"

"把柯克伦弄成敌人可不是好事。"佩勒姆指出。

麦金纳又笑了。"你听说过地鼠帮吗?"

佩勒姆点点头。那是艾蒂外公很痴迷的地狱厨房的帮派。

"你知道最后是谁压垮他们的吗?"

"愿闻其详。"佩勒姆说。

"不是警察,也不是政府,更不是FBI,是纽约中央铁路局把他们搞垮的。他们雇佣了平克顿侦探所,花了六个月时间就把地鼠帮灭了。如果柯克伦骚扰我,那我告诉你,这个小杂种会死得很惨。"

佩勒姆说:"那好,如果不是他,那谁会是基金会的幕后指使?"

帕佛尼和麦金纳商议着。帕佛尼猜测,假设烧公寓的动机是因为古迹,那么清除古迹的唯一原因就是想盖新房子。"如果要盖新房子,需要先申请建筑许可证,向规划局申请土地变更,还要通过环境评估。"

麦金纳点头,然后向佩勒姆解释盖楼房通常要等几个月,以获取建筑许可证。有时候需要变更土地,在变更前还要开听证会,征求环保局的许可,建好水电设施。必须尽早提出那些申请,以免土地所有者拿着一块毫无收益的土地,而还要缴纳高额的地税。

对于纵火狂来说有个风险是,警方或消防官可能会找到申请书。不过在纽约市公文多如迷宫,纵火案的调查员可能仅仅满足于检查记录的所有权,而不做深入调查,特别是当嫌疑犯已经被关在监狱里时。

麦金纳朝帕佛尼点点头,帕佛尼抓起电话,以艺术的隐晦词汇和下属通话。他写了几行字,三分钟后挂断电话。"好了。没问到规划局,但是两天前,白原市一家建筑公司申请了西三十六街,也就是被火烧掉的那幢公寓的建筑许可权。公司叫莫龙兄弟,位于二十二号公路。"

麦金纳点点头,似乎认识这家公司。

帕佛尼继续说:"他们想在那块被烧毁后的空地以及旁边两块地上盖一幢七层楼的停车场。"

"停车场。"佩勒姆轻声说。所有这些死亡和恐吓就是为了盖个停车场?

"所以说就是有人创办了圣奥古斯都基金会,买了两块空地,放火烧了公寓再得到一块地,然后开始建他的停车场。"

"我想查出这个人是谁。"佩勒姆说,"怎么查呢?"

"谁是莫龙兄弟的钢铁供货商?"麦金纳问帕佛尼。

"布朗克斯超结构公司,吉安尼力……"

"不对,不对。"麦金纳咆哮着说,"在康涅狄格州!我们再想想,继续。无论是谁,一定是想和纽约保持些距离。"

"不错,好,好。可能是贝德福德建筑公司。"

"不对。"麦金纳使劲摇头。"他们正在干地铁北线的项目,没有精力再去建停车场。快点,快想!"

"那会不会是哈得逊钢铁公司?在扬克斯市。"

"对!"麦金纳弹了弹手指,抓起话筒,根据记忆拨号,几秒钟后他便和话筒喃喃说了起来,"我是罗杰·麦金纳,他在吗?"哈德孙钢铁的老板赶忙挂断另一个电话,过来接麦金纳的电话。

"嗨,汤尼……是的,是的。"麦金纳翻翻白眼,示意对方有多么奉承他,"好的,好的,朋友,我有点忙,所以直说吧,别跟我玩花样,懂吗?你能告诉我答案的话,我就把格林尼治新码头的活儿给你,不用竞标……对,别激动……对,运气好吧。好了,我听说莫龙想在纽约的西三十六街上盖个停车场,土地的拥有者是圣奥古斯都基金会。你说这是机密是什么意思?汤尼,别想瞒我什么。你们提供钢材,对不对?……你有没有见过圣奥古斯都的人?……好,去查查清楚。然后给我电话。我只给你三分钟。还有,汤尼,我告诉你,那个新码头的预算是一百三十万。"

麦金纳挂了电话。"他会打给我的。好了,我已经完成我的任务,现在该你了。是哪个该死的内奸泄露了我的秘密?"

佩勒姆说:"刚才我不是去你大厦参观了一下你的办公室吗?"

"参观。"麦金纳以挖苦的口气说道。

佩勒姆继续说:"我注意到出租业务办公室里的一个秘书,叫凯蒂·哈格蒂吧?我看到了她的名牌。"

麦金纳眼神中闪过的光芒暗示出丰满的哈格蒂小姐不只是秘书那么简单。

"凯蒂?"麦金纳问,"怎么会是她?她是个很不错的女孩子。"

"可能是不错吧,不过就是她泄的密。"

"不可能。她工作勤奋,而且我已经……"他想了个委婉的说法,"我完全信任她。你怎么会认为她是内奸?"

"因为她是吉米·柯克伦的女朋友。我上周还在四八八酒吧里看到她,正坐在柯克伦的大腿上。"

从场景发掘晋升到导演的佩勒姆在城中区的高楼里漫步,遥望着麦金纳那一尘不染的窗户。

他那诺克那皮靴静静地把狭窄的靴底压入柔软的蓝地毯。这里是七十层楼,他感到空气稀薄,有种喘不过气的感觉,不过他估计这和海拔或商业权力无关,而是在贝利办公室里吸多了废气,导致肺内残留物过多。

佩勒姆在亿万富翁和面无表情的保镖之间来回踱步,度秒如年,最后电话响了。

麦金纳夸张地抓过话筒,有人在场时,也许他都会以这种姿势接听。他听了一会儿,然后用手掌盖住话筒,看着佩勒姆。

"查出来了。"

他写了张纸条,然后挂掉电话。把纸条递给佩勒姆看。"你听过这个人吗?"

佩勒姆久久地盯着纸上的字。"很遗憾,我认识。"他说。

27

"哟,快看。她,就是在青少年辅导中心上班那个贱货。"

"好啦,别那样说她。她还算不错啦。我哥哥在她那儿待了一个月,他以前吸毒,后来戒了,懂我说的吗?"

"我说她贱货是我的权力。你们都以为那是个不错的地方,可那里太乱了,你为什么要鄙视我?"

"我没有鄙视你。我只是说她不是贱货,她有自己的主见,而且会照顾人。"

卡罗尔·怀安道特坐在哈得逊河边浸满刺鼻防蛀油的木桩上,听着朝南走的两个少年的谈话。他们想去哪里?无从知晓。去操作推土机吗?去像约翰·辛格顿[①]或年轻的斯派克·李[②]一样导演独立电影吗?或是套着旧丝袜,带把美工刀去时代广场抢劫游客?

[①] 约翰·辛格顿 (John Singleton, 1968—),美国知名导演。
[②] 斯派克·李 (Spike Lee, 1957—),美国知名导演。

当她听见两人对话时,心想,算了,他说"贱货"没别的意思。就如最近她跟佩勒姆说过的一样。

但少年显然就是这个意思。

不管怎么说,她有什么可说?生活被卡罗尔介入过的人,确实有些曾让她看走了眼。

她坐在烈日当头的码头上,看着船只在哈得逊河上来回穿梭,有拖船,几只休闲小船,一艘游艇。一艘随处可见的环线游船,涂着意大利国旗的颜色,慢慢驶过。甲板上的游客仍然很兴奋,饶有兴致地欣赏风景,因为他们的旅程刚刚开始。再过三小时,等他们又热又饿时,还会有这样的兴致吗?

卡罗尔今天和往常不大一样,她卷起汗衫的袖管,露出相当臃肿的胳膊。她已经记不清上次公开露出胳膊是什么时候的事了。一块日晒的红晕已经覆盖在她的皮肤上,她低头翻过右手臂,盯着可怕的大批针疤,心不在焉地揉着,把眼睛埋进臂弯里,泪水浸润了皮肤。

不远处传来关车门的声音,她忍不住数到五十,听见脚步声从草地上传来。他们迟疑了一下,然后继续走过来。当她数到七十八时,她听到了说话声。这人当然就是约翰·佩勒姆。"介意我打扰一下吗?"

"那块地几年前就被所有者捐给了慈善机构。"卡罗尔把膝盖搂在胸前,对他说。

"然后这块地转给了辅导中心。我那时正好在大办公室上班,看到那家慈善机构名下有三块地:三十六街上的四五四、四五六和四五八号地块。随后我注意到麦金纳的勘探小组在那块区域,也就是现在的麦金纳大厦处活动。我四下打听,听说他要建大楼。那时候那一带很乱。但我知道接下去会发生什么。我知道再过两年那三块地的价格就会一飞冲天。当然,那家慈善机构的理事没人敢踏进地狱厨房。他们一点都不知道情况。于是我去找他们,告诉他们要尽快将那三块地转手,因为有几个记者来这里采访,想报道雏妓、毒贩和混在这一带无家可归的游民。"

"他们信了你的说法?"

"当然。我只是说,如果媒体报道说那三块地是属于辅导中心的,情况就惨了。他们听到可能传出负面新闻就吓坏了,不论是犹太老师、基督牧师、慈善家、执行官,都是胆小鬼。因此他们连忙以低价卖掉了那三块地。"她大笑着说,"中介商称之为'火灾拍卖'价格。"

"是你自己买下来的?"

她点头。"和我以前的男朋友贩毒时,赚了一些钱,就用这笔钱去买。我成立了虚假的圣奥古斯都基金会。我在波士顿一家律师事务所当秘书时学会了怎么操作这件事。我也知道不能去拆除那幢公寓,因为这是古迹。所以我先买了下来,然后找到了桑尼。"

"怎么认识的?"

"他在出狱后来辅导中心待过两年。他烧掉过他妈妈的房子,烧死了他妈的情夫。"

"而且,"佩勒姆接着说,"你也认识艾蒂。"

"对,"卡罗尔承认,"我是她的房东。我有她付房租支票的复印件,上面有她的签名。我找了个和她长得有点像的黑人妇女让她去申请保险,给了她几百块钱。我趁艾蒂外出购物时,用主钥匙进了她房间,找到了她的存折。"

佩勒姆望着身边平坦的草坪。"然后领取了她存折里的钱?"

"还是找了那个女人去领的。警察不是从桑尼的尸体里找到一张艾蒂写的纸条吗?那是我让他故意留在某一处火灾现场,以便让警察找到。那也是我伪造的。"

"可是为什么?你也无法从基金会取出钱来啊。"

她笑了。"啊,佩勒姆。你太好莱坞了。你以为每个坏人都非要去偷价值一千万的黄金或一个亿的债券,就跟布鲁斯·威利斯的电影一样。现实中人的胃口很小。建好停车场后,基金会能获得很不错的收益,我就聘自己当执行董事,一年可以赚到七八万块钱。还可以再加点小收入,搞个消费账户,留下的钱还可以够捐给地狱厨房的穷人。"

她幽幽地一笑。"我的悔意还不够,是不是?"她那双狼眼像苍白的冰一样,"佩勒姆,你知道去年我只哭过几次吗?是真正的痛哭。五分钟前,想你的时候。还有我们一起过夜后那个清晨。还有我从你公寓偷走录像带,坐地铁去上班那次。我坐在车里不停地哭,歇斯底里地哭。我想如果能和你这样的人一起生活下去该多好,可是已经太迟了。"

一辆汽车开过,他们听到收音机喇叭里传出有力的低音节奏,还是那首歌。这里是白人的世界……节奏声慢慢远去。

佩勒姆注视着她那可怕的满是针疤的手臂。忍不住问道:"但你没为艾蒂哭过,对吧?"

"哦,问得不错,佩勒姆。"卡罗尔愤怒地说,"为艾蒂·华盛顿哭?她永远只能当个受害者。上帝就赋予她这个角色。拜托,一半的纽约市民都是受害者,另一半是加害者。这永不会变。佩勒姆,永远,永远,永远也不会改变。难道你还没得到教训?艾蒂遇到什么事都没关系。如果她没有因为这件事坐牢,也会因为别的事去坐牢。要不然她也会被赶出公寓,或者流浪街头。"

她擦干泪水。"那个到处跟着你的男孩,伊斯梅尔,你以为他能挽救回来？你以为跟他有缘？一旦他发现你对他毫无价值，他就会用刀刺进你后背，抢走你的钱包，在你死之前花光所有的钱……哎，你别那么镇定，假装盯着那儿的草地看。你听到我说这些是不是心里害怕得要命？我又不是怪兽，这是现实，我看清周边的事物。没什么在改变。我曾一度以为能改，但还是不行。唯一的办法是离开这里，赚钱或远离这里。"

"你偷走了那些录像带？那你干吗还要还给我？"

"我想承认这个较轻的罪，你就不会怀疑我更大的罪了。"她把手移到离佩勒姆手边很近的地方，却没有碰到他，"我本来不想害人，可却死了那么多人。至少在地狱厨房，经常发生这种事。你能否坦然面对？"

佩勒姆没有说话，移开手去摸靴尖，掸去一片干枯弯曲的树叶。

"求你了。"她说。

佩勒姆沉默不语。

她说："我从来没有过一个家，我遇到的都是些不该接触的男人和女人。"她绝望地压低嗓门。当她看到佩勒姆站了起来，也跟着站起来。"不要，别走！求你了！"

然后她望着公路，看到路边停了三辆警车。她微微一笑，如释重负，仿佛她终于收到了期盼已久的坏消息。

"我必须这样做。"佩勒姆说。他朝警车点头。

卡罗尔慢慢转过身背对着他。"你读诗吗？叶芝的诗？"

"读过一些，我想。"

"《一九一六复活节》？"

佩勒姆摇摇头。

她说："里面有这么一句：'牺牲过久，心将化为岩石。'这句话就是我的写照。"卡罗尔干笑道。

环线邮轮已经绕过炮台公园，驶出视线之外。

卡罗尔突然紧绷着身体摇摇晃晃地靠近他，像是要搂住他吻他。

佩勒姆突然泛起一阵同情之心，想到卡罗尔受过的伤害或许和她导致的伤害一样深、一样多。但随即他又看到艾蒂，看到她被比利·多伊尔抛弃，被卡罗尔那样的人一次次欺骗。他冷冷地走开了。

河面上响起一阵汽笛声，一艘莫伦拖船在滚滚的河水上拖着一艘如足球场一样的平底货船。佩勒姆望了一眼浪尖上的日光，汽笛声再次响起，船长朝一艘冒着蒸汽逆流而上的船打了个手势。

卡罗尔对佩勒姆悄悄讲了句话，好像只有一个字，然后她淡蓝色的眼睛转向天际线，凝视着远方，同时平静地倒退着，随后跳进了灰绿色的河水中，佩勒姆还没来得及上前，平底船带出的旋涡就把她吞进了深渊。

28

头条新闻。

青少年辅导中心主任雇用疯狂的纵火狂并自杀身亡……这类新闻是《纽约邮报》和八卦记者们最典型的报道方式。

下午五点的新闻现场直播海岸警卫队的快艇和警方的蓝色小船在纽约港打捞卡罗尔尸体的经过。美联社拍到最戏剧性的一幕,当卡罗尔的尸体从水里打捞上来时,背景正好是爱丽丝岛和自由岛。佩勒姆看到了《纽约时报》上的照片,看见她眼睛紧闭。他记得她的眼睛颜色那么淡,就和她在冷水中浸泡了数小时后的皮肤一样淡。

狼眼……

对艾蒂的起诉被撤回了。这部分的新闻几乎不算新闻,不过有一小部分值得那些八卦小报去深究:罗杰·麦金纳拥有的那块地边上就是艾蒂所住被烧毁的公寓。大家当然迫切地去追踪开发商,但是即便是最能挖新闻的记者也没查出他和纵火狂有牵连。一家电视网甚至播出一则关于麦金纳建造高科技托儿所的新闻。(新闻里插播了第十二大道一所非法幼儿园的画面,而这段影片正是由麦金纳本人提供。)

新闻报道的重点在于周六麦金纳大厦的剪彩仪式上。好消息:尽管前任总统布什、迈克尔·杰克逊和莱昂纳多·迪卡普里奥没有来,但纽约市三位前任市长:爱德华·科赫、迪金斯、朱利安尼,以及麦当娜、吉娜·戴维斯、芭芭拉·沃特斯和大卫·莱特曼等都已经回函表示将出席。

星期五下午四点四十五分,佩勒姆推开刑事法院大楼的铜框门,搀着艾蒂走下楼梯,来到宽敞的人行道上。

他们站在中央街上,天空清澈,对八月来说,这天下午的天气是异常的凉爽。现在是公务员下班的时候,几百名公务员从他们身边走过回家。

"你还好吗?"他问憔悴的艾蒂。

"还好,约翰,还好。"不过她走路仍旧瘸着,当她调整吊带时,骨折的手臂偶尔会使她疼得抽搐。佩勒姆注意到她的石膏上仍然只有他那一个签名。

艾蒂出狱时没有欢迎仪式。她看上去比佩勒姆上次见她更虚弱。狱警比前几次好些,不过佩勒姆认为他们只是没精力折腾,而不是因为有悔意。

"嗨,等一等。"身后的人行道上传来喊声。

他们转身看到一名衣服皱皱的男人,穿着挡风夹克和牛仔裤,向他们走来。"佩勒姆。华盛顿夫人。"

"罗麦克斯。"佩勒姆一脸怒气地说。在过去几天里,佩勒姆遇到过不少打击——子弹划过脸庞、大火、爱尔兰黑手党,但最痛苦的一次便是罗麦克斯那个拿着一卷硬币打他的瘦子同伙。

罗麦克斯停了下来。他拦住了佩勒姆和艾蒂，却不知道该干什么。最后他向艾蒂伸出手。艾蒂小心翼翼地握了握手。他犹豫是否要和佩勒姆握手，但凭直觉对方一定会拒绝，他猜对了。

"我猜没人来道过歉吧？"罗麦克斯说。

"总统和第一夫人刚走。"佩勒姆说。

"我以为洛依丝·科伊佩尔会送花来。"消防官也试着幽默了一下。

"也许花店关门了。"

艾蒂没有参与到这不轻松的对话中去。

"我们弄错了。"他说，"我很抱歉。对于你失去了家园，我感到很遗憾。"

艾蒂向他道了谢，不过依然心存戒备，无论是以前，还是以后，面对警察时艾蒂都会有戒心。他们聊了几分钟，说到关于纵火案的幕后指使竟然是辅导中心的主任是多么令人吃惊。

"以往从没人关心过地狱厨房发生的事。"罗麦克斯说。"生活在改变，速度虽然慢，但还是在变。"

艾蒂没说什么，但佩勒姆知道她会回应什么。他回忆起她受伤时说过的话，几乎每个字都记得。

……那幢豪华的大厦，就是马路对面那幢，非常不错。但不论是谁盖的，我希望他不要期望过高。你知道吗，地狱厨房没什么东西能长存。虽然没什么变化，但也没什么东西能延续下去。

罗麦克斯递给她一张名片，说如果需要他帮忙的话，他愿意效劳……比如找个新的住所，市民救助之类的。

但路易斯·贝利已经帮艾蒂找了家新公寓，她对罗麦克斯说。

"我真的不需要什么……"她刚说了半句,佩勒姆摇摇头,碰碰她的肩膀制止了她。意思是说:先别急着说这些。贝利虽然是个蹩脚的律师,但佩勒姆相信他能玩弄纽约的齿轮,帮助艾蒂搞到一笔丰厚的和解金。

随后罗麦克斯走了,佩勒姆和艾蒂走到路边。来了几辆出租车,看到是个黑人,猜想一定是去哈莱姆区或布鲁克林区,赶忙踩脚油门离去。

佩勒姆大怒,但艾蒂却很坦然。她痛得皱眉,佩勒姆建议:"我们坐下等会儿吧。"他朝一张深绿色的长椅指了指。

"你知道这一带以前叫什么吗,约翰?"

"不知道。"

"五点区。"

"我从来没听说过。"

"地鼠帮统治地狱厨房时,这一带跟现在一样危险。甚至更危险。莱特贝特外公告诉我的。我有没有告诉过你他有一本帮派剪贴簿?他贴了各种各样的东西在里面。"

"我好像没听你提过。"佩勒姆抬头朝公园和新古典风格的法院看去,"你存了一些钱?开了个账户……你是想存钱找女儿,是不是?"

"路易斯告诉你我女儿的事了?"

佩勒姆点点头。

"那件事我也骗了你,约翰,对不起。但事实是我希望你来采访我,因为我想如果上了电视,她在佛罗里达或别的什么地方能看到,然后就会打电话给我。"

"其实,艾蒂,你向罗麦克斯招供的事才是最令我难过的。"

艾蒂翻了翻包,抽出一块手帕。佩勒姆记得她用香水洗这块手帕,然后吊在浴缸上的细绳子上吹干。她擦擦眼睛。"这是最令我心痛的事……让你觉得我骗了你,或者我想伤害你。"

"我从来没这么想过。"

"那样想也是必然的。"艾蒂骂道,"你就应该那样想。你早该回加利福尼亚去了。免得惹一身骚,你早该走了,永远别停下来。"

"你以为你招供后纵火狂就会放弃追杀我。这和比利·多伊尔的做法一样:认罪,免得你弟弟被杀死。"

"确实是他给我的启发。"她解释说,"你看,我知道自己不是那个花钱雇纵火狂放火的人,而是别人,但他们还逍遥法外。只要你继续四处打听,他们一定会想办法伤害你。"

艾蒂凝视着伍尔沃斯大厦楼顶的铜绿花饰和怪兽造型的滴水嘴,最后她说:"大家从我身上夺走了太多东西,约翰。我的比利·多伊尔由于不定的本性而跑了。一个疯子枪杀了我的小儿子弗兰克,伊丽莎白被一个小白脸带走了。甚至连我住的这一带,开发商和富人们也要把它抢走。我不希望连你都被他们抢走,那我无法忍受。我想反正我坐几年牢就出来了。到时候也许你还想采访我,继续给我拍录像,听我讲故事。哦,或许你不肯来了,那我也能理解。不过我宁愿你好好活下去。"她虚弱地笑了一下,"这些话我本来想藏在心里。看到没,有时候我们也可以骗警察。哦,对,对,有时候可以。我好累啊,我想回家了。"

佩勒姆走到马路中央,直接拦下一辆空出租车,车子一个急刹车,在距他不到一英尺的地方停了下来。佩勒姆扶着艾蒂向前走去,路过三个彪形大汉,他们押着一个铐了双手双脚的犯人走向法院。犯人是唯一一个向艾蒂点头致意的人,艾蒂也点头回礼。两人爬上了出租车。

那位巴基斯坦裔司机看着佩勒姆,默默地询问着目的地。

"地狱厨房。"佩勒姆回答。

他愣了一下。

佩勒姆重复了一遍,但司机就是摇头。

"三十四街和第九大道的交叉路口。"佩勒姆说。

司机用深陷的眼珠看了佩勒姆好长一会儿,然后猛地戳了一下里程表,车子飞快地在繁忙的街道上穿行而去。

29

第二天晚上，佩勒姆和路易斯·贝利站在律师新刷了油漆的办公室里。

他们站姿相似，靠在打开的窗户上，眯着眼。

"州长。"贝利说。

"不对，我认为不是。"佩勒姆回答。尽管佩勒姆已经离开纽约州快二十年了，而且他对现任和前任州长的长相只有个模糊的印象。

"我确定。"

"赌十块钱。"佩勒姆说。他心里不确定，但他凭自己的直觉相信，自信就是一切。

"呃，赌五块吧。"

他们握手为定。

在街区的另一端，一位高官从礼车中走出，身份不详，走上铺在麦金纳大厦门口的红地毯。这个人穿了一身燕尾服，几位保镖跟在身后走进大厦。

"车牌。"贝利说,"看,'NY1'。"

"可能是纽约大都会棒球队的投手。"

"如果是投手的话,他绝不会称自己是一号。"贝利不快地反驳说。加长的黑色林肯车转了个弯便消失不见了。贝利关上了窗户。

马路对面正在举行的盛大的落成典礼,也许是头一次在一楼举行。由于麦金纳大厦无法容纳六千名嘉宾,典礼只能在大厦旁的剧院举行。这个豪华的剧院可供全套百老汇音乐剧和剧场表演。今晚播放的是震耳欲聋的流行歌曲,带有激光、电视墙、杜比环绕立体声和电脑图像等。

佩勒姆拿了一大瓶葡萄酒,倒了小小一杯,转过身继续听路易斯·贝利讲话。贝利讲得神采飞扬,不停讲述着本案的细节,而伊斯梅尔坐在阴暗的角落里,穿了件三色的挡风夹克,翻看着一本又旧又破的漫画书,脚上穿着那双新的耐克鞋。

"我要去找个人,"佩勒姆对伊斯梅尔说,"你该回辅导中心去了。"

"喂,等下,老兄。"

麦金纳的一个私人助理先前给佩勒姆来过电话,问佩勒姆是否愿意参加落成典礼。佩勒姆谢绝了,但是答应九点钟去见个面,因为麦金纳收了个纪念品,认为佩勒姆有可能会喜欢。佩勒姆猜测是地狱厨房的文物,或许是建大厦时挖出来的。佩勒姆是个喜爱露营车生活的人,对收藏品没有太多兴趣,不过他怀疑或许是一张支票,用于答谢他帮助揪出了柯克伦的女友,或是感谢他帮忙在非法托儿中心拍摄的惊人画面。

他站起来。"走吧,伊斯梅尔。"

伊斯梅尔打了个哈欠。"我倒是不累。"

"该走了。"

男孩伸了个懒腰，走到贝利面前，和他击掌。"哟，老哥。"

"福尔摩斯①?"贝利疑惑地问，"好吧，晚安，华生。"

伊斯梅尔皱着眉说："再见。"

"好，再见，年轻人。"

佩勒姆和伊斯梅尔走出门，走进黑乎乎的三十六街。人群都挤到大厦去了，礼宾车也停在别处。马路上有强烈的空荡荡的感觉，在第九和第十大道之间只剩下贝利那幢楼。麦金纳选择在这里盖楼，并没能使这一带变成繁华而又文明的地区。

马路对面的工地被旗帜和标语遮盖了，旗帜在炎热的夜风中飘扬。工地阴暗，用栅栏围了起来，唯一的声响是从剧院传出的微弱的音乐声。

"很空虚，是不是？"他问。

"你说什么，老兄？"

"这条街，很空虚。"

"当然咯。"男孩又打了个哈欠。

他们朝剧院走去，麦金纳或他的助理和佩勒姆约了在那里见面。剧院不在大厦里，而是大厦的附属建筑，有八十英尺高，入口处的玻璃晶莹剔透，到处都是大理石和花岗岩。是一种埃及的风格——颜色有沙色、红褐色、绿色。现在大厅里空无一人，庆典正在剧院里上演。

当他走过剧院周围的工地时，看了看里面的景观。还没有种草皮，但为了今晚的庆典，泥地已经被塑胶草皮盖起来，点缀着红木花盆，里面种了棕榈树。佩勒姆停了下来。

"怎么了，佩勒姆？"

"你回辅导中心去，伊斯梅尔。我得去见一个人。"

---

①伊斯梅尔说"老哥"时，用的是 Homes，发音与"福尔摩斯"（Holmes）相近。

"不,"他噘嘴发牢骚,"我要跟你去,老兄。"

"不行,不行,你该睡觉了。"

"可恶,佩勒姆。"

"注意用词。快走吧。"

伊斯梅尔的圆脸上露出窃笑。"好吧,再见,老兄。"

他们击掌后,男孩慢慢朝东走去。过大的篮球鞋拖得啪啪响,他很不情愿地朝上城区走去,回过头来,招招手。

佩勒姆从围墙缝里钻进去,从软如海绵的假草皮上走过。

什么东西?

他靠近仔细看刚才在人行道上看到的东西:原来是工人把盆栽植物绑在出口的门把手上,用粗绳子捆住。他估计这样做的目的是防止当地人顺走这些植物。

但他们这样做等于把消防通道的门给堵死了。

而且绳子绑得非常紧,绕了一圈又一圈。二十道紧急逃生门只有一道没有绑紧,开了一点缝,从里面传出隐约的鼓掌声和欢笑声,还有乐队的重低音节奏声。他走到这道门前朝里面看去。

从这道门进去不是剧院本身,而是消防楼梯间,佩勒姆猜测楼梯一定通往剧院、包厢和楼台。走廊很暗,只有一束从出口处灯泡射过来的光线,发出异样的光芒。里面的门被推开了,他看到红色的绒布椅子、墙壁和红褐色的地毯。

忽然,走廊的墙壁上有什么东西吸引了他,走近一看,是一张折过的纸——是曼哈顿西城区的地图。佩勒姆觉得有点眼熟,猛地他恍然大悟。这和贝利办公室里那张从火灾现场发现的地图很相像,桑尼在那张地图上标记了他所有的纵火地点。

唯一不同的是,在这张图上最后一个目标不是贾维兹会议中心,而是麦金纳大厦。

突然佩勒姆的眼睛感到一阵刺痛，他闻到一丝辛辣的气味，就像几天前在贝利办公室里闻到那种洗洁剂的味道。他记得闻到后不久灯泡就爆炸了。

当然这股气味肯定不是洗洁剂，而是固体汽油弹。而且源头就在他眼前，有四大桶，靠着墙壁排列，盖子已经被打开。

他的身后传来一阵声响。

他猛地回首。

一位金发青年歪着头站着，脸上浮现着痴笑，他的眼睛随着大厦反射的灯光而不停闪烁。

"乔·巴克，"他轻声说道，"佩勒姆，佩勒姆，我是桑尼。很高兴终于见到你了。"

佩勒姆早已从腰带上拔下了柯尔特手枪，刚要扣动扳机，桑尼挥着长扳手打中了佩勒姆的前臂。骨头发出一声断裂的声音，猛烈的击打还把皮肤打开了大口子，鲜血飞溅。佩勒姆痛得直翻眼，向后退到走廊里，喘着气，一头撞向油桶的侧面，油桶发出当的一声，声音逐渐消退下去，就像雾天里的钟声一样。

桑尼放下扳手，抢过佩勒姆的手枪，插入自己的腰带，然后从口袋里拿出一副手铐。

还有一只打火机。

30

佩勒姆的第一个念头是：不痛。怎么会不痛？

松了。我的手臂松了……

鲜血从伤口处不断涌出。

桑尼蘸了一点佩勒姆的血在自己的额头上画了个标记，弯腰从口袋里掏出一把开手铐的银色小钥匙。他的手不停在抖。他稀疏的头发像水一般在头部四周漂浮。

为什么不痛？佩勒姆盯着自己被打烂的手臂心想。

"如果你还在纳闷死在律师办公室的是谁，"疯狂青年若无其事地说，"就是你那个叫阿莱克斯的朋友。那个爱告密的杂种。我把他塞进油桶里，差点把他折断。然后从我住的地方推到那里。我想那段路他一定非常不舒服。然后把他放在日光灯下暴晒，我非得把你们这些死牛仔全部干掉。"他打开手铐上的一个弹簧锁。

桑尼朝剧院方向点头说："这是最后一场大火。走啊，前排的票。"

桑尼抓着佩勒姆的衣领将他拉起身来，"我们一起死，乔·巴克，可恶的撒旦……你，我，还有五千个好人一起陪葬。"

他踢翻一个油桶，像洗洁剂一样的液体流满走廊，流进了剧院里，然后他又踢翻了一桶。

"这是我调制的果汁。"他若无其事地说，"我自己发明的。知道吗，想放火不能只用汽油。汽油太差了。着火点低，火焰小，温度也不够高，而且一会儿就烧没了。我以前认识一个纵火狂……"桑尼开始打开第二圈手铐，双手剧烈颤抖。他停了下，深吸一口气。这种气息令佩勒姆作呕，对桑尼却有镇静效果。桑尼开始继续开锁，他又说："他使用汽油。自以为非常酷。有一次，他去一幢旧公寓三楼放火，拎了两罐五加仑的汽油上去，泼得到处都是，然后打碎一个灯泡，等到对方回来一开灯就能爆炸。然后他又开始翻那个人的抽屉，想找些珠宝之类的东西。但他不知道汽油挥发出来的气体比空气重，当他在楼上四处乱走时，挥发的气体流向地下室去了。地下室里有什么，猜猜？对……有燃气热水器。我想后来消防队应该找到了一部分他的残骸。"

佩勒姆哽咽了。至少有一百加仑的液体流进了大厦。佩勒姆回想起罗麦克斯告诉过他快乐地的火灾事件。仅仅一加仑的汽油就把那里烧成了炼狱。

"走吧，午夜牛仔。"桑尼碰了碰佩勒姆的断臂，骨头移了个位置，一阵剧烈的疼痛钻进了佩勒姆的肩膀、脖子和脸。佩勒姆本能地反射，左掌一挥打中了桑尼的下巴，虽然力量虚弱，但却吓得桑尼连着向后退了好几步。

"你这个浑蛋。"他把佩勒姆推到墙上。

佩勒姆跪下身捞起一把固体汽油，朝桑尼脸上泼去，没能泼中他的眼睛，但却洒到了他的嘴巴和鼻子上，使得他往后跌去，痛苦地惨叫着。他的打火机也掉到地上，佩勒姆捡起来，朝桑尼进攻。但桑尼疯狂地从腰间拔出柯尔特手枪。

"你干吗打我？"他大喊道，似乎不敢相信。他脸颊红彤彤的，嘴巴肿了起来。但他眼神依然清晰，充满了疯狂的神色。他举起手枪，扣动扳机。

佩勒姆转过身，逃到门后。

桑尼没有发现这把枪是单发型的，必须先扣上扳机才能开枪。就在桑尼延误之际，佩勒姆跑到门外高喊起救命。

街区的尽头似乎有个人，正朝他看。他不大确定，只能试着用那只没有受伤的手臂挥舞，但断手末端的骨头跟着摩擦着，痛得他几乎要晕倒。佩勒姆又喊起了救命，但他却无法分辨那个人是否听到或注意到他了。

桑尼嘴里吐出固体汽油，追了过来。佩勒姆看到一张惨白的脸和一双眯着的蓝色眼睛，还有拿着黑手枪的苍白的手，白色的头发如同舞动的烟雾。

哦，可恶，好痛。他更加用力地抓紧断臂，走到马路中央。

一辆车的两个头灯朝他照过来，车子开近后停了下来，驾驶员假装没看到他，只是盯着前方，好像去参加晚宴就要迟到，踩脚油门开走了。

佩勒姆继续逃离剧院，背对着麦金纳大厦。

一阵疼痛袭来，汗珠滚滚而下。他靴子每一下震动都会成倍增加他的痛楚，他想停下来歇会儿，喘口气。

不能停，继续走。

他向后瞥了一眼。桑尼摇摇晃晃地跟了过来，距离越来越近。佩勒姆猜想桑尼已经摸索出如何开枪,再过一分钟左右他就会进入射程范围。佩勒姆跑进一条通往大厦后方的巷子里,踩着亮晶晶的锡箔纸屑、酒瓶、注射筒,还有药瓶。玻璃碎片被踩到柏油路面上,嵌进缝隙。

金发青年的脚步声从他身后传来。

砰。

一颗子弹击中了废弃公寓的窗户。

又是一枪。

希望有人听到去报警。

但是没有,肯定没有。谁会注意?这只是地狱厨房的一个普通夜晚,枪声如同伴奏,可以忽略。

继续低着头往前走吧,这边的人会这样告诉自己。

别靠着窗户。

快回床上来,亲爱的……

这里是白人的世界……

31

佩勒姆跌跌撞撞地跑出巷子，转到三十五街中央。现在他已经离开剧院和庆典有一个街区的距离了，这条街比三十六街更加空荡。

他看到唯一的动静是飞蛾猛扑翅膀，反复撞向厚厚的路灯罩直到死去。

流行音乐的声音很微弱。他心想，至少已经把桑尼引离了剧院的人群，来宾们会闻到汽油味然后逃离剧院。

佩勒姆歪着头，发现自己站在路中央。他回过头看到桑尼的嘴唇被化学物品灼烧成血红色，肿胀着。桑尼慢慢靠近，手腕上吊着手铐。佩勒姆站起来，再次奋力朝前跑去，街上十分阴暗，如同被钉子封住的公寓、建筑工地和巷子。他来到大厦地基的围墙处，从铁丝网门的缝里钻了过去。

在工地里，他安全了。这里非常黑，桑尼肯定无法在这到处是小屋、一堆堆原木和三夹板、压缩机、器材以及装饰有红白蓝三色的旗帜的地方找到他。到处都是阴影,很容易藏身。车子也很多,可以躲到车底去。

在这里,他可以停止跑步,躺下来,可以缓解一下剧烈的疼痛。

他跌跌撞撞跑进一间铁皮小屋,爬到下面一个阴暗的空间里。桑尼靠近过来,铁丝网响了一下,是不是他摇了摇门,发现锁了,在找别的入口?或者他已经进来了?对,对,他也钻进来了。他的脚步声就在附近。

脚步声越来越近了。

"嘿,乔·巴克……你跑什么啊?"他疑惑地问,"我们一起死。"手铐叮叮当当地响,"你和我。"

佩勒姆睁开眼睛,看到一双穿着旧白鞋子的脚慢慢地踩在沙土上,其中一只鞋的鞋带散了,被泥土染成了灰色。他想起了海克特·拉米雷兹和偷来的耐克鞋。

桑尼踏着沙石走来。

我的血,佩勒姆意识到。他沿着血迹追寻到我藏身的地方来。但为什么他还没找到我?这里太暗了,佩勒姆估计。

金属和金属摩擦着。

一阵像撞在钢油桶上的声音,如钟声一般。

然后是液体流到地上的哗哗声。佩勒姆紧紧地抓着自己的断臂,他想干什么?

第二波哗哗声加入第一波,然后又是一波。

停顿了一下。然后在非常靠近他的地方传来一声枪响。佩勒姆吓得跳了起来,紧接着是一阵强烈的光芒,佩勒姆意识到是桑尼打开了汽油或柴油桶,并用枪点燃了。

原来漆黑一片的地方现在变得十分明亮。

"啊,佩勒姆……"

在惊人的黄色光芒中,佩勒姆的血迹清晰可见,一直通到他躲藏的洞穴处。然而,他仍然躲在那里不动。反正我也跑不过他,佩勒姆心想。在明亮的火光下,他看到桑尼站在建筑工地的另一端,离那座仍旧用牛皮纸包着的雕像不远,正在寻找佩勒姆。

佩勒姆感觉到热浪从四面八方涌来。燃烧的汽油流进脚手架和木堆,点燃了所有东西,还有两间,不,是三间小木屋,接着又是一间。一辆卡车着了火,轮胎爆炸,橙色的火焰烧熔了轮胎,冒出滚滚浓烟。木头被烧得发出子弹般的爆裂声,汽油罐和煤气桶被烧爆,在夜空中咝咝地射出火弹。

半条街的整块工地顿时陷入火海,更多的卡车着了火。小屋、木堆、华丽的深色装饰板——也许是将来用于装修麦金纳阁楼的——也着了火,烧得啪啪响。他看见原木在同时吐出火苗,滚烫的热风把火吹向靠在小屋边的运货板,那里正是他躲藏的地方。佩勒姆慌忙躲到角落里,远离火海。

火场的噪声如同开动的地铁列车。

当整个工地都陷入火海之时,几乎所有物体无一幸免。一条红白蓝相间的半月形小旗帜也烧了起来。与其他燃烧的物体相比,这面旗帜烧得很安静,上升的热气把碎片带上了天空。

最后点燃麦金纳大厦的,不是几加仑的汽油,也不是一堆堆燃烧的木头,而是这面象征爱国心的旗帜。

着火的旗帜碎片飘到开放式庭院里的一堆厚纸板箱上,旋即点燃了纸箱,过了几分钟,火焰已经烧到大厅里,点着了设计师画的办公室概念图,点着了一棵高大的棕榈树,艾蒂那天看到这棵棕榈树被运来时曾很惊讶。还点着了一堆堆油地毯和壁纸和一桶桶油漆。停在地上的铲车和登高车上的丙烷桶也爆炸了，碎片散向大厅各处，打碎了大块平板窗玻璃。

到处都是火。

包裹雕像的牛皮纸也烧掉了，不过佩勒姆跌跌撞撞跑向大门却依旧看不清这个雕像是什么。

最后他无法再等了。火焰太近了，酷热难耐。他从藏身处移出来，小屋的窗户也闷闷地炸开，发烫的玻璃撒向他的四周。

只剩下一个出口了，就是刚才他进来那个铁丝网的缝隙。桑尼也知道这条路，但没有别的地方能走了，整个广场和中庭都已被大火完全吞没。

他从藏身处钻出来，踉跄着走向围墙，他看到大厦二楼的窗户里闪出耀眼的火光，接着是三楼，然后是六楼或八楼，再是更高。大火迅速被大楼的咽喉吸入。

大块的双层保温玻璃爆裂开来，碎片和黑塑料颗粒如大雨般落下。

他跑到铁丝网围墙边，仍旧没有看到桑尼。

心将化为岩石……

他设法钻过了门上的裂缝，没注意抓稳，结果铁丝网打在骨折的手臂上，一时间痛得他几乎丧失了意识，等恢复知觉才发现自己已经四肢着地了。他深吸一口气，爬着逃离工地，朝着三十五街中央方向爬去。在他身后是黄色的火浪和龙卷风似的橙色火焰，还有咝咝作响的蓝火。玻璃纷纷爆裂，墙体纷纷倒塌。笨重的推土机、小屋和砂石车则在等死。

突然，他被两只手抓住了。

桑尼的双手细如游蛇，抓住了他那只好手上的手铐，试图把佩勒姆拉回工地。

"走啊，走啊！"桑尼大喊。

佩勒姆等待着感受枪击，但桑尼已经搞丢了手枪，他另外想了个主意，把佩勒姆拖到小屋旁的一个坑边，里面满是着了火的汽油。佩勒姆跌倒下去压在骨折的手臂上，又一次痛得昏了过去。等他回过神来发现桑尼已经用蛮力将他拖到了坑边。

"是不是很漂亮？是不是很可爱？"桑尼喊道，一边盯着盘旋在脚边的大火和烟雾。

他弯下腰去，此时佩勒姆猛踢一脚，桑尼滑了一下，跌进了火坑，腰部以下全都浸没在燃烧的汽油里。桑尼开始惨叫，惊恐地前后挣扎，想把佩勒姆也拉下火坑。

佩勒姆被烟雾熏得睁不开眼，被火烤得难受，找不到借力点，感觉自己渐渐被拖向火坑，越来越近。突然，艾蒂曾经说过的一段话浮现在他脑海中：

有时候我妹妹伊丽莎白和我去看他们把羊从第十一大道赶到四十二街上的屠宰场。里面总有一头"叛徒"。你知道吗？"叛徒"就是带头走向屠宰场那头羊。我们常对着那头羊大骂、扔石头，想把它打跑，但从来没有成功过。那头羊知道自己的任务。

随后佩勒姆听到：

"佩勒姆，佩勒姆，佩勒姆……"一阵惊慌的高喊声。

一个模糊的身影从烟雾中走过来。有人来了。一阵浓烟包围着佩勒姆，他跌倒在地上，桑尼挣扎着继续想把他拉下火坑。

佩勒姆眯起眼，朝烟雾中仔细看去。

是伊斯梅尔，他站在围墙边，泪水不停地从脸颊上流下。"这里！

他在这里！"他疯狂地指向佩勒姆所在的方向。

接着又出现了一个身影。他们一起穿过了铁丝网。

"退回去！"佩勒姆大喊。

"天哪。"海克特·拉米雷兹说道，他抓住佩勒姆的手腕，如果再晚一点，佩勒姆就必定会滑进火坑了。

拉米雷兹从腰间拔出一把黑色手枪，用枪口朝着手铐的另一端开了五六枪。

佩勒姆几乎没有听见枪声，事实上，他几乎连火焰的咆哮声或拉米雷兹的说话声都没听见。他耳边只听见伊斯梅尔不停地说："你没事了，你没事了，你没事了……"

32

角色颠倒了。

这回是艾蒂·华盛顿去医院探视佩勒姆。和他不同的是,艾蒂记得带着礼物前来,既不是鲜花也不是糖果,而是更令佩勒姆感动的东西。她把偷渡进来的葡萄酒倒进两个塑料杯里,把一杯端给了佩勒姆。

"祝你早日康复。"她说。

"也祝你健康。"

他一口吞下了这杯酒,而艾蒂,正如他印象中从摄像机屏幕看到的那样,温文尔雅地喝着。她是勤俭持家的典范,佩勒姆记得她是从莱特贝特外婆那里学来的。

佩勒姆住的单人病房就在以前艾蒂被逮捕那间的楼下,又恰好是可怜的小男孩朱安·托列斯死去那间的楼上。桑尼的尸体会放在哪里?他心想。停尸房也许在地下室,或者也许在警察局的停尸房里,经过例行检查后会被送往波特墓园。

"人们一直不停地问我发生了什么,约翰。他们问我因为我认识你。警察、消防官还有记者。他们想知道你是怎么逃脱纵火狂的毒手的,他们认为你知道却不肯说。"

"是奇迹。"佩勒姆挖苦地说。

但是佩勒姆不愿意拖累身份背景各不相同的好友。他不愿说出伊斯梅尔没有回辅导中心,而是四处游荡,想跟着佩勒姆混一段日子,却正好看到桑尼袭击佩勒姆,然后跑去找海克特来帮忙。

"好吧,这事你我知道就行了。"艾蒂模仿她外婆的口头禅,"那个消防官还讲了件事,我不大听得懂。他说你最好考虑在你的名字变成厄运先生之前离开纽约……你是不是考虑要走,佩勒姆?"

"还没呢。我们的电影还没拍完呢。"

"那个男孩来看过你。那时你还在睡觉。"

"伊斯梅尔?"

艾蒂点点头。"已经走了。他这么小年纪嘴巴居然这么脏,因此我教训了他。居然和长辈那样说话……他说他会再来的。"

佩勒姆并不怀疑。

我是你的朋友。

好,我也是你的朋友,伊斯梅尔。

这就是债务神奇的地方,即便你已经还清了钱,人情的债却永远还不清。

艾蒂还带来了一份《纽约时报》,上面印着巨大的标题:火烧摩天大厦,旁边是一张同样巨大的照片,上面是大火吞噬麦金纳大厦的场面。

还好没人死亡。五十八人受伤,大部分是吸入了过量烟雾。剧院里的固体汽油没有烧着,仅有一些观众因为惊慌失措而在逃离时互相推搡导致受伤。最严重的是腿骨骨折,是保镖为了保护权贵人士而将一名妇女推倒而致。(权贵就是州长，这花费了佩勒姆五块钱，付给了齿轮润滑大王贝利。他既能润滑齿轮，也常被齿轮卡住。)

大厦被烧毁了，烧成了废墟。虽然大厦投了保，但理赔的范围却只包括建造成本，不包括损失的收益。没有了大广告公司的租金，在世界各地贷了款的麦金纳肯定无法负担四季度的利息，他名下的公司已经开始准备宣布破产的文件。

头条边上的一则小新闻标题是：

> 欢迎加入破产俱乐部，罗杰。

奇怪的是，报纸上麦金纳的照片每张都显得没事一样，看上去毫不在乎那即将损失的几十亿元。其中一张照片里他正快乐地走到律师办公室，边上有一位美女相陪，报纸上只注明了这是他的私人助理。他眼睛直盯着助理，而助理则看着镜头。

病房里的风突然飕飕动了起来，光线也变得暗淡。佩勒姆塞了一片止痛片到嘴里，就着葡萄酒喝了下去。

当他注视着艾蒂时，他发现艾蒂的脸色变得严肃起来。但她这副表情和他用酒服药无关。她说："约翰，你帮了我太多忙，自己差点丢了命。你那时就该一走了之，你没亏欠我什么。"

他该不该说？过去几个月佩勒姆一直在权衡。有十多次他几乎就要说出来了，但最后却说："哦，我的确亏欠你的，艾蒂。"

"你看上去好奇怪，约翰。你在说什么？"

"我亏欠你很多。"

"你没有啊。"

"是的，不是我自己亏欠你，而是我父亲。"

"你父亲？我连你父亲是谁都不知道。"

"你知道，你和他结过婚。"

几秒钟后，艾蒂低声说："比利·多伊尔？"

"他是我的生父。"佩勒姆说。

艾蒂坐着一动不动。认识她几个月来，佩勒姆第一次无法从她脸上看出任何情绪。

"但是……怎么可能？"她最后问。

佩勒姆把他告诉拉米雷兹的往事又给艾蒂说了——关于母亲的告白、经常出差的丈夫、情夫和佩勒姆可疑的身世。

艾蒂点头说："比利告诉过我他在纽约州北部有个女朋友，那应该就是你母亲……哦，天哪，哦，天哪。"她回想起往事，丰富多彩的回忆慢慢展开，"他告诉我他爱她，但她不愿意离开她丈夫。所以他和那个女朋友分手，来到了地狱厨房。"

"她说她收到一封比利寄来的信。"佩勒姆说，"没有写寄信地址，不过从邮戳可以看出是第八大道上的邮局，所以我才来纽约找他，或者至少能找到点线索。我不确信自己想不想见他，我只是去挖一些公共资料，看看他的结婚许可申请书。"

"对象是我？"

"是你。我找到了你们的结婚证，上面写的地址是三十六街上那幢旧公寓。"

"那是我们结婚后搬进去的，没错。几年之后就被拆了。"

"我知道。我四处打听，发现比利早就走了。还打听到你搬了家，还在这条街上，就是四五八号那幢。"

"所以你就找来了，带着你的摄像机。那时候你干吗不告诉我，佩勒姆？"

"我想说的，但后来我发现是他甩了你，我想说出来很难堪，你也许会因此拒绝见我。"

她眯起眼，注视着佩勒姆的脸。"怪不得你让我想起了詹姆斯。"

当艾蒂在一个月前跟佩勒姆说起儿子詹姆斯时，佩勒姆发现自己必须花一段时间来适应，他并不是独子，而是还有个同父异母的弟弟。

艾蒂捏捏他的手臂。"那个比利·多伊尔……我老公，你爸爸。这样算来我和你是什么关系？"

"孤儿。"佩勒姆说。

"我从不会黏在男人身后，比利走之后，我也从没想去追他回来，也从没找过他。不过我很好奇，"她害羞地笑笑，"你查到他可能跑哪里去了吗？"

佩勒姆摇摇头。"没有。我询问了这一带所有的户政人员，没找到一点线索。"

"他说过要回爱尔兰。也许他真回去了，谁知道呢？"她接着说，"他有几个老朋友还在，我有时候在酒吧里看到过。也许我们可以去问问他们，说不定他们有他的消息。"

他必须考虑一下这事，暂时无法决定。他望向窗外，看到灰色、褐色、淡棕色的公寓，边上是低矮的仓库，旁边是亮晶晶的高楼，再旁边是被烧得只剩下黑框架的楼房。

第八大道以西……

佩勒姆想到，从某个方面来说，地狱厨房就像他找比利·多伊尔的过程一样：有失败却并不失望，有希望却无法完全得到。

上星期看护艾蒂那个带有德州口音的护士穿着白色护士服，像幽灵般进了病房。她建议艾蒂可以离开了。

"他看上去有点累了。"她尖着嗓子说。佩勒姆似乎看到了雀斑，但视力还是非常模糊。她说:"帅哥,你不想休息一下?"

"不是很想。"佩勒姆说。或者他以为说了这句话。也许真的说了。他闭上眼睛,杯子从手里掉下来。他感觉到杯子被人拿走了,闻到一阵芬芳的香水味,然后昏昏睡去。

HELL'S KITCHEN by JEFFERY DEAVER
Copyright © 2001 by JEFFERY DEAVER
This edition arranged with CURTIS BROWN - U.K.
through BIG APPLE AGENCY, Inc., Labuan, Malaysia.
Simplified Chinese edition copyright © 2014 NEW STAR PRESS
All rights reserved.

图书在版编目（CIP）数据

地狱厨房／（美）迪弗著；金仑译. —— 北京：新星出版社，2014.9
ISBN 978-7-5133-1599-9

Ⅰ.①地… Ⅱ.①迪… ②金… Ⅲ.①长篇小说-美国-现代 Ⅳ.① I712.45

中国版本图书馆 CIP 数据核字（2014）第 175343 号

地狱厨房

（美）杰夫里·迪弗 著；金仑 译

特邀编辑：施 铮
责任编辑：王 欢
责任印制：韦 舰
装帧设计：@broussaille私制

出版发行：新星出版社
出版人：谢 刚
社　　址：北京市西城区车公庄大街丙3号楼　100044
网　　址：www.newstarpress.com
电　　话：010-88310888
传　　真：010-65270449
法律顾问：北京市大成律师事务所

读者服务：010-88310811　service@newstarpress.com
邮购地址：北京市西城区车公庄大街丙3号楼　100044

印　　刷：北京京都六环印刷厂
开　　本：910mm×1230mm　1/32
印　　张：10.25
字　　数：157千字
版　　次：2014年9月第一版　2014年9月第一次印刷
书　　号：ISBN 978-7-5133-1599-9
定　　价：30.00元

版权专有，侵权必究；如有质量问题，请与印刷厂联系调换。